후크고지의 영웅들

후크고지의 영웅들

6,25 참전 영국 노병들의 수기

케네스 켈드 외 지음 · 정광제(松山) · 김용필(Phillip Kim)

타임
라인

옮긴이 **정광제**(松山)

1960년생. 이승만학당 이사 겸 한국근현대사연구회 고문. 학부와 대학원에서 영문학 철학 신학을 공부하였으며, 서강대 철학과 박사 과정 수료. 2013년 시인 등단.

옮긴이 **김용필**(Phillip Kim)

1965년생. 동국대 고고미술사학과 졸업. 1995년 영국 University of Essex를 거쳐 University of Bradford에서 고금속학 전공. 현재 Elysium Health Care의 Three Valleys 병원 팀장 재직중. 2018년부터 라미 작가를 도와 'Project Soldier' 지원.

후크고지의 영웅들

2021년 6월 23일 초판 2쇄

지은이 | 케네스 켈드
옮긴이 | 정광제(松山) . 김용필(Phillip Kim)
펴낸이 | 길도형
편집 | 박지윤
펴낸곳 | 타임라인
출판등록 제406-2016-000076호
주소 | 경기도 고양시 일산서구 덕산로 250
전화 | 031-923-8668 팩스/ 031-923-8669
E-mail | jhanulso@hanmail.net

ISBN 978-89-94627-96-0   03840

대한민국의 자유를 위해 젊은 목숨을 바친 전우들에게 이 책을 바칩니다.
단 한 명도 잊혀지지 않을 겁니다.

This book is dedicated to all those who paid the supreme sacrifice
in the freedom of South Korea, not one will be forgotten.

편집자 일러두기

1. 후크고지는 임진강 북단 경기도 연천군 장남면 판부리 사미천 좌측 군사분계선을 끼고 형성된 해발 200미터 남짓한, 서북에서 동남으로 비스듬하게 걸쳐 있는 능선 고지입니다. 지형이 후크hook 모양으로 생겼다고 해서 붙여진 이름입니다.

2. 후크고지전투는 1952년 10월부터 1953년 휴전 직전까지 미군과 영연방군이 4차에 걸쳐서 중공군과 격전 끝에 사수함으로서 임진강 북단의 연천군 장남면, 백학면, 미산면, 왕징면 일대를 대한민국 영토로 귀속시킨 위대한 전투입니다. 그 중에서도 2차 후크고지전투를 통해 고지를 사수한 블랙와치 연대의 뒤를 이어 1952년 11월 후크고지로 투입된 듀크 오브 웰링턴 연대는 1953년 5월 28일 50시간여에 걸친 포격과 참호 육박전 혈투 끝에 중공군을 물리치고 고지를 사수했습니다.

3. 이 전투를 두고 사미천전투로도 부르나, 해당 전투가 영연방 사단이 주역이고 그들이 '후크고지' 라 부른 만큼 이 책에서는 '후크고지전투' 로 통일했습니다.

4. 4회에 걸친 후크고지전투는 1953년 5월 28일 중공군 1개 사단의 총공세 속에 벌어진 3차 전투가 가장 치열했고, 듀크 연대 측에서도 많은 사상자와 포로가 발생했습니다. 그 체험과 목격담이 수기 곳곳에 생생하게 살아 있습니다.

5. 『후크고지의 영웅들』을 통해서 후크고지전투의 사실관계가 '위키백과' 등을 통해 상당 부분 잘못 전달되고 있음을 알 수 있습니다. 단적으로 미 해병대 지휘관으로 기재된 데이비드 로즈 중령은 영국군 블랙와치 연대 제1대대장이었음을 참전 노병들이 생생히 증언합니다. 이 책을 통해서 후크고지전투 관련 사실관계들이 바로잡히고, 공식 출판 백과사전류에도 등재되기

를 기대합니다.

6. 이 책은 6.25 참전용사인 켄 켈드 옹이 자신의 참전 경험담을 수기 형식으로 정리, 그 따님이 프린트해서 책자 형태로 묶어 소장하고 있던 것으로, 제2 번역자이자 영국 교포인 김용필 님의 소개로 한국에서 펴내는 최초의 공식 출판물입니다.

7. 이 책의 기획자이자 메인 필자인 켄 켈드 옹을 비롯한 스물두 분의 참전 노병들 대부분이 당시 17~19세의 징집병이고 스스로 'Working Class'라고 밝힌 분들의, 전문적인 편집자의 손을 거치지 않은 러프(Rough)한 영문 1차 텍스트라서 한글 번역 과정이 쉽지 않았습니다. 다행히 김용필 님과 자제의 수고 덕분에 영국 북부 지역민들의 언어 습관과 정서까지도 헤아려 한글본을 완성할 수 있었습니다.

8. 지명과 인명 등은 영국 현지 발음을 최대한 반영하여 한글 표기했습니다.

9. 수기들에 자주 등장하는 한국 지명 독촌Dokchon, 간동KanDong 등은 현재 지도와 지역 행정적으로도 확인이 되지 않고, 참전 노병들의 기억도 확실치 않아 그런 사실들을 각주로 해설해 놓았습니다.

10. 이 책을 통해서 6.25전쟁에는 2차대전 당시 독일 전선과 동남아 싱가포르, 버마 전선 등에서 전투를 치른 영국 예비역들도 동원되어 참전했음을 알 수 있습니다. 그분들의 증언을 통해 3차 후크고지전투가 2차대전 당시의 격렬했던 전투 이상으로 격렬했음을 알 수 있습니다. 그럼에도 후크고지가 있는 연천군 장남면 일대에는 영국군과 영연방군의 전적을 확인할 수 있는 손바닥만 한 비석 하나 확인되지 않습니다. 이제 시작하는 마음으로, 후크고지 인접한 곳에 작은 '전적기념비'를 건립했으면 하는 뜻을, 독자님들과 함께 나누고자 합니다. 감사합니다.

1952~1953, 전선에서의 하루

우리의 하루는 기상나팔 소리와 함께 시작됐다. 계절에 따라 하루 일과는 오후 두 시 혹은 세 시에 시작되기도 했다. 이 기상 시간도 연대마다 달랐던 것 같다. 전날 밤 무인지대에서 정찰 임무를 수행한 경우를 빼고는, 우리에게 두 시간의 개인 시간이 주어졌다.

기상 후에는 개인화기와 무전 장비를 확인해야 했다. 소대장이나 상급 부사관에게 점호를 받을 경우를 대비해서 신분증이 있는지 주머니 속까지 확인했다. 그런 것들을 빼고는 우리는 영국군의 야간 경계 보초와 다를 바 없었다. 운이 없으면 포로로 잡혀 갈 수도 있다는 얘기는 귀에 못이 박이도록 들었다. 그래서 우리는 항상 연대에서 믿음직한 병사가 되어야 했다. 이렇게 점호를 받고 나서야 우리는 아침식사를 할 수 있었다.

각 소대와 얼마 떨어지지 않은 곳에서 병사 세 명이 정찰을 돌았다. 이 정찰병들은 언제나 하급 부사관이 통솔했다. 하급 부사관이

자기 휘하에 둘 정찰병들을 직접 뽑았기 때문에 소대원 중 몇 명은 한 번도 정찰을 안 돌게 되었다. 이 일로 불화가 생기기도 했지만 내가 만약 부사관이었더라도 내가 믿는 사람들을 뽑았을 것이다. 사람을 잘못 골랐다가는 궁지에 몰리는 일이 생길지도 모르기 때문이다.

재수없게 정찰에 나가게 된 병사들은 자정쯤 배식되는 만찬을 걸러야 했다. 그렇게 되면 장장 열두 시간 동안 식사를 못 한 채 굶어야 했다. 적군의 움직임이 포착되면 상급 부사관이 여덟 명의 병사를 데리고 매복 정찰을 나갔다. 이때도 정찰병은 부사관이 직접 뽑았다. 전투 정찰에는 하급 장교와 상급 부사관이 통솔하는 병사 여덟 명이 나갔다.

해가 지고 나서 한 시간 정도는 대대 전체가 경계 태세에 들어갔다. 경계 태세에 돌입한 지 한 시간 뒤부터 일출 한 시간 반 전까지는 병사들 절반 정도가 경계 태세를 멈추고 전투를 위한 새 개인호, 벙커와 교통호들을 팠다. 그 뒤 한 시간 정도는 전체가 다시 경계 태세에 돌입했다.

경계 태세를 풀고 나면 각자 씻는 것은 물론 총기와 참호들까지 깨끗하게 관리해야 했다. 그런 뒤에 소대장의 점호가 있었는데 그 점호를 통과해야 우리는 식사를 할 수 있었다. 식사 후에는 군복을 입고 군화까지 신은 채 야전침대에서 잠을 청했다. 우리는 달콤한 휴식을 취하기 위해 잠자는 동안만이라도 아무 일 없이 무사히 지나가기를 바랐다. 이것이 매일의 일과였다.

그러나 특별한 상황이 발생하면 이와는 다른 일과를 보내야 했다. 취침 시간과 개인 시간은 최소한으로 줄어들었다. 그런 날이 계속되면 병사들은 선 채로 잠이 들기도 했다. 설상가상으로 침상이 있는 곳에는 우리의 또 다른 적인 쥐들이 있었다. 쥐들도 사람과 마찬가지로 추위를 느꼈고 온기를 찾아다녔다. 특히 목재 지붕을 얹고 모래주머니로 벽을 쌓아서 지은 식량 창고는 쥐들에게 환상적인 보금자리였다. 안전하고 안락한 자리를 잡은 쥐들은 남은 음식 찌꺼기를 찾아 주변을 돌아다녔다. 눈치 없이 먹이를 찾아다니며 설치지만 않았다면 병사들은 그 날쌘 괴물들을 죽이려 하지 않았을 것이다. 쥐들은 병사들이 던지는 물건은 물론 총기로 빠르게 찌르는 공격을 피하는 데도 익숙해졌다. 쥐덫을 놓는 것 외에는 잡을 방법이 없었는데, 당시 한국 어디에서 쥐덫을 구할 수 있었겠는가? 쥐약을 쓰면 쥐들은 쥐구멍으로 돌아가서 죽었는데, 그 시체 썩는 냄새가 끔찍했다. 6피트의 땅을 다 파내고 벙커를 다시 지어야 할 정도였다. 수많은 쥐를 죽였음에도 쥐들은 익숙한 동네를 찾듯 금세 우리 곁으로 돌아왔다.

한 번은 내가 어두운 곳에서 초콜릿 바 두 개 중 하나를 먹고 있었다. 그런데 나머지 하나가 없어졌다. 살펴보니 쥐가 내 침상 아래서 초콜릿을 야금야금 먹고 있는 것 아닌가. 재빨리 양은 반합을 던졌지만, 쥐는 반합을 피해 재빨리 달아났다. 쥐가 먹던 초콜릿 바를 버렸는데, 동료인 론 스메일스가 쥐가 파먹은 자국이 있는데도 그걸 먹어치웠다. 다행히도 그는 죽지 않고 살아서 초콜릿 먹은 이야기를 들려주었다.

우리 부대 장교들과 부사관들은 모두 훌륭했다. 운이 좋았다. 부대 지휘관부터 하급 부사관들까지 너나 할 것 없이 서로를 존중했고, 우리는 그런 사람들과 같이 일하게 된 것을 행운으로 여겼다. 하지만 나는 개인적으로, 그 열악한 환경에서 헌신적으로 부상자들을 치료하고 장병들의 끼니를 책임졌던 의무병들과 취사병들이 진정한 한국전쟁의 영웅이었다고 생각한다.

한국 정부로부터의 헌사

우리의 친애하는 친구들에게

여러분은 60여 년 전에 자유와 평화를 지키기 위해 미지의 땅으로 와 주셨습니다. 우리는 오직 우정이라는 이름으로 우리를 도우러 와 주신 여러분의 용맹함과 희생을 아직도 생생히 기억하고 있습니다. 예상치 못한 전쟁은 모든 것을 혼란 속으로 몰아넣었고, 여러분은 우리나라의 미래를 지켜내기 위해 여러분의 삶을 전장에 바쳤습니다. 고난과 절망의 시기에 따뜻한 도움의 손길을 건네 주셨습니다. 여러분 고국의 평화가 위협받는 때였음에도, 여러분은 이름도 들어 보지 못한 나라를 위해 평생 사랑하는 이들과 이별할 수도 있는 위험한 상황으로 달려와 주셨습니다. 궂은 날씨와 전쟁의 두려움 속에서도 대한민국이라는 나라와 이 나라의 자유를 지켜내기 위해 희생해 주셨습니다.

서로 말이 통하지 않는 상황임에도 우리가 함께 보낸 시간들! 그 시간들을 기억하시겠지요? 우리는 혹독한 추위에도 부상의 고통을 참아가며 밤낮을 가리지 않고 한마음으로 함께 싸웠고, 무고한 병사들의 죽음에 함께 눈물 흘렸습니다. 여러분의 용기와 희생에 우리는 희망을 가질 수 있었습니다. 전쟁의 잿더미에서 빠져나오는 데 100년도 넘게 걸릴 것 같던 그 가난한 나라는, 60년이 지난 지금 세계 10위의 경제 강국 대한민국으로 성장했습니다. 자랑스러운 UN의 회원국이자 G20 정상회담의 의장국이 되었고, 이제 더 나은 미래를 향해 빠르게 앞으로 나아가고 있습니다.

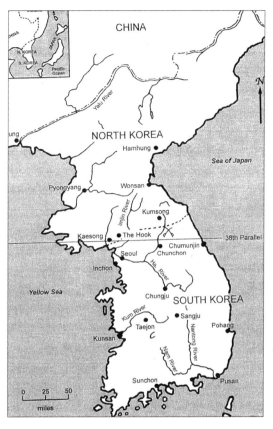

대한민국 지도. 6.25전쟁 직전까지의 삼팔선과 휴전 후의 휴전선이 점선으로 표시되어 있다.

우리는 언제나 여러분의 숭고한 희생과 따뜻한 마음을 기억할 것입니다. 우리의 친애하는 친구들이여, 여러분은 언제까지나 우리의 영웅으로 기억될 것입니다.

추천사

라종일 (가천대 석좌교수)*

　노벨상 수상 소설가 존 스타인백John Steinbeck은 어떤 전쟁에도 실은 두 가지 '전쟁'이 있다고 말한 바 있습니다. 한편에서는 전략, 전술가, 장군, 지휘관, 외교관, 정치 지도자의 전쟁이 있고, 다른 한편에서는 전장에 투입되는 일반 병사들의 전쟁이 있다는 것입니다. 전자의 전쟁이 전략 전술적인 판도나 그것이 고차원 정치의 판도에 미치는 영향 등이라면, 후자의 전쟁은 전투의 현장에서 자신과 동료들의 생사에 직면하는 것이고, 그리고는 그날 보급이나 급식 혹은 후방에서의 휴식 기간에 좋은 술과 예쁜 아가씨가 있는 주점 같은 것이라고 합니다. 이 말은 우리들, 그리고 특히 정치나 외교 안보 등에 관심이 있는 사람들이라면 깊이 생각해 보아야 하는 문제를 제기합니다. 자신의 사무실에 앉아서 전쟁이나 외교 안보를 논의하는 사람들은 전쟁에 투입되는 사람들의 구체적인 인간적인 상황에 관한 생각을 해야 한다는 것입니다.

*서울대 명예교수, 전 국정원 제1차장, 전 주영국 대사

『후크고지의 영웅들』에 관한 이야기는 바로 그런 문제점을 상기시켜 줍니다. 그리고 이 책에 등장하는 '영웅들'은 정치 지도자들이나 사상가, 역사가의 담론에 등장하는 그런 '영웅'들과는 차이가 있습니다. 권력자들이 자기들의 정치적인 필요에 따라서 만들어 내는 '영웅'들이 아니라 죽고 죽이는 극한적인 상황에서 인간적인 긍지에 충실한 영웅들입니다. 이들의 고통과 투쟁이 그리고 성취와 실패가 고등 정치와 역사의 담론에서 어떻게 반영되는가 하는 것은 또 다른 차원의 문제라고 생각합니다.

한국전쟁 당시 영국에게 한반도는 중요한 지역이 아니었고, 당시 영국의 나라 형편상 참전할 형편도 못 되었습니다. 그러나 세계정치의 상황으로, 그리고 특히 미국이 적극 나서는 전쟁을 좌시할 수도 없었습니다. 아울러 참여함으로서만이 중요한 전쟁의 추이에 일정한 영향을 미칠 수 있다는 생각도 있었을 것입니다. 그러나 당시 일반 영국인들에게 한국이란 나라, 'KOREA'라는 국가는 듣도 보도 못한 나라였습니다. 그런데도 그 나라의 젊은이들은 자신들과 아무런 이해관계도, 정서적인 애착도 없는 나라의 전쟁에 국가의 부름을 받고 투입되어 자신들에게 주어진 임무를 수행했습니다.

나는 일생을 학자로, 정치인으로, 외교관으로 살아오면서 한국전쟁에 관하여 많은 자료들을 찾아보았습니다. 그 중에서도 가장 기억에 남는 것은 '1950년, 받지 못한 편지들' 이라는 부제가 붙은 편지 모음집이었습니다.(『조선인민군 우편함 4640』 이흥환 엮음) 이 책은 전선에 나간 인민군 병사들과 북한 후방에 남은 가족들이 서로를 향해 쓴 편지들로 물론 전달할 수도, 전달될 수도 없는 것들입니다. 『후크고지의 영웅들』을 읽으면서 오래전 읽은 이 책이 생각난 것은 우연이 아니라고 여깁니다. 어떤 정치 지도자들이라도 전쟁을 생각할 때에는, 혹은 지나간 전쟁에 관하여 이야기할 때에는 반드시 여기 추천하는 『후크고지의 영웅들』에 관한 이야기들을 한번쯤 상기하여 주시기 바랍니다. 많은 분들의 일독을 권합니다.

추천사

김정식 (중장 예편, 전 공군작전사령관)

이 책의 주主 저자인 케네스 켈드 옹은 1934년생으로, 1952년 4월 17일 영국 정부로부터 징집 명령을 받고 만 18세 나이로 그린 하워즈 연대에 신병 입대한 후에 1952년 9월 하순경 3년째 격전이 벌어지고 있는 6.25전쟁의 최전선으로 투입됩니다. 켈드 이병과 같이 6.25전쟁에 참전했던 대부분의 영국 병사들은 약 17세에서 19세 사이의 사춘기를 갓 벗어난 청소년 병사들이었습니다. 그들은 조금은 들뜨고 흥분된 마음으로 지구 반대편으로 떠나는 병력 수송선에 올랐습니다.

영국군이 6.25전쟁에 파병되었던 시기는 제2차 세계대전의 참담했던 현실에서 회복되지 못한 시기였지만, 영국은 기꺼이 한국으로 군대를 보냈습니다. 그들은 자유를 누리는 국가의, 시민의 의무를 다하기 위해 참전했습니다. 오직 자유민주주의를 지켜야 한다는 일념으로, 자신들의 생명을 담보로 삼아 이역만리 동양의 작은 나라에서 벌어진 전쟁에 파병되어 헌신하신 영국 참전용사 분들과 가족들께 대한민국 국민의 한 사람으로서 깊이 감사 드립니다. 존

경합니다.

　강원도 치악산에는 '은혜 갚은 까치(실제는 꿩)' 라는 전설이 전해지는 절이 있습니다. 한양으로 과거를 보러 가던 한 선비가 치악산 기슭을 지나는데 커다란 구렁이가 새끼까치들을 잡아먹으려 하고 있었습니다. 까치 부부는 둥지가 있는 나무를 오르는 구렁이를 막아섰지만 역부족이었습니다. 이에 선비는 갖고 있던 활을 쏘아 구렁이를 죽이고 계속 길을 갑니다. 어느덧 날이 저물어 묵어갈 곳을 찾는데 저만치 불빛이 새 나오는 움막이 보입니다. 선비는 움막으로 가서 하룻밤 묵게 해달라고 청합니다. 마침 움막에서는 고운 처자가 나와 그러라고 하고는 밥상까지 차려 줍니다. 밥상을 물리자마자 선비는 깊은 잠에 빠져들었습니다. 얼마쯤 잤을까, 선비는 잠결에 자신의 몸이 무언가에 감겨 있고, 숨도 제대로 쉴 수 없다는 사실에 알고 퍼뜩 잠에서 깼습니다. 커다란 암구렁이 한 마리가 자신의 몸을 칭칭 감고 있는 것이었습니다. 암구렁이가 선비에게 말합니다.

　"낮에 네 놈이 쏘아죽인 구렁이가 내 남편이다. 복수하기 위해 여기서 네 놈을 기다리고 있었다."

　선비는 침착하게 암구렁이에게 말했습니다.

　"나는 과거 보러 한양 가는 길이다. 그런 중에 네 남편이 새끼까치들을 잡아먹으려는 걸 보았고, 어미 까치가 도움을 청하는데 어찌 못 본 척하겠느냐. 나를 놓아주면 과거를 보고 돌아와 네 남편의 극락왕생을 발원하는 뜻에서 여기에 절을 세우고, 때가 될 때마다 와서 제사 지내마."

그러자 암구렁이가 말했습니다.

"사악한 인간의 말을 어찌 믿느냐? 동이 틀 무렵이면 움막 앞에서 종소리가 울릴 거다. 그때까지 내가 네 놈 몸뚱이를 조일 테니 종이 울릴 때까지 버티면 살려주지."

그러나 동이 트려면 한참 멀었습니다. 암구렁이가 선비의 몸을 조이기 시작했습니다. 선비는 숨이 가빠지고 정신이 아득해져 갔습니다. 선비는 체념하며 눈을 감았습니다.

그때입니다. 사위가 캄캄한데 '뎅 뎅 뎅' 하는 종소리가 들렸습니다. 종소리와 함께 선비의 몸을 감고 있던 암구렁이의 긴 몸이 풀렸습니다.

"분하다. 벌써 종이 울리다니, 이게 어찌 된 일이더냐?"

그리고는 움막을 나가면서 선비에게 말했습니다.

"이렇게 종이 울릴 줄은 몰랐다. 어떻든 약속은 약속이니까 살려주마. 네 놈 또한 약속을 지켜야 할 것이다."

죽다 살아난 선비가 날이 밝아 움막 밖으로 나오자 맞은편에 다 쓰러져 가는 종루가 보였습니다. 선비는 깜짝 놀랐습니다. 까치 두 마리가 머리에 피를 흘린 채 종루 바닥에 쓰러져 있었던 것입니다.

소박한 옛이야기이지만, '은혜를 갚는다는 것'과 '약속의 중요성'을 생각하게 됩니다. 우리는 미·영을 비롯한 16개국 젊은이들의 피의 대가를 통해서 국난을 이겨냈습니다. 그 은혜를 잊지 않기 위해서라도 이 나라를 더욱 빛냄과 동시에 세계시민으로서의 의무를 생각해야 합니다. 모쪼록 이 책이 우리 국민의 애독서가 되기를 희망합니다.

추천사

유용원 (조선일보 논설위원 겸 군사전문기자)

영국과 우리나라가 외교관계를 맺은 1883년 이후 138년 동안 양국이 역사에서 직접 조우한 것은 딱 두 번이라고 합니다. 1885년부터 1887년까지 영국 해군의 거문도 무단 점령이 첫 번째였고, 다음이 1950년 6.25전쟁 때 영국군이 유엔군의 일원으로 한국에 파병된 것입니다. 영국군은 1956년 완전 철수하기까지 총 5만 6,000여 명의 병력을 한국에 파병했고, 5000여 명의 전사상자 및 실종자와 포로를 냈습니다. 이는 미군 다음으로 많은 숫자입니다.

하지만 우리나라에서는 6.25전쟁 때 영국군이 이렇게 대규모로 참전해 큰 희생을 치렀다는 사실을 모르는 사람들이 많습니다. 항공모함도 5척이나 참전했었는데 말이지요. 영국에서도 한국전은 '잊혀진 전쟁(Forgotten War)'이라고 합니다. 영국 교과서에도 언급이 거의 없고, 한국전 참전기념비는 2014년에야 런던 템스 강변 국방부 옆 정원에 겨우 세워졌습니다.

그래도 3,000여 명의 한국전 생존 용사들은 한국 이야기를 하면 밤을 지새울 것처럼 열성을 보인다고 합니다. 지난 2019년에는 한국전쟁 참전용사 콜린 태커리Colin Thackery가 우리나라에도 잘 알려진 노래 경연대회인 '브리튼스 갓 탤런트Britain's Got Talent(BGT)'에서 89세의 나이로 최종 결선에서 우승, 영국을 떠들썩하게 하며 한국전쟁에 대한 영국인들의 기억을 되살린 적이 있습니다.

태커리 씨는 유명한 설마리(임진강) 전투에 참전한 글로스터 연대를 지원했다고 합니다. 글로스터 연대 제1대대(600명)는 중공군 3만 명을 맞아 영웅적인 공방전을 벌이며 서울을 지켰는데요, 이 전투에서 중공군은 1만여 명이 전사한 반면, 글로스터 연대는 단 59명이 전사했습니다. 67명은 기적적으로 탈출하는 데 성공했지만, 나머지는 전부 포로가 됐습니다.

이 책의 기획자이자 메인 필자인 케네스 켈드 씨는 만 18세의 나이로 6.25전쟁의 최전선에 투입됩니다. 1952년 11월 중순, 듀크 오브 웰링턴 연대 D중대원으로 배속된 켈드 이병은 2차 후크고지 전투를 통해 고지를 사수한 블랙와치 대대가 예비대로 빠지면서 후크고지에 투입됩니다. 투입되기가 무섭게 중공군의 크고 작은 도발에 맞서 싸우며 혹독한 겨울을 보냈습니다.

켈드 이병을 비롯한 듀크 연대 장병은 1953년 5월부터 중공군 총공세에 맞서 고지를 사수하기 위한 처절한 참호전, 백병전을 벌입니다. 이른바 3차 후크고지전투입니다. 이 책에는 필자가 직접 참전한 3차 후크고지전투는 물론 2차 후크고지전투의 의미가 새롭게 조명되어 있습니다.

2차 후크고지전투는 스코틀랜드 블랙와치 연대가 큰 활약을 했던 전투인데요, 그동안 미 해병대 제1대대장의 지휘 아래 미군이 주도한 것으로 알려져 있었지만, 이 책을 통해서 영국 왕립공병대대와 한국인 노무자 800여 명의 활약이었던 것으로 드러나게 됐습니다.

아울러 제2부에 실려 있는 스물두 분의 참전 노병 수기는 미국 드라마 '밴드 오브 브라더스' 처럼 전쟁의 실상이 어떤 것인가를 우리에게 생생하게 전달해 주고 있습니다. 제3부에 실려 있는 참전용사 아내의 수기는 종전 기록물에서는 볼 수 없었던 6.25전쟁 당시 영국 사회의 분위기를 엿볼 수 있게 해준다는 점에서 의미가 있습니다.

나는 지난 30년 가까이 많은 국내외 참전용사들을 만나 뵈었는데요, 그분들께서 공통적으로 강조하시던 말씀이 생생합니다. 'Freedom is not Free', 즉 자유는 거저, 공짜로 주어지는 것이 아니라는 점입니다. 『후크고지의 영웅들』은 우리에게 이 같은 교훈을 새삼 일깨워주는 소중한 책이 될 것입니다. 군인들과 전사에 관심 있으신 분들은 물론 어린 학생과 젊은이들도 읽어 볼 만한 책이라 여겨져 일독을 권합니다.

서문

　내가 한국에서 경험한 일들을 적은 글을 이미 읽어 본 사람들이라면 이 번역본의 내용 중 원본과 다른 내용과 생소한 사진들을 발견했을 것이다. 그동안 나는 많은 시간을 들여 내 기록들을 들여다보고, 조금이라도 더 많은 자료를 얻기 위해 오랜 전우들에게 연락했으며, 잘 알려진 무용담들을 참고했다. 마지막으로 내가 한국에 있었던 시기 듀크 오브 웰링턴 연대의 기록들도 참고했다. 또한 동료 참전용사들에 대한 이야기와 골프장을 짓던 듀크의 장교들에 대한 이야기들, 대대의 신부님이 적어 놓은 내용들, 한국 친구들로부터의 헌사, 한국전쟁 참전용사들이 지은 시 등을 참고해서 몇 가지 흥미로운 내용들을 더 넣었다. 내가 알았던 사람들의 이름과 장소들을 잘 기억하고 있는 것이 나의 가장 큰 자산이라고 생각한다. 다만 내가 사진작가가 아니기에, 몇몇 사진이 어설픈 것에 대해서는 이해를 구한다.

　몇 년 동안 나는 내가 병역을 치렀던 시절, 특히 한국에서의 시간에 대해 생각하고는 했다. 나의 아내 헤이즐은 뭘 그리 생각하느냐고 종종 내게 물었고, 나는 언제나 솔직하게 같은 말로 대답하고는 했다.

"당신은 '정직함' 이란 단어를 들어 본 적이 없을 거요."

한국전쟁 참전용사 모임에는 유명한 농담이 하나 있다. 그것은 듀크 오브 웰링턴 연대는 총이 아니라 카메라를 가져갔다는 말이다.

나는 이 짧은 글 안에 내가 열여덟 살의 어린 군인으로 그린 하워즈에 입대했던 시간부터 한국에 있었던 시절까지의 경험들을 적었다.

나는 1952년 4월 17일 동원 명령 번호 5208번을 부여받고, 리치몬드 군수창에서 피복과 기본 장비를 지급받아

케네스 켈드Kenneth Keld(이 책의 영문 원서 기획 · 편집자이자 주 필자)

그린 하워즈 연대에 군번 22661268을 받고 이등병으로 입대했다. 나는 첫째 날 B중대에 배치되어 서블라 소대의 빌 볼드윈 하사가 지켜보는 가운데 6주간의 기초 훈련을 시작했다.

둘째 날 즈음에 나는 징병관과 개인 면담을 했는데, 그는 여러

가지 질문을 했다. 은퇴 후 지금 와서 생각해 보건대, 그때 그는 내게 1년 더 군대에 있을 것인지를 물었던 것 같다. 내 대답은 '아니오'였고, 나는 그 자리에서 듀크 오브 웰링턴 연대로 배치되어 한국으로 가게 될 것이라는 통보를 받았다.

1952년 5월 29일, 6주간의 기초 훈련이 끝나고 함께 들어온 신병들과 함께 스트랫람 캠프에 주둔하고 있는 그린 하워즈 연대에 새로 편성되는 제2대대에 배치되었다. 그곳에서 나는 생활용품을 받고, 일주일 동안 휴가를 얻었다.

휴가에서 복귀하자마자 나는 A중대에 배치되었다. 중대장은 조크 네이버 소령이었다. 안지오 소대에서 10주 정도 더 훈련을 받았다. 우리 소대는 스퍼드 머피 중위와 빌 포스터 하사가 지휘했다.

더럼 남쪽의 그림 같은 마을로 둘러싸인 바나드 성에 주둔하며 훈련과 행군을 하는 동안 나는 즐거운 시간을 보냈다. 주말이 지나면 집으로 돌아갈 수 있다는 점도 좋았다. 가장 참기 힘들었던 점은 집을 떠나면서 난생 처음으로 친구들과 이별한 것이었다.

갑작스럽게 그린 하워즈를 떠나야 한다고 통보받던 날 그 충격은 이루 말로 표현할 수 없을 정도였다. 출발을 일주일도 채 남겨놓지 않은 때 통보받았기 때문이다. 당시 그린 하워즈 A중대의 기록에 따르면 우리 아홉 명을 한국에 있는 듀크 오브 웰링턴 연대로 보내라는 명령이 있었다고 한다. 이때 처음으로 나와 나의 가장 친한 친구 알버트 스미스의 이름이 같이 명단에 올랐다. 우리 둘 다

스퍼드 소대장과 별로 가깝지는 않았다. 하지만 나는 그린 하워즈 연대와 한국과 지브롤터에서의 듀크 오브 웰링턴 연대 두 곳 모두에서 즐겁게 지냈다는 점을 확실히 하고 싶다. 평생 잊지 못할 기억들이었고 인생 최고의 전우들과 함께 일했기 때문이다

목차

제2부 6.25 참전 영국 노병들의 수기 157

제1부
한국전쟁과 나

1장 머나먼 동방, 미지의 나라로

1

1952년 12월 중순의 어느 날, 나는 30여 명의 전우들과 함께 바나드 성의 그린 하워즈 연대, 제2대대를 떠나 한국 땅으로 향하는 첫 발을 뗐다. 첫 번째 기착지는 요크에 있는 풀포드Fullford 병영이었다. 우리는 파병 전 허락된 14일의 휴가를 포함해서 풀포드 병영에서 3주를 지냈다. 휴가에서 돌아오자마자 우리는 극동 지역으로 가기 전에 필요한 예방 접종을 했고, 하루는 개인화기를 점검했다.

그리고 우리는 폴포드의 그린 하워즈 연대에서 듀크 오브 웰링턴 연대로 전환 배속되었다. 예방 접종과 소총 점검을 마친 뒤에 다시 주말 외박이 허락되었고, 월요일 첫 열병식에 집합하라는 명령을 받았다.

멀고 먼 동방, 미지의 작은 나라에서 벌어진 전쟁에 참전하는 나를 싣고 사우스햄튼을 출발한 HMT 아스투리아스 호

　출발 날짜가 언제가 될지 아무도 모른 채로 우리는 모두 작업자 명단에 올려져 있었다. 군장 검사를 위한 사열이 있던 어느 날 아침, 한 분대원이 연대의 크로스비 소령(별명이 '빙'이었다)의 흉내를 냈던 기억이 난다. 재수없게도 빙 소령은 화를 냈고, "너희 놈들을 한국으로 가는 배에 태워 가는 내내 노를 젓게 하겠어"라고 소리를 질렀다. 소령은 그 분대원과 나, 그리고 동료 몇 명을 취사장으로 보내 버렸다.

　그렇게 배속 전환이 끝나고 작업자 명단에 오른 채 대기하던 1953년 1월 초순의 어느날 아침, 드디어 우리의 지옥문이 열렸다. 30분 안에 완전군장을 꾸리고 전날 했던 것처럼 연병장에 집합하여 사열준비를 하라는 명령이 떨어졌다. 12시 30분쯤 요크를 떠나 런던의 킹스크로스 역에 도착했을 때, 군 트럭들이 후미를 플랫폼에 바짝 붙여 대기한 채 우리를 기다리고 있었다. 우리가 탄 트럭들은 다시 워털루 역을 향해 내달렸다. 저녁 늦게 사우스햄튼에 도착했는데, 빨간 모자를 쓴 사람들이 빨리빨리 움직이라며 마치 우리 탓에 늦은 양 화를 냈다. 이윽고 생전 처음 들어보는 무서운 욕들이 쏟아졌다.

다음날 아침, 우리는 다음 여정을 위해 HMT 아스투리아스 Asturias 호에 올랐다. 이 여정은 포트사이드, 에덴, 콜롬보, 싱가포르와 홍콩을 경유하며 4주 동안 이어졌다. 포트사이드를 빼고는 모두 상륙 허가를 받을 수 있었다.

우리는 블랙와치 대대와 더함 경보병 연대의 증원 병력과 함께 갑판 아래층의 병사용 선실이 있는 층을 사용했는데, 불행하게도 그들의 한가운데에 우리가 생활하는 선실이 있었다. 그들은 다가올 전투에 대비하겠다는 것인지 시도 때도 없이 서로 싸워 대는 통에 어떤 때는 머리가 돌아버릴 지경이었다.

재수없게도 우리 부대는, 비스케이 만을 지나가는 바다 위에서의 첫 날 밤에 보초 근무를 서야 했다. 우리 모두는 준수 사항이 적혀 있는 클립보드를 받았고 그 내용을 외워야 했다. 중간 중간 당직 장교가 아무나 붙들고 뭘 지켜야 하는지 물어봤기 때문이다. 내 친구 알버트 스미스는 선원들의 생활 구역을 지키고 있었는데, 장교에게 질문을 받았을 때 몸 상태가 좋지 않아 앞의 두 글자 c와 r 밖에 생각이 나지 않는다고 했다. 그래서 한참 고민하다가 그만 까마귀 둥지(crow's nest)라고 말해 버렸다고 한다. 그 일 때문에 알버트는 그 장교에게 찍혀 버리고 말았다.

그런 일을 제외한 나머지 여정은 꽤 행복한 시간이었다. 선미에서 사격 연습을 하고, 독도법을 비롯해서 개인 훈련을 하고, 유곽에 갔을 때 여자들과의 성관계 등 주의해야 하는 일들에 대한 강의를 듣고 영상 시청도 했다.

우리는 배에 있는 동안 매일 해야 할 일들을 배정받았다. 나는 밤 11시 이후에 데릭 휴손과 데니스 스미스와 함께 갑판 아래를 청소하는 일을 맡았다. 처음에는 밤에 일을 해야 한다는 것이 썩 내키지는 않았다. 그런데 얼마 지나지 않아 그 일이 참 보람 있고 유익한 일이라는 것을 알게 됐다.

승객의 대부분은 결혼한 가족들이었고 홍콩 등 극동 지역에 정착한 배우자를 만나러 가는 사람들이었다. 선박 운영에 관해 선원들의 권한에 어긋나거나 문제가 생길 것을 우려해 우리는 구역 근무 지침이 적힌 금속 안내판을 받았다.

일을 시작한 첫 날 밤, 꽤 많은 승객이 친구들과 수다를 떨기 위해 선실 밖으로 나온다는 것을 알았다. 좀 비켜 주겠느냐고 부탁하는 것이 창피했던 우리는 재빨리 일을 마무리했다. 몇몇 여성은 우리와 아주 친해졌는데, 특히 우리가 한국으로 가고 있으며 돈이 거의 없다는 것을 알고는 먹을 것과 음료를 가져다 주었다. 또 일과 후 종종 자신들의 방으로 초대하기도 했다. 겨우 10대에 불과했던 우리는 그들의 호의를 '절대' 거절하지 않았다. 동료들에게는 배의 갑판이 아주 따뜻해서 그냥 거기서 자는 게 편할 뿐이라고 말하고는 했다.

싱가포르로 갈 때 새로 사귄 친구 여러 명이 홍콩에서 내렸다. 세월이 지난 지금 생각해 보니, 그 여자 친구들 덕분에 그 여정이 즐거웠던 것 같다. 홍콩을 떠나고 나서는 지루한 일들뿐이었기 때문이다.

우스운 사건이 하나 있기는 했다. 어느 날 함장이 우리 중 몇 명에게 머리를 깎고 다음날까지 검사를 받으라고 명령했다. 블랙와치 부대의 클라이드와 커저는 날씨가 꽤 더운 관계로 아예 빡빡 밀어 버렸다. 그들이 두발 검사를 받으러 가자 함장은 그 친구들에게 "내가 머리를 깎으라고 했지 빡빡 밀라고 했냐?"라고 호통쳤다.

2

1953년 2월 초순의 어느날, 4주간에 걸친 항해 끝에 우리는 드디어 마지막 기착지인 일본의 쿠레 항구에 도착했다. 그곳에서 다시 쿠레의 변두리인 히로라는 곳에 위치한 JRBD(Japan Reinforcement Base Depot, 증원부대의 집결지가 있는 기지창)로 보내졌다. 거기서 우리는 최종 행선지인 한국으로의 여정을 준비했다. 그 기지창은 한국으로 이동하기 위해 대기하는 곳으로 호주군이 관리하고 있었으며, 음식과 식당 시설은 고급스러웠다. 테이블마다 식탁보가 깔려 있었고, 양념들이 식탁 위에 놓여 있었다. 아마도 이때가 한국 전선으로 투입되기 전, 최후의 만찬이었던 것 같다.

기지에 있던 증원 병력의 대부분은 하라무라에서 몇 마일 떨어진 영연방 전투학교에서 상급 전투 훈련을 받기 위해 보내졌지만, 우린 이미 요크의 폴포드에서 그린 하워즈 연대 제2대대에서 듀크 오브 웰링턴 연대로 전환 배속되어 온 상태라서 곧바로 듀크 오브 웰링턴 연대로 보내졌다. 우리는 이미 기대 이상의 준비 상태였다.

이때 우리는 방한 피복과 비품들을 받았는데 야전상의 두 벌, 고무 밑창을 댄 전투화 여섯 켤레, 양말 여섯 켤레, 냄비 닦는 솔처럼 생긴 안창 한 켤레, 내복 두 벌, 망사 조끼 두 벌, 두꺼운 모직 저지 상의 한 벌, 모자 달린 파카 한 벌과 침낭 등이었다. 그뿐 아니라 한국의 지방으로 갈 것에 대비해서 티푸스, 말라리아, 황열병, 천연두, 파상풍 등 예방 접종이란 접종은 다 받아야 했다.

캠프 안은 연대 전체의 사내들로 득실득실했기 때문에 그 중 한 둘이 한동안 사라져도 아무도 눈치 채지 못했다. 그것을 이용해서 듀크 오브 웰링턴 연대의 병사 하나는 캠프 바깥에서 일본인 여자와 꽤 오랫동안 외박을 했다. 그는 아침마다 보고를 하고 사라지곤 했는데, 결국 발각되었고 급히 대대로 보내졌다. 그는 나중에 유감스럽게도 전투 중 중공군의 포로가 되고 말았는데 심하게 다쳐서 한쪽 다리를 잃고 말았다.

JRBD에 배치되었던 짧은 시간 동안, 이름이 기억나지 않는 한 연대의 병사 두 명이 살인 혐의로 체포되었다. 불행하게도 그들은 여러 명의 증인에 의해 혐의가 확인되었다. 무서운 일이었다.

어느 날 밤, 여러 명이 캠프 밖 쿠레의 마을로 들어가 보기로 했다. 길모퉁이에서 나이든 남자, 여자, 심지어는 어린이까지 자신들의 어린 딸이나 누나, 언니와 시간을 좀 보내지 않겠느냐고 물었다. 그들이 말한 여자들은 순박한 처녀들이었다. 정말 놀라운 경험이었다. 큰길을 걸어 내려가고 있을 때 큰 소음이 들렸다. 무슨 일

일본에 있던 보충 기지창 JRBD의 위병소 대기실. JRBD는 6.25전쟁에 참전하기 위해 영국
군을 비롯한 유엔군들이 일본에 도착해서 잠시 대기하며 전투를 위한 점검과 휴식을 취하
던 곳이다. 관리는 호주군이 했다. 유엔군 병사들은 한국 전선으로의 투입 전, 최후의 만찬
을 이곳에서 즐겼다.

JRBD 기지 내의 식당

인가 하고 둘러보자 한 헌병이 매춘업소 앞에 놓여 있던 군화들을 지프차의 뒷좌석에 타고 있는 졸병들에게 던지는 게 보였다. 그 군화들은 결국 병사들이 양말만 신은 채 위병소에 보고하러 갔을 때에야 주인에게 돌아갔다. 그들이 영창에 수감되었는지 아닌지는 알 수 없었다.

동계 피복은 부대 막사 외부에서 밤늦게 나누어 주었다. 지급받은 옷은 이튿날 아침까지 밖에 놓아두었는데, 꽤 많은 양이 없어지는 경우도 있었고, 종종 울타리 밖에 던져져 있다가 제자리로 돌

일본의 쿠레 부두. 사우스햄튼을 출발한 우리는 지브롤터를 거쳐 지중해를 지나 수에즈운하와 홍해를 거쳐 예멘의 아덴항에 잠깐 머문 다음 인도양을 건너 싱가포르, 홍콩을 거쳐 일본에 도착, 잠시 준비 시간을 가진 다음 쿠레 부두에서 작은 화물선을 타고 6.25전쟁의 현장으로 출발했다.

아오곤 했다. 또 어떤 병사들은 현금과 바꾸기 위해서 동계 피복을 두 벌씩 입고 캠프 밖으로 나가기도 했던 모양이다.

부대 기간병이 된 친구들은 마치 휴가 캠프에 온 것 같다고 말하며 기뻐했다. JRBD에 도착한 지 일주일 조금 지났을 때 완전군장하고 집결하라는 명령이 떨어졌다. 우리는

쿠레 부두에서 부산으로 우리를 실어나를 이상 호(E. SANG)

6.25전쟁 전선의 유엔군 전사자를 비롯한 사상자들을 부산역으로 실어나른 병원 열차. 전선으로 향할 때는 각종 의약품과 의료장비들을 실어 날랐다.

쿠레에 있는 부두로 이동, 일본의 수송선인 E. SANG 호에 승선했다. E. SANG 호는 작은 배였으나 다행히 별 탈 없이 바다를 건너 한 국의 부산에 도착했다. 배 에서는 보기에도 최악인 음 식이 제공되었지만, 나는 그 음식들로 배를 가득 채 웠다.

흑인 병사들로 구성된 군악대. 이들은 한국전에 참전하는 유엔군들이 부산항에 도착하면 환영 마치를 연주했다. 군악대가 연주한 곡은 재즈풍의 '세인트루이스 블루스 마치'였다.

부산항에 도착, 하선 중인 장병들

부산 변두리에 있는 해상 수송 캠프로 이동하여 전투가 한창인 북쪽 독촌으로 출발하는 기차를 기다렸다.

쿠레 항을 떠난 지 24시간이 다 되어서야 우리는 부산항에 도착했다. 그때가 1953년 2월말의 어느날이었다.

부산에 도착하여 처음 본 한국의 인상은 썩 좋지 않았다. 도착하자마자 부둣가에 서 있는 빨간색 큰 십자가가 그려진 열차와 거기에 실린 짐들이 보였다. 병원 열차였던 모양이다. 흑인 병사들로 구성된 미군 군악대가 부두에 나와 우리를 반겨 주었다. 그들이 오는 걸 알았으면 케이크라도 구워 갔을 텐데 그러지 못했다.

배에서 내린 후, 부산 변두리에 위치한 Seaforth Transit Camp(씨포스수송캠프)로 이동하여 북쪽 독촌[1]으로 가는 열차를 기다렸다.

---

1) 저자는 'Dokchon' 또는 'St, Dokchon'으로 표기하고 있다. 영국군 기지가 있는 북쪽이

한국판 오리엔트 특급. 깨진 차창으로 찬바람이 들이치고, 나무로 얼기설기 만든 좌석마저도 부족해 전장으로 향하는 대부분의 장병들은 기차 바닥에 주저앉아 만 하루를 이동해야 했다.

사방에서 화가 난 인부들이 싸우고 있는 것 같았다. 우리는 개인 장비에서 눈을 떼지 않도록 신경을 써야 했다. 장비들이 사방에 아무렇게나 던져졌기 때문이다.

　다음날 아침, 우리는 다시 열차를 타고 북쪽으로 이동했다. 거의 스물여섯 시간 동안 각목과 판자때기로 얼기설기 만들어진 불편한 좌석에 앉아 깨진 창문으로 밖을 내다보며 이동해야 했다.

고, 부산에서 26시간 기차를 타고 올라온 장병들이 역에서 내려 집결했다가 각 전선으로 분산 배치됐다고 한다. 해당 지역 또는 역이 있을 만한 철도 노선은 경의선과 경원선인데, 영국군은 주로 파주 적성과 연천 일대에서 중공군과 전투를 한 것으로 미루어 경원선 동두천역이나 덕정역으로 추정된다. 저자에게 확인을 했으나 정확한 기억의 어려움에도 황량한 넓은 들이 있다고 하는 것으로 보아 덕정역일 가능성이 크다. 한글 발음을 들리는 대로 '독촌'으로 표기한 것으로 보인다. -편집자 주

부산역의 단발머리 소녀와 소년들. 먹을 것을 구걸하는 배고픈 아이들이 열차를 에워싸고
는 했다.

전쟁이 한창인 나라의 배고픈 아이들이 선로로 뛰어들어 먹을 것을 구걸하고 있다.

부산에서 독촌까지의 길은 전쟁으로 파괴된 나라를 아래에서 위로 종단해 가는, 아주 길고 불편한 여정이었다. 기차는 가파른 경사를 오르기 위해 종종 멈추어서서 보일러실의 증기 압력이 높아지기를 기다려야만 했다. 한 번은 기관사가 쉬고 싶다며 운행을 거부한 적도 있었는데, 우리는 총을 들고 가서 발길질을 하는 시늉을 하며 협박을 해서 다시 운행을 하도록 하기도 했었다.

　역에 설 때마다 배고픈 아이들이 먹을 것을 구걸하려고 열차를 에워쌌다. 그렇게 얻은 음식 부스러기마저도 몸집이 작은 어린아이들은 덩치 큰 아이들에게 그것마저 빼앗기기도 했다.

3

수면 부족과 배
고픔에 지친 채, 우
리는 마침내 독촌
에 도착했다. 오는
길에 굶주린 한국
아이들에게 우리의
비상식량을 나누
어주었기에 식량이
부족할 수밖에 없
었다. 그래도 우리
는 부대에 도착하
면 식량을 배급받
는다는 사실을 다
알고 있었다. 숨 고

내 친구 토미 우드(왼쪽)

토미 우드(왼쪽)와 그의 동료

를 새도, 짐을 챙길 새도 주지 않고 빨리 움직여 질서정연하게 대열을 맞추어 서라고 헌병들이 고래고래 소리를 질러댔다. 자신들에게 우리를 통제하고 지휘할 권한이 있다는 것을 보이기 위한 행동으로, 때때로 과장된 액션을 하는 친구들도 있었다.

가장 큰 문제는, 우리를 태우고 최종 목적지로 데려다 줄 트럭에 우리뿐만 아니라 이곳저곳에 있는 부대들로 갈 병사들을 모두 모아 태운다는 사실이었다. 그들 중에서는 우리가 가야 할 방향과 반대 방향으로 가는 병사들도 있었고, 불행하게도 마지막 안식처를 향해 가는 병사들도 있었다.

제법 시간이 지나고 나서, 우리는 각자 배치될 연대에 따라서 몇

보급대 매점. 맥주는 늘 충분히 준비되어 있었다.

그룹으로 나뉘었다. 부대원들은 대체로 독촌에 있는 영국군 캠프로 가게 되었다. 우리가 탄 미군 트럭의 운전병은 가속 페달을 밟거나 경적을 울릴 줄 밖에 몰랐다. 비포장도로를 거칠게 달려 마침내 대대 본부로부터 몇 마일 떨어진 후방 기지에 도착했다.

우리는 도보로 대대 본부에 도착했고, 입대 동기들과 헤어지게 되었다. 이 갈림길에서 바나드 성에서부터 이어온 동기들과의 막역한 관계도 끝이 났다. 우리 모두 넓은 지역 곳곳에 주둔한 중대들에 분산 배치되었기 때문에 대부분 다시는 만나지 못할 운명이 되었다. 그래서 동료 중 누구라도 목욕을 하러 지원단이 있던 B-Echelon[2]에 가거나 휴가를 가게 되면 언제나 헤어진 다른 동료의 안부를 물어봐 달라고 부탁하고는 했다.

나는 프레드 배시포드, 폴 프리엣, 제니 워렌, 성이 설리반이지만 세례명은 기억나지 않는 다른 한 명, 군 생활 중 안타깝게도 치명상을 입은 데니스 스미스와 함께 도그 중대로 배치되었다.

바로 그 즈음, 미군 사단들이 전선으로 투입되고 영연방 사단들은 후방으로 빠져 있었다. 영연방군은 임진강 남쪽 지역에서 두 달 동안 대기하고 있었다. 그곳 20인용 분대 텐트에는 탱크의 물을 데워 얻은 증기를 구멍으로 뿜어내는 적하식積荷式 히터가 설치되어 있었다. 그런데 이 히터 때문에 치명상을 입은 병사가 꽤 많았다.

---

2) 연대 병력이 전선으로 투입되면 후방 기지에 남아 연대의 인사, 군수 등의 행정 지원 업무를 수행하는 파트

히터가 너무 뜨거워지면 빨간 스파크가 튀었고, 그 스파크가 침구로 옮겨 붙어 텐트 지붕에 구멍들을 내거나 지붕을 홀랑 태워 버렸다. 그 무렵 우리가 교대 근무를 하고 있을 때, 비품 재고 목록을 만들던 후방 지역 작전본부의 고참 하나가 구멍 뚫린 텐트 지붕을 보고는 전우들끼리 싸우면 안 된다고 말하기도 했다. 이렇게 텐트 안은 뜨거워서 문제였지만, 병사들은 전선으로 나가자마자 추위를 불평하며 투덜거렸다. 그들은 일명 '따뜻한 벙커'에 계속 남아 있기를 바랐다.

그런 상황에서도 중요한 것은 중대, 대대 훈련이었고 종종 야간 수색 정찰 훈련도 수행해야 했다. 동시에 또 다른 중요한 과제는 우리 스스로를 최대한 편안하게 지낼 수 있도록 하는 것이었다. 얼마간의 건축 자재와 그것을 활용할 기회가 전선에 있는 우리에게 주어졌을 때, 우리는 중대 단위의 펍Pub을 지어서 '서포터즈 암즈', '베이커즈 더즌', '찰리스 바' 같은 명칭

에멧Emmett 소령. 바론Baron(남작. 말단 귀족이란 의미)이라는 별명으로도 불렸다.

밥 칠버스Bob Chilvers

을 붙였고 우리 D중대는 '파라다이즈'라는 이름을 붙였다. 아쉽게도 A중대의 펍 명칭이 기억나지를 않는다.

어느 날 우리 부대 식당에 문제가 생겼다. 바론이라는 별명으로도 불리는 중대장 에멧 소령이 자신이 모델이 된 유화를 식당에 걸어놓았는데 그게 사라졌다는 것이다. 한바탕 소동이 일어났다. 그는 나름 꾀를 내서 그 그림을 치운 범인들을 찾을 때까지 식당 문을 닫겠다고 했다. 이 문제를 도덕적으로 해결하기 위해 중대 원사인 조 조블링 상사가 개입했다. 얼마 후 그 그림은 훼손된 채로 시냇가 근처 변소에서 발견되었다.

조블링 상사는 즉시 병사들을 소집해 그림을 바론에게 돌려주라고 했다. 그런데 불행히도 밥 칠버스라는 병사가 바론의 그림을 똥물에 떨어뜨렸다는 말이 들려왔다. 바론은 그 웃긴 상황을 알지 못한 채 한 주간 더 식당 문을 열지 않았다. 그래서 우리는 중대의 연락을 받는 일이나 일직사관에게 취침 점호를 받는 일 외에 다른 일을 할 수 없게 되었다.

당시 밥은 12개 소대원들 모두에게 잘 알려진 이등병이었는데, 나중에 요크의 폴포드 병영에서 연대 주임상사로 군 생활을 마무리했다. 나는 이 이야기를 한국 참전용사 신문에 실었는데, 반갑게도 이 사건을 선명하게 기억하는 사람으로부터 답장을 받게 되었다. 아마 이 이야기를 알지 못하고 처음 읽는 사람들은 믿을 수 없는 이야기라고 생각할 것이다.

1953년에는 홍수가 났다. 대대에서 피해를 복구하기 위한 후원금을 모금하기로 했는데, 어느 중대가 돈을 가장 많이 모았는지 겨루기로 했다. 우리의 거물 중대장이 병사들 급여에서 각각 당시 돈 2실링과 6펜스를 빼서 후원금으로 냈다. 그 덕분에 우리 도그 중대가 1등을 했다. 그 금액은 현재의 12펜스 정도 될 것이다. 그 돈을 걷을 수 있었던 것은 중대장이 트럼프 게임으로 돈을 따 유화 사건에 복수를 했기 때문이다. 쥐구멍에도 볕들 날 있다는 말이 생각나는 일화이다. 그 거물 중대장은 내가 그린 하워즈 연대 제2대대에 있던 때의 중대장과 성격이 비슷했다. 아마 그린 하워즈 중대장에게 이런 일이 생겼다면 거물 중대장과 똑같이 행동했을 것이다.

그 거물 소령 밑에서 일했던 여러 사람의 이야기를 들어보면, 그는 좀 별난 사람이었다. 그 중 유명한 이야기가 하나 있다. 그는 검은 래브라도 종의 '조크'라는 이름의 개를 키우고 있었는데, 누구라도 징계받을 일이 생기면 소령은 옆에 앉아 있는 그 개를 보며

도그(D) 중대 주둔지의 A형(삼각) 텐트들

어떻게 생각하느냐고 물었다. 이때 만약 그 개가 짖으면 그 병사는 소령이 결정한 벌을 받았고, 개가 조용히 있으면 징계 없이 넘어갔다는 것이다. 또 다른 이야기도 있다. 그 개가 어떤 암컷 개를 찾느라고 사라진 적이 있는데, 개가 돌아오자 소령이 그 개를 영창에 넣었다는 것이다.

이때쯤 우리 구역에 장교들의 체력 단련을 위해 골프 코스를 만들었다. 그런데 이 골프장이 아마 한국에 만들어진 첫 번째 골프 코스일 것이므로 이 이야기는 따로 빼두겠다.

4

 4월초, 연대는 블랙와치 대대가 점령하고 있는 후크고지의 아주 위험한 지역으로 이동했다. 킹스 사단은 사미천 계곡이 내려다보이는 용동이라는 지역에 자리를 잡았는데, 듀크 오브 웰링턴 연대

위전Widgeon 다리. 6.25전쟁 당시 미군이 임진강 일대에 가설한 부교 형태의 다리 가운데 하나이다.

는 이때 처음으로 전선에 위치했던 것이다. 듀크는 예비 병력으로 주둔하고 있었는데, 에이블과 찰리 중대는 예외적으로 블랙와치에 배속되었고 블랙 듀크라고 불리게 되었다.

그곳에서 우리는 2인용 A형 텐트에서 지냈다. 경사진 곳에 텐트를 설치해야 했기 때문에 바닥에 5제곱피트 정도 되게 땅을 고르고 그 위에 텐트를 쳤다. 비가 올 경우를 대비해서 텐트 주위에 배수로도 팠다. 비가 내리면 지붕으로 비가 샐 염려가 있기 때문에 지붕을 건드리지 않도록 조심해야 했다. 이때 자기 텐트 지붕은 비가 새지 않는다며 자랑하는 녀석들이 꼭 있었는데, 동료 중 한 명이 그들의 텐트 지붕에 몰래 올라가서 그들이 누웠을 때의 머리 쯤 되는 곳을 찢어 놓았다. 그런 날은 사방에서 욕하는 소리가 울려 퍼졌다.

우리는 불시에 공격을 당해도 반격이 가능하도록 우리 위치에서 24시간 경계 태세를 갖추고 있었다. 그러나 다행히 공격은 없었다. 우리 부대는 비상시 투입될 것이었기 때문에 상비군처럼 항상 훈련을 하고, 심지어는 부대의 모든 잡다한 일까지 맡았다. 고급 장교가 방문할 때마다 의장병으로 나가기도 했다. 이는 쓸데없는 관행에 속하는 까다롭고 힘든 일이었다. 그러나 변변치는 않지만 그 덕분에 혜택도 있었다. 석탄을 담아 달군 다리미로 군복 바지 각을 세울 기회가 주어진 것이다. 나는 그렇게 다림질된 옷을 입고 종종 의장병으로 뽑혀 나가곤 했다.

우리는 위전다리(전쟁 당시 미군이 임진강 일대에 가설한 부교 중 하나)에서 야간 경계 업무도 했다. 밤에 멀리서 혼자 경계를 서기 위해 다리를 건널 때면 좀 무서운 생각이 들기도 했다. 중공군들이 종종 금속 드럼통을 타고 떠내려 온다는 소문이 있었기 때문이다.

　이곳에서도 웃긴 사건이 한두 번 있었던 덕분에 부대의 분위기가 완전히 침울하고 불행하지는 않았다. 한 번은 동료 중 한 명이 텐트 밖에서 수류탄을 정리하다가 레버를 빼버리고 말았다. 그는 기폭 장치가 작동하기 전에 레버가 빠진 걸 깨달았다. 그래서 생각할 시간도 없이 그 수류탄을 언덕 아래로 던졌다. 정확히 그 시점에 경계병들이 그 방향에서 올라오고 있었고, 당직 장교와 주임상사가 그걸 지켜보고 있었다. 눈앞에서 일어난 이 상황을 처음부터 지켜보던 경계병들은 깜짝 놀라 빠르게 사방으로 흩어지기 시작했다. 당직 장교와 주임상사는 그 현장으로부터 등지고 있었기 때문에 경계병들의 소란을 보고는 당황했다. 곧 주임상사가 상황을 파악하고는 "뱅!" 하고 외치며 주위에 있는 병사들에게 주의를 주었다. 아무도 다친 사람이 없다는 것을 확인한 주임상사는 고참병들에게 사고를 친 병사의 텐트를 지뢰밭에 갖다 놓으라고 소리쳤다.

　또 다른 사건은 제12연대 병장 테드 허치슨이 본인의 스텐 기관단총으로 뱀을 쏜 사건이었다. 그는 탄창을 전부 비울 때까지 뱀을 쐈는데 한 발도 맞히지 못했다. 병사들은 그런 그를 엄청나게 놀려댔다. 운 좋게도 그 친구는 곧 영국으로 돌아갔기 때문에 놀림은 오래 가지 않았다.

가장 웃겼던 상황은 영국 스카버러에서 온 동료 밥 테일러가 도쿄로 휴가를 떠났을 때 벌어졌다. 그가 일본으로 떠날 때 두 명의 동료에게 자신이 맡고 있던 구내식당 일을 맡기고 간 게 화근이었다. 알코올의 유혹 때문에 그들은 일일 결산을 제대로 하지 못했다. 한국에 있는 동안 병사 1인당 매주 담배 50개피와 면도날 한 개, 그리고 카슨스 초콜릿 바를 받았다. 구내식당을 맡은 동료 두 명 중 하나가 매점에서 일을 했기 때문에 그들은 초콜릿 박스를 훔쳐서 구내식당에서 팔기로 했다. 초콜릿을 팔 수 있는 유일한 방법은 캐드버리 초콜릿 바를 산 사람들에게 포장지를 수거해서 카슨스 초콜릿을 캐드버리인 양 싸서 파는 것이었다. 그런데 아무도 초콜릿을 사지 않았기 때문에 그 아이디어는 폭망해 버리고 말았다. 이는 정말 코미디 프로그램의 에피소드로 삼아도 될 만큼 우스운 사건이었다.

우리 중에는 '키스 롱Keith Long' 이라는, 꽤 유명한 장거리 달리기 선수가 한 명 있었다. 그는 영연방 크로스컨트리 경주를 위해 훈련하고 있었는데, 그의 연습 파트너가 될 중대원이 몇 명 선발되었다. 이는 땡땡이를 치기에 아주 좋은 기회였다. 중대원들은 협곡에 나 있는 한 개의 길에만 배치되어 있었기 때문에, 그들의 눈을 피해 슬쩍 무리에서 빠진 후 키스 롱이 크로스컨트리 훈련을 마치고 돌아올 때 함께 오면 되었기 때문이다. 키스 롱은 그 대회에서 우승해 챔

미군 군용기 일등석. 휴가 기회를 얻은 장병들은 긴장의 전선을 벗어나 김포공항에서 군용기를 타고 일본 도쿄의 에비수휴양센터로 4박5일 정도의 휴가 여행을 떠났다.

피언 자리에 올랐다. 내가 알기로 그는 제대한 후에 경찰이 되었고 베벌리의 거리에서 교통정리를 하고 있는 게 참전 동료들의 눈에 띄고는 했다. 그렇게 그의 달리기 선수로서의 삶도 끝났다.

예비대 병력으로 있는 동안 나는 운 좋게도 도쿄로 닷새의 포상 휴가를 받았다. 원래 이 휴가의 명칭은 '휴가와 휴양(Rest and Recuperation, R&R)'이었는데, 한국 상황에 맞게 '엉망진창(Rack and Ruin)'이라는 별명으로도 불렸다. 어쨌든 기쁜 휴가 소식을 들은 후 가장 먼저 해야 할 일은 중대의 경리 병사를 찾아가 휴가 상여금을 받는 것이었다. 의무 복무 징집병으로서, 많은 돈은 아니었지만 말이다.

기다리던 출국 날이 되면 장비를 군수계원에게 반납하고, 여단 본부로 가서 다른 연대며 군단에서 온 행운아(?)들과 합류했다. 그런 다음 서울에 있는 김포공항에서 일본으로 날아갈 때까지 대기했다. 우리는 아메리칸 글로브 마스터스 항공사를 이용했다.

도쿄에 도착하자마자 배를 타고 간 곳은 에비수휴양센터였는데, 호주군들이 우리를 맞아주었다. 우리는 공동 샤워 시설로 안내받았고 입소맞이 샤워를 하기 위해 각자 비누, 샴푸와 커다란 수건을 받았다. 샤워하러 들어가기 전에 우리의 더러운 옷들을 넣을, 꼬리표가 달린 가방을 받았다.

호사스러운 샤워를 마친 후 깨끗한 속옷과 일본에 머무는 동안 입을 군복을 받았다. 잠자리가 마련된 건물로 안내되었는데, 그곳에는 한국에서 주로 보던 땅바닥에 깐 이부자리가 아닌 침대보가 예쁘게 깔린 침대가 있었다. 감격스러웠다.

다음 장소인 식당에서는 여느 호텔과 다름없는 최고급 음식이 나왔다. 식사 후 대부분 바로 숙소로 가서 정신없었던 여정의 피로와 긴장을 푸는 시간을 가졌다. 이때 다른 연대에서 온 사람들과 이야기를 나누고 친해질 수 있었다. 다른 많은 병사는 에비수휴양센터에 머물지 않고 바로 마을로 들어가 한국으로 돌아가는 날까지 모습을 보이지 않았다.

다음날 아침식사를 마치고 우리는 긴자라는 번화가를 돌아다녔는데, 돈이 부족해서 거의 윈도쇼핑만 했다. 나에게는 주머니를 다 털어 5파운드 정도의 돈이 있었는데, 일본 돈으로 환산하면 5000엔 정도 되었다. 긴자 관광을 마치고 다시 숙소로 돌아와 전날처럼 저녁을 먹고 바에 갔다. 마지막 날까지 정해진 일정처럼 매일 저녁 먹고 바에 가기를 반복했다. 남은 돈은 긴자 시장에서 다 썼다. 집으로 보낼 물건을 골라서 사고 집 주소를 적어 내면 공짜로 집까지 보내주는 것 같았다.

에비수휴양센터에 있는 동안 여종업원들이 침대와 방을 깨끗하게 청소해 주었다. 그들은 딱 한 가지 만 빼고 우리의 요구사항을 다 들어 주었다. 어느 날 밤, 셰필드에서 온 전우 프레드 케니가 바에 다녀온 후 아무 생각 없이 침대 위에 우뚝 서서 'Bye Bye Blackbird' 라는 노래를 부르고 있었다. 그때 종업원 한 명이 들어왔는데, 그녀는 그걸 보고도 눈 하나 깜짝하지 않았다.

몇 달 전 운 좋게도 케니와 연락이 닿았다. 전화 통화에

셰필드 출신의 프레드 케니Fred Kenny

서 나는 아직도 그때 그 노래를 부르고 있느냐고 그에게 물었다. 그러자 그는 그때 그 일은 잊을 수 없다고 말했다. 다른 사람들의 말에 따르면 그는 찰리의 바에서 18번으로 그 노래를 부르고는 했다고 한다.

내 머릿속에 남아 있는 일본에서의 기억이 하나 더 있다. 자전거를 타고 다니는 일본인이 많았는데, 대개 가로등이나 표지판 주위에 자전거를 세워 두고는 했다. 하루는 긴자를 돌아다니던 중 자전거 때문에 소동이 일어난 것을 보았다. 대나무로 비계를 설치해 놓은 공사중인 건물이 하나 있었는데, 자전거들이 그 비계에 기대 세워져 있었다. 어떤 사람이 비계에 걸려 넘어지면서 자전거를 모두 쓰러뜨리고 말았다. 그 사람은 심하게 다친 것 같았는데, 어찌나 생생한지 그 고통이 내게도 고스란히 전해지는 것만 같았다.

워킹 클래스 출신이 많은 영국군 병사들은 종종 호주군과 미군 병사들을 자극해서 치고 받는 싸움으로 번지고는 했지만, 그 난장판 속에서도 호주군과 미군의 맥주를 마시며 싸움을 관전하는 여유를 부리고는 했었다. 마침내 휴가가 끝나고 원대 복귀하는 날이 되었다. 딱 한 가지 만 빼고 일본에 왔던 것과 반대의 순서를 거쳤는데 그 한 가지는 옷이었다. 일본에 도착한 첫 날 맡겼던 더러운 옷이 깨끗하게 세탁되어 있었다. 그러나 한국으로 돌아가는 길에 먼지투성이의 길들을 달려야 했기 때문에 우리 옷은 이내 다시 더러워졌다.

군 생활 동안 휴가와 관련해서 가장 창피했던 일 중 하나도 이때 일어났다. 휴가 복귀시에 중대 위생병에게 성병 무감염 프로그램에 따라 복귀 보고 후에 성병 검사를 받는 것이었는데, 대개 가림막 하나 없는 곳에서 바지를 내리고 민감한 부분까지 검사를 받아야 했다. 이때 위생병들이 연필로 성기를 들어올리곤 했다. 군대에 다녀오지 않은 사람들에게 이 일에 대해 여러 차례 얘기했지만 모두 믿지 못하는 눈치였다. 그럴 때마다 나는 그들에게 '너희는 속옷이 들어 올려져 본 적이 없지 않느냐'며 농담을 하고는 했다.

어느 날 한밤중 우리는 느닷없이 기상을 해야 했고 무서운 경험을 했다. 영문도 모르고 겁에 질린 상태로 전투 대형을 갖춰야 했다. 가장 큰 문제는 어둠 속에서 각자의 보급품들을 찾는 것이었다. 그날 보급품들이 여기저기에 늘어져 있던 한 동료에게 우리 부대의 중사가 "지금 네가 1인 밴드를 하러 온 것 같으냐"라고 소리쳤던 것이 기억난다. 대형을 갖춘 이후에 우리는 반격을 하러 갈 것이라는 말을 들었다. 이 한 마디에 모두 긴장했다. 말하는 사람이 아무도 없었고 다들 반쯤 잠들어 있는 상태였지만, 거칠게 달리는 차량과 평소보다 빠른 이동 속도 때문에 곧 완전히 잠에서 깼다. 운전병들은 지름 1인치밖에 안 되는 빨간 등만 켠 채 차를 몰고 있었다.

어디로 향하는 중인지, 상황이 어떻게 될지 몰랐기 때문에 아무도 입을 열지 않았다. 아마 상황을 사실대로 전해 들었다면 다들 겁에 질려 딱딱하게 굳었을 것이다. 후크고지가 보일 즈음 헌병이 차량을 세웠고, 헌병 호송 차량이 병력 수송 차량들을 선도했다. 다행히도 그날은 출동 시간이 얼마나 걸리는지 보기 위한 가짜 경보였다고 했다. 모두 그 소식을 듣고 크게 안심했다. 하지만 헌병들은 그냥 명령을 따른 것임에도 괜히 병사들의 욕을 먹게 되었다. 아마 그 헌병들도 한밤중에 갑자기 기상한, 우리와 같은 처지였을 것이다.

그 후에 우리는 다시 부대로, 평소처럼 기는 속도로 돌아갔다. 새벽이 밝아오고 있었기 때문에 잠을 자기도 뭐 해서, 모여 앉아서 방금 무슨 일이 우리에게 일어났었는가에 대해 이야기를 나눴다. 가장 많이 등장한 주제는 한밤중에 잠을 방해받았다는 것이었다. 그러나 언제가 될지 정확히는 모르지만 앞으로 다가올 일을 알고는 모두 곧 이런 일에 익숙해졌다. 매일 같은 과정을 반복한 탓에 얼마 시간이 지나니 지루해지기까지 했다.

총기를 다루는 훈련도 했는데, 특히 브라우닝 중기관총을 쓰는 일이 많았다. 사실 나는 그 총을 한 번도 본 적이 없다. 내가 훈련 때 썼던 총은 그린 하워즈에서 훈련할 때 썼던 브렌 경기관총과 스텐 기관단총이 전부였다. 총기 훈련을 마치고 우리 중 대부분은 무전기 사용 방법을 배워야 했다. 정찰 나가 있을 때를 대비해서였다. 이 무전기들은 88형 무전기였다.

여가 시간은 거의 없었다. 축구나 배구를 하는 시간을 제외하면 일주일에 여가는 겨우 다섯 시간 정도였다. 우리는 2주에 한 번씩 고작 2파운드를 받았다. 사격술 예비훈련을 받았지만, 특별한 수당을 받는 것이 아니어서 쓸 수 있는 돈은 거의 없었다. 그나마 받고 며칠 안 되어 다 써 버리고는 했다. 나는 비흡연자였기 때문에 내 담배를 음료수나 초콜릿으로 바꿀 수 있었다는 것이 그나마 숨통을 틔워 주었다. 밤이 되면 우리는 높은 언덕으로 올라가 최전선에서 보이는 불꽃들을 바라보며 서있고는 했다. 때가 되면 우리도 결국 저기에 있겠거니 하면서 말이다.

마침내 후크고지로 이동하라는 명령을 받고 장비와 물품을 정리 중인 D중대원들

며칠 후 우리는 보급품에 무언가 변화가 있다는 것을 알게 되었다. 그날이 온 것이었다. 큰 소란이 일었고, 총기 점검이 있었다. 남는 보급품들은 수거되어 연대의 B-Echelon(행정반 군수계)으로 반납시켰다. 나도 한때 맡았던, 탄약으로 꽉 찬 탄창이 가득한 실탄 박스를 받는 브렌 경기관총 사수들을 제외하고는 모두 방탄조끼와 303탄 50발이 들어 있는 탄띠를 지급받았다. 누구도 브렌 경기관총 사수가 되는 것을 마다하지는 않았지만, 전선에서는 훈련 때와는 전혀 다르게 브렌 경기관총은 지뢰지대 사이의 간극을 커버하기 위해 고정 진지에 배치되었다.

　이동 명령을 받자마자 우리는 대놓고 땡땡이 칠 기회가 아닐까 생각했다. 하지만 그런 행운은 찾아오지 않았고, 부중대장은 우리 대부분을 훈련으로 내몰았다. 짐 싸는 일을 돕기 위해 선발된 몇몇 병사들은 처음에는 자신들이 운이 좋다고 생각했었다. 하지만 곧 마음을 고쳐먹고 나머지 무리와 같이하고 싶어했다. 그들은 주임 상사의 명령에 따라 사방으로 뛰어 다녀야 했기 때문이다.

　블랙와치 대대와 임무 교대를 하기 위해 자정이 가까워질 무렵, 우리는 어둠 속에서 완전무장을 한 채로 반격 상황을 가장하기 위해 모두 불려나왔다. 우리는 이제 모두 한배에 탄 셈이었다. 이 와중에 최악의 상황은 누군가 반대편으로 달려가고 있는 교통호 아래로 장비들을 끌어내리는 것이었다.

후크 예비대에 집결 후 기념 촬영 중인 10소대원들

후크고지의 예비 병력으로 있던 10소대는 중대장, 하사관 3명, 중대에 배속된 한국군 5명 그리고 징집병인 영국군 사병 31명과 함께 총 42명으로 구성되어 있었다.

이들은 듀크 오브 웰링턴 연대, 요크 연대, 랭카셔 연대, 이스트 요크 연대, 로얄 노섬블랜드 퓨질리어(소총) 연대, 로열 얼스터 라이플 연대, 그린 하워즈 연대, 왕립 스코티쉬 수비대 등에서 차출되어 한국군 병사들과 함께 10중대로 전환 배속되었다.

5

시간이 흘러 마침내 블랙와치 대대와 121고지에서 교대하는 날이 왔다. 1953년 5월 10일이었다. 10소대가 고지대를 맡고, 11소대와 12소대가 121고지와 후크고지 사이의 능선을 맡았다. 자정즈음 그 지역의 점령 작전이 구역별로 차례로 이루어졌다. 사령부에서는 블랙와치 대대가 이미 교대를 한 것처럼 중공군을 기만하기 위해 블랙와치 대대 무전병의 무전기를 켠 채로 놓아두었다. 하지만 이런 기대는 중공군 선무대의 시끄러운 확성기를 통해 다음과 같은 메시지를 전하는 중공군 여군의 목소리와 함께 산산조각나 버리고 말았다.

"듀크 오브 웰링턴 연대 장병 여러분 환영합니다. 새로 배치된 구역에서 여러분 모두 잘 지내시기를 바랍니다. 하지만 우리는 여러분을 진지에서 끄집어내어 박살을 내버릴 겁니다. 그러니 집으로 돌아가시는 게 어때요? 그리고 월 스트리트(미국)의 돈벌레들에게 '너희들 전쟁은 너희들이 해'라고 말해 주세요."

그들이 이렇게 성질을 부린 이유는 블랙와치의 엄호사격 요청에 따라 우리 기관총 사수가 사격을 가해 중공군 들것 운용병 중 한 명을 사살해 버리는 바람에 대단히 열이 받아 있었기 때문이다.

중공군 역시 그들의 공격부대에 암호로 된 신호들을 보내기 위해서 시끄러운 스피커를 사용했다. 밤에는 대개 음악 순위 상위 20위까지의 노래들을 틀며 우리의 아내들과 자식들이 집에서 이 노래를 듣고 있을 것이라는 말을 내보내고는 했다. 이것은 우리의 정신을 흐트러뜨리려는 그들의 계략이었다. 하지만 그런 것은 우리에게 아무 짝에도 소용없는 짓이었다.

121고지에 도착하자마자 나는 일곱 명의 동료들과 함께 소대로

121고지. 앞쪽에 초소가 보인다.

부터 몇 백 야드 떨어진 전방 관측소에 배치되었다. 이 임무에는 하사관 없이 한 번에 두 명씩 병사가 배치되었다. 우리는 전방에서 움직임이 있는지 관찰하고 방어 사격을 지시하는 일을 했다. 밤에 교대조가 정해진 시간에 나타나지 않으면 두려움이 엄습했다. 그럴 때는 두 명 중 한 명이 연대 구역으로 돌아가 교대조 병사들이 어디에 있는지 찾아야 했다. 그들이 박격포 등에 맞았거나 포로로 잡혀 갔을 수도 있기 때문이었다.

이 전방 관측소에서는 백 퍼센트 하루 종일 경계 근무를 서야 했다. 유일하게 경계 근무를 서지 않아도 되는 병력은 후크고지와 고지의 북서쪽 전방에 있는, 우리가 시애틀이라 명명한 141고지 사이에 배치된 론슨 정찰대 병력들이었다. 정찰을 나가는 것은 물론 소풍이 아니었다. 그래서 모두가 정찰병으로 선발되는 것이 죽음의 덫에 걸리는 것인 양 싫어했다. 신경이 보통 예민해지는 일이 아니었다. 이 정찰의 목적은 고지대를 중국군보다 먼저 선점하는 것이었다. 우리 소대의 첫 번째 희생자는 이 정찰병들 중에서 나왔다. 그 정찰병은 아직도 행방불명으로, 사망했다고 추정된다.

D중대 본부는 121고지의 가장 아래쪽에 위치해 있었다. 중대에는 하사 한 명과 한국인 병사 두 명으로 구성된 3.2인치(81mm) 박격포 팀이 있었는데, 하사의 지시에 따라 한국인 병사가 밤에 자고 하사가 낮에 자는 식으로 교대를 하기로 했다. 한 번은 하사가 자

는 시간에 방어 사격을 해야 하는 상황이 생겼는데, 한국인 병사 두 명이 하사의 잠을 방해하지 않으려고 직접 사격을 시도했다. 그러나 재수없게 초탄이 주임상사가 있는 벙커 바깥쪽으로 떨어지고 말았다. 다행히 인명 피해는 없었다. 다만 하사와 그의 한국군 동료들은 당장 주임상사에게 보고하라는 중대 연락병의 지시를 받고 얼굴이 벌개졌을 뿐이었다.

내 기억에 우리는 2주 정도 121고지에 머물렀던 것 같다. 그 2주 중 사흘 내내 중공군이 우리를 저격해 온 사건을 빼면 아주 조용한 나날을 보냈다. 아마 그 저격은 후크 쪽을 공격하면서 우리의 관심을 분산시켜 놓으려고 했던 것 같다. 결국 중대 본부는 강 건너에 있는 우리의 친구, 터키군 연대에서 이 일을 처리했다는 연락을 받았다. 그러고 나서 다행히 우리의 모든 관심은 후크고지에 있는 베이커 중대로 쏠리게 되었다. 우리의 주된 임무는 전투를 위한 벙커 벽을 쌓고 참호를 더 깊게 파는 등 방어진지를 강화하는 것이었다.

베이커 중대는 거의 2주 동안 밤마다 공격을 당했다. 여단장은 중대원들이 모두 지쳐서 또 공격을 당하면 버틸 수 없을 지경이란 사실을 깨닫고, 중대 전체가 조금이라도 휴식을 취해야 한다는 결론을 내렸다. 베이커 중대의 뒤를 도그 중대가 맡기로 결정했고, 그 고지 점령 작전은 정오에 10소대가 선두에 서면서부터 시작되었다.

후크고지에 도착한 순간부터 우리는 앞으로 무슨 일이 일어날지 알지 못한 채 그저 우리가 사형수 감방으로 들어온 것이라고 생각했다. 그 때까지는 나는 한 번도 그런 경험을 해본 적이 없었고 앞으로도 하지 않기를 바랐다. 무너진 구덩이들, 벙커들, 집중 포격으로 얕아진 참호들과 땅에 묻힌 시신들이 썩어가는 악취를 함께 겪는 경험 말이다.

병력이 진지에 완전히 배치되어 전투태세를 완비하자 전날 일몰시부터 밤새 경계 근무를 선 우리에게는 세 시간의 휴식이 주어졌다.

귀순해 온 중공군 저격수 한 명이 중공군이 대규모 공격 준비를 하고 있다는 정보를 제공하면서 정보참모 쪽에서도 중공군의 대규모 공격이 임박했다는 사실을 잘 알고 있었다. 그럼에도 우리 중대와 B중대가 서로 진지 교대를 할 때, 중대의 장교들은 임박한 공격

121고지에서 후크고지 본대로 이동 중인 D중대원들

후크고지 벙커의 전형적인 모습

후크고지 전경. 이미 엄청난 전투가 치러졌고 치러지는 상황이라 고지 주변은 초토화되어 버렸고, 각종 포탄피며 버려진 무기와 장비들이 어지러이 널려 있다.

에 대해 진지하게 생각하지 않는 것 같았다. 왜냐 하면 귀순한 중공군 저격수가 중공군의 공격에 대한 모든 정보를 정보참모에게 제공했지만, 마치 한 조각이 빠진 퍼즐처럼 결정적인 정보 하나를 포로 자신도 모르고 있었기 때문이다. 그것은 바로 '공격 개시일과 시각' 이었다. 그 바람에 우리는 영문도 모른 채 진지 교대를 하고, 축구 경기에서 쌩쌩한 교체 선수들을 예비해 두는 것처럼 예비대를 편성해야 했다.

이 이야기는 나중에 포로들에 대해 이야기할 때 별개의 항목으로 넣겠다.

후크에 있을 때도 계속 경계 근무를 서야 했다. 우리에게는 잠깐의 휴식도 허락되지 않았기 때문에 때때로 시력에마저 혼란이 생기기 시작했다. 경계 근무를 서며 전방을 오래 주시하고 있어야 할 때면, 나중에는 정지된 목표물들이 흔들려 보이기까지 했다.

후크에서의 첫 날 밤, 중공군은 우리 진지의 허점을 찾기 위해 소대 규모의 정찰대를 보내 우리 구역을 정찰했다. 중공군은 우리 경계 순찰대와 조우하는 경우 외에는 소화기 공격을 하지 않는 대신, 엄청난 양의 박격포와 야포 사격을 가해 왔다. 다음날에도 하루 종일 포격을 해대는 바람에 사상자가 늘고 벙커며 교통호, 참호들도 계속해서 무너졌다.

경계 근무를 마치고 나는 다른 두 명의 동료와 함께 소대에서 800여 미터 떨어진 후크고지 아래 계곡에 위치한 취사장에 가서 차(Tea)가 가득 들어 있는 물통을 가져오라는 명령을 받았다. 취사장에 가서 물통을 가지고 반쯤 돌아왔을 때까지는 아무 일도 없었다. 그런데 갑자기 천국의 문이 열렸다. 박격포탄을 비롯한 각종 야포탄이 쏟아지기 시작한 것이다. 우리는 앞뒤 가릴 것 없이 가장 가까운 벙커로 몸을 날렸다.

이때 우리를 황당하게 만든 일이 벌어졌다. 포격이 잠잠해지고 소강상태로 들어갔을 때, 우리는 아무 생각없이 우리 소대의 진지로 돌아왔다. 그러나 참호로 들어선 우리는 그제서야 우리에게 무슨 일이 벌어졌는지를 깨닫고는 큰 충격에 빠지고 말았다. 차를 담은 물통이 포탄 파편에 맞아 물조리개마냥 구멍이 숭숭 뚫려, 애써 가져온 차가 줄줄 새 버리는 바람에 차를 담은 물통이 텅 비어 있었던 것이다. 이 사건 때문에 당연히 우리는 소대에서 비호감으로 찍혔고, 소대 선임하사는 "이놈들아, 차(Tea)를 살려 왔어야지"라고 소리 질렀다.

우리가 소대로 복귀하고 얼마 지나지 않아 포탄의 천국문은 다시 열렸고, 30여 분 동안 적의 박격포와 야포들이 불을 뿜으며 소나기처럼 포탄이 쏟아져 내렸다. 그리고 나서 바로 중공군은 중대 규모의 정찰대를 보내 위력 시위를 하며, 다시 우리 진지의 허점을 찾기 시작했다. 전방 진지 중에서도 맨 앞에 있던 우리는 사격 중단 명령을 받았고, 암호명 'Iron Ring(강철 고리)'로 명명된 아군 포병대의 집중 사격 작전으로 진지 전면의 중공군을 쓸어버렸다.

셋째 날도 전황은 전날과 비슷해서 야포와 박격포의 집중사격이 우리에게 끊임없이 쏟아져 내렸다. 후크고지의 소대 사상자는 계속 늘어났고, 결국은 예비중대를 투입해서 임무 교대를 하는 수밖에 없었다. 일몰이 되면서 경계 태세를 취하고 있던 모든 정찰대는 후크고지에서 뻗어 나온 네 개의 능선과 봉우리를 향해 이동했다. 우리는 그 곳을 '롱 핑거', '그린 핑거', '바르샤바' 그리고 '론손'이라고 불렀다. 마지막 정찰대는 교통호를 출발한 지 몇 분 만

후크고지 전투참호에서 브라우닝(M1919) 기관총을 거치한 채 전방을 주시 중인 병사

에 지옥으로 빠져들었고, 부사관을 포함한 병력의 절반을 잃고 말았다. 나의 가장 좋은 친구였던 톰 우드가 부상자와 전사자의 시신을 수습하는 것을 도왔다. 남은 밤 내내 우리는 계속해서 전방을 주시하며 보내야 했다. 우리가 있는 참호 앞으로 야포탄이나 박격포탄이 떨어지면, 우리는 황급히 몸을 숙여야 했다. 그저 우리 중 아무도 직격탄을 맞지 않기만을 바랐다.

동이 트자마자 나는 재수 없게도 전초진지로 가서 교대를 하라는 명령을 받았다. 하지만 하루 종일 계속된 대규모의 포격 탓에 유선 통신망이 다 파괴되어, 나는 나의 임무 교대를 전초진지 병력에게 알릴 방법도 없었다.

계속되던 포격은 저녁 7시 45분이 되어서야 완전히 멈추었고, 사위는 쥐 죽은 듯이 고요해졌다.

그러나 몇 초도 지나지 않아 중공군이 우리의 참호와 교통호 안으로 쏟아져 들어왔고, 병력수로 5대 1 비율의 절대 불리한 상황 속에서 중공군과 육박전이 벌어졌다. 잠깐 동안이 마치 몇 시간처럼 느껴졌다. 우리는 참호 속으로 난입한 중공군과 치고 받고 때려 쓰러뜨리며 숙소로 쓰던 유개호로 겨우 후퇴해 들어갔다. 우리가 중공군의 포위를 뚫고 나올 수 있었던 것은 최후까지 방아쇠를 당긴 우리의 두 번째 브렌 경기관총 사수의 희생 덕분이었다.

그러나 뒤쫓아 온 중공군이 굴 속의 우리를 향해 순순히 항복하고 포로가 되라고 소리쳤다. 우리가 거부하자 굴 안으로 총탄이 빗발처럼 날아들었다. 다행히 다친 사람은 없었지만, 중공군들은 굴 입구를 날려 버리고 우리를 매장하려 했다. 우리가 가진 무기는 스텐 기관단총 한 정과 수류탄 한 발이 전부였다. 적으로부터 우리를 지킨다는 것 자체가 터무니없을 정도의 무장이었다. 모두들 침묵 속에서 굴 밖의 소리에만 귀를 기울일 뿐이었다. 그 순간이 무엇보다도 힘들었다. 엄청난 포격으로 인한 쿵쿵 소리와 중공군들의 목소리만 들려 왔다.

전투가 끝날 때까지 열 시간 동안 우리는 그 굴 안에 갇혀 있었다. 기록에 의하면 굴 안에 갇혀 있었던 병사들은 오히려 운이 좋은 것이었다고 한다. 굴 밖의 장병들은 계속되는 포격과 끊임없이 밀려드는 적들에게 완전히 노출된 채 생사를 넘나드는 상황이었다는 것이다. 우리가 갇혀서 할 수 있던 일은 가만히 앉아 전우들에게 구출되기를 바라고 또 바라는 것뿐이었다. 그게 안 된다면 하루 세 끼 밥이라도 굶지 않기만을 바랄 뿐이었다. 다행히 후크고지는 여전히 듀크의 손에 있었고, 우리의 기도는 응답을 받았다.

우리는 전방 섹터에 있던 터라 가장 늦게 구출되었다. 굴에서 나오면서 영국인 목소리를 듣고 우리가 얼마나 안심했는지 모른다. 그 목소리의 주인공은 다름 아닌 영국군 28야전공병연대의 55야전공병대대장 톰 와틀린이었다. 그는 우리에게 산꼭대기로 올라가는 것 외에는 다른 대안이 없다고 말했다. 중공군 저격수들이 계속해서 우리를 노리고 있기 때문에 조심해서 차례로 퇴각해야 한다고 했다. 다행히 아무도 다친 사람은 없었다. 사방에 시체가 엉망진창으로 널려 있었는데, 대부분 중공군의 시체였다.

전우 몇 명은 구출되지 못한 채 다른 굴에 갇혀 있었다. 그 중에는 소대장도 있었는데 안타깝게도 세 명의 사상자가 발생한 것을 빼면 우리와 같은 상황에 있었다. 그런데 우리와 다른 점은 불행히도 세 명 중 두 명은 부상을 입었고 소대장은 전사했다는 사실이다. 나중에 전해지는 이야기로는 그날 소대장의 스물한 번째 생일이어서 벙커 안에는 생일 케이크가 있었는데, 너무나도 배가 고팠던 나머지 소대장의 시신을 앞에 두고 그 케이크를 먹었다고 한다. 병사들은 자신들이 그걸 먹지 않았다면 결국 쥐들이 먹었을 것이라고 이야기했다.

터널과 요새화된 진지가 많은 장병들의 생명을 구해 주었다. 터널과 요새화된 진지가 없었다면 사망자나 부상자는 더 많이 늘어났을 것이다. 그 굴 등의 구조물들을 만든 것은 블랙와치 제1대대의 부대 지휘관 콜 로즈의 선견지명이었다. 후크고지의 두 번째 전투가 일어나기 전에 영연방 사단 관할 구역의 방어를 하게 되었을 때 로즈는 굴을 파기 위해 800명의 한국인 노무자와 공병부대를 동원했다.[3]

블랙와치 제1대대장 콜로넬 데이비드 로즈 Colonel David Rose. 로즈는 2차 후크고지 전투를 앞두고 800여 명의 한국인 노무자와 공병 부대를 동원하여 지하 갱도를 팠다. 그 덕분에 전투 사상자 수를 크게 줄일 수 있었다. 콜로넬 데이비드 로즈 중령은 한국의 많은 자료들에서 미 해병대 지휘관으로 잘못 소개되고 있다. 이 책을 통해서 사실 관계가 바로잡히기를 기대한다.

---

3) 한국의 온라인을 비롯한 대부분의 자료들에는 한국인 노무자 800여 명을 동원하여 터널 또는 굴을 파는 작업을 지휘한 데이비드 로즈 중령을 미해병대 대대장으로 소개하고 있다. 그러나 이 책의 주 저자인 켄 켈드의 증언을 통해서 데이비드 로즈 중령은 스코클랜드 블랙와치 제1대대장임을 확인할 수 있고, 따라서 당시 굴 공사를 지휘한 지휘관 역시 데이비드 로즈 중령이었음을 알 수 있다. 이 책 『후크고지의 영웅들』을 통해서 그런 사실 관계들이 바로잡히기를 기대한다.

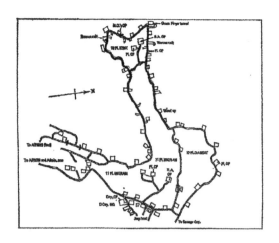

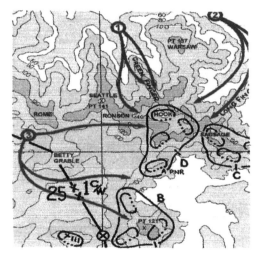

중공군의 공격로와 10소대 배치도

마침내 후크고지의 맨 아랫자락에 도착했을 때, 우리는 눈앞에 펼쳐진, 마치 폐품 처리장처럼 시체가 널린 대학살의 광경을 보고도 믿을 수 없었다. 하지만 우리 생각에는 시신 집결지와 응급 처치 벙커 안에 있던 병력들은 더욱 처참한 상황이었다. 중공군은 첫 공격에서는 모든 것을 격파하고, 두 번째에는 점령하고, 세 번째는 점령 구역에 머무르는 방식으로 공격해 왔다. 두 번째 공격이 있었을 때, 아군 포병의 지원 사격이 늦어지는 바람에 약 2미터 정도 높이에서 폭발하는 근접신관(VT)을 장착한 강력한 아군 포병의 포탄 세례가 오히려 중공군 두 번째 공격 목표를 박살내 버렸다. 이렇게 중공군은 2차 공격을 저지당함으로써 세 번째 공격까지 지연되었던 것이다. 중공군의 공격 계획에 대한 모든 정보를 중공군의 타격 가능 거리 내의 무인지대에 나가 있던 듀크 오브 웰링턴 연대의 콜린 글렌 대위와 스핏 테일러 하사가 알아온 것이다. 유감스럽게도 글렌 대위는 복귀하지 못했다. 부대원들은 그가 위험을 무릅쓰고 지뢰밭을 건너려다 돌아오지 못하게 되었을 것이라고 이야기했다.

전투 중 A와 B중대는 후크고지에서 D중대에 합류했다. 그들의 원래 위치는 킹스 연대의 중대들이 뒤이어 맡았다. 5월 29일 새벽 3시, 후크고지에 있는 모든 중공군은 A중대와 B중대에 의해 소탕되었다.

후크고지를 공격한 중공군은 397, 398연대의 5개 중대와 399연대의 3개 중대, 도합 8개 중대의 병력이 동원되었다. 듀크는 후크고지를 방어하고 지켜낸 것으로 가장 큰 찬사를 받았지만, 이 모든 일은 제29여단의 구성원들과 포병의 화력 지원 덕분에 가능했다. 후크고지에서는 임진강전투 때보다도 더 많은 유혈 사태가 벌어졌다. 적의 입장에서는 후크고지가 남한의 수도 서울로 가는 물자 보급로였기 때문에 영연방이 담당한 지역에서는 가장 핵심적인 지점이었다.

고지 밑에서 일석점호를 했을 때 제10소대에는 처음 후크로 함께 왔던 40명의 병사 중 17명밖에 남지 않았다. 점호 후 우리는 나

D중대가 노획한 중공군 50식 7.62mm 기관총을 들고 있는 존 랭카스터John Lancaster와 데이빗 카트라이트David Cartwright

흘 만에 처음으로 제대로 된 식사를 했다. 몹시 배고프고 지친 상태였지만, 상황이 상황인지라 도무지 입맛이 돌지 않았다. 한 시간 후 소대 선임하사가 집합시키더니 우리가 다시 전선으로 돌아갈 거라고 말했다. 우리는 서로를 쳐다보며 모두 같은 생각을 했다. 하지만 현실을 받아들이는 것 외에는 다른 도리가 없었다.

몇 야드 가지 않았는데 경로를 빗나간 박격포탄이 우리 주변 아주 가까이에 떨어졌고, 이 때문에 동료 하나가 부상을 입었다. 소대원은 또 한 명이 줄어 16명이 되었다. 놀라운 점은 우리가 후크고지를 지키러 무기도 없이 그곳으로 돌아가고 있었다는 것이다. 나는 부대 지휘관들이 무슨 수를 써서라도, 10소대가 전멸하는 한이 있더라도 영연방 사단을 위해 후크고지를 지켜내려 했다고 믿는다.

28여단, 런던 연대, 로얄 푸실리에 제1대대가 후크고지로 이동해 왔고, 정오 무렵에 대대의 한 개 중대가 우리와 교대를 해 주었다. 참호도 파괴되고, 유개호도 거의 파괴된 폐허 같은 진지를 넘겨받은 그들에게 진심으로 감사했다. 하지만, 중공군 역시 전선에서 물러나 피해를 심하게 당한 부대들을 재정비하느라 정신이 없던 터라 교대 병력은 오히려 운이 좋은 셈이었다.

6

　교대 후 우리는 후크로 오기 전에 있었던 구역으로 돌아갔다. 새 위치에 도착해서 모든 절차가 완료될 때까지 쉬지 못했다. 우선 가장 중요한 일석점호가 진행되었고, 작은 부상 등 의료상의 문제가 있는 사람은 중대 위생병에게 보고해야 했다. 위생병들은 부상자들이 대대 군의관에게 치료를 받을 것인지 구급차로 후송되어야 할지를 결정했다. 다음 순서는 전투복의 상태를 확인하는 것이었다. 전투복이라야 우리가 입고 있는 것이 유일한 것이었지만, 그 전투복은 우리에게 적군을 때려 잡을 수 있다는 신념과 용기를 북돋아 주는 상징이었다. 어찌 됐든 우리는 새 전투복을 신청할 기회를 갖게 되었다.

　모든 절차를 다 거친 후 우리는 취침을 위해 막사를 만들어야 했다. 창고로 가서 2인용 소형 텐트와 곡괭이, 삽을 챙겨 왔다. 돌이 많은 산비탈에 막사를 지어야 해서 시간이 꽤 오래 걸렸다. 일이 마무리될 때쯤 거의 취침 시간이 되었다. 우리 모두에게 가장 절실하게 필요한 것은 잠이었다. 그래서 우리는 모두 방해받지 않고 편하게 잠들기를 바랐다. 나는 거의 48시간 동안 잠을 못 잤기 때문에 정말 편안하게 잠잘 수 있기를 바랐다.

모든 준비를 다 끝내고 우리는 저녁식사를 했다. 몇몇 익숙한 얼굴이 사라졌기 때문에 식사 자리는 침울한 분위기일 수밖에 없었다. 모두 소대의 코미디언이 앉아 있던 자리 주위에 앉아 그 자리를 쳐다보기만 할 뿐 달리 말을 하는 사람이 없었다. 그때 소대 선임하사가 전사한 소대장의 후임으로 온 새 소대장과 함께 나타났다. 그는 우리에게 지난 일은 모두 잊으라고 했다. 내일은 또 다른 하루이고, 우리의 전우들을 애도하는 일은 그 어려움을 극복하는 데 도움이 되지 않을 거라고 말이다. 말이 쉽지 그게 그리 쉽게 잊힐 일인가. 우리는 대부분 10대였기 때문에 누군가 신체에 치명상을 입거나 죽는 것을 직접 본 것은 이번이 처음이었다. 중사의 말이 그런 참혹한 일을 잠시 가슴 한 켠으로 제쳐두는 데는 도움이 되었으나 그 일을 잊는 것은 또 다른 문제였다.

다음날 아침, 우리 중 몇 명이 따로 불려가 지난 전투에 대한 질문을 받았다. 각기 다른 사람들의 말들을 모아서 사실에 가장 가까운 정보를 얻기 위한 것이었다. 그러나 굴 안에 갇혀 있었던 탓에 전투 초반에 적들과 교전을 시작했을 때의 일 말고는 말할 내용이 거의 없었다. 상황이 진정될 때쯤 정보들이 하나씩 취합되어 큰 그림으로 맞춰지고 있었다.

우리 소대에서는 세 명의 병사가 무공훈장(Military Cross, 은십자 훈장)을 받았는데, 그 중 한 명은 전사자여서 훈장이 추서되었다. 포상 소식이 알려졌을 때, 우리는 마치 무거운 납덩어리를 가슴에 올려놓은 느낌이었다. 공훈인증서의 내용을 읽어 봐도 뭘 읽은 건지 눈을 의심하게 되었다. 공훈인증서에는 이름이 생략된 채로 아래처럼 씌어 있었다. 누가 가장 높은 상을 받았는지 독자들 스스로 생각하며 이것을 읽기 바란다.

훈장

듀크 오브 웰링던 연대 제1대대 D중대의 하사 X는, 1953년 5월 28일 후크고지전투에 참가했다. 하사 X는 그의 참호에서 전투 개시를 기다리며 대기하고 있었다. 적군의 포격이 심해지자 그는 자신의 전투 구역 지휘소 벙커에서 무선으로 상황을 보고하기 위해 노력했으나, 지휘소가 직격탄을 맞아 무전기가 파괴되어 땅속에 묻혀 있는 것을 발견하고, 자신의 참호로 돌아오던 중 대부분의 참호와 벙커들이 직격탄에 피격되어 파괴되어 있는 것을 목격하고, 더 이상 전초 지역을 사수할 수 없다고 판단했다. 그는 자신의 구역을 뛰어다니며 생존자들에게 가장 가까운 터널(유개 교통호)까지 후퇴할 것을 명령했다. 하사 X는 뒤에 남아 아군의 후퇴를 엄호하였다. 부서진 벙커의 틈으로 밖을 지켜보던 중 6명의 중공군이 그를 향해 돌진해 오는 것을 보고, 자신의 스텐 기관단총으로 사격을 가해 그들을 막았다. 그리고 나서 다시 3명의 중공군이 자신의 뒤쪽에서 교통호로 뛰어들며 후퇴하는 아군을 차단하려는 시도를 목격했다. 하사 X는 수류탄을 투척하였고, 부서진 벙커에서 기어나와 그의 구역을 샅샅이 확인한 후에 터널로 후퇴했다. 하사 X는 터널로 들어오자마자 생존자들과 함께 방어 위치를 조정하고, 맨 마지막으로 터널의 한쪽 끝으로 탈출을 시도했지만, 이미 터널 안으로 쏟아져 들어온 중공군에 의해 저지당했다. 그는 굴의 지붕이 무너져 출구가 봉쇄될 때까지 수류탄을 던지며 중공군을 상대로 싸웠다. 하사 X는 일시 물러난 후에 다시 탈출을 시도했지만, 통신 참호 안에 있던 중공군들이 기관총 세례를 퍼부었다.

그는 생존자들을 다시 조직하여 터널을 방어하도록 하고, 적군이 그를 제거하기 위해 지속적으로 공격하는 것을 다음 날 아침 아군에 의해 구출될 때까지 막아냈다. 중공군은 그

이 공훈인증서를 읽고 우리는 하사 X가 어디서 그 많은 수류탄
을 구했는지 궁금해졌다. 그가 관할 구역 병사들에게 도움을 요청
하지 않았다는 부분도 이상했다. 우리는 그저 그 상황을 지켜만 보
고 있었던 것처럼 묘사되어 있었다. 나는 앞서 우리가 스텐 기관단
총 한 자루와 수류탄 하나씩밖에 가지고 있지 않았다는 것, 그 수
류탄이 지붕을 무너뜨렸다는 것과 모든 탄약과 총기는 통신 참호
에 묻혀 있는 상태였다는 것을 이야기했다.

우리는 각자의 증언에 대해 논의해 봤지만, 우리들 중 누구의 증
언도 하사 X의 활약상과 유사한 증언이 없었다. 전사한 병사에게
추서된 훈장의 공훈인증서에는 1953년 5월 28일 밤, 저지선을 돌
파하여 진지 내로 들어온 중공군을 혼자서 LMG와 수류탄으로 다
수의 중공군을 사살하여 진지를 사수했지만, 본인은 결국 전사한
것으로 되어 있었다. 나머지 다른 한 명의 훈장에 대해서는 기억이
나질 않는다.

모든 조사가 끝나고 나서 소대에 남은 병사들은 곧 도착할 보충
병력을 맞을 준비를 하기 위해 일을 분담했다. 그 사이에 우리는
B-Echelon(행정 군수처)에 보관되어 있던 여분의 피복과 보급물자

전투 후 야전막사 앞에 집결한 병사들

전투에서 살아남은 10소대원들이 중공군으로부터 노획한 무기들을 살펴보고 있다. 왼쪽부터 네빌 페린Neville Perrin, 모레이 리즈Morrey Leeds, 론 숀 미들즈브러Ron Shaw Middlesbrough

후크고지의 지프와 트럭 잔해. 센츄리온 탱크가 1대대를 지원하기 위해 전진하면서 우회하지 않고, 부서진 차량들을 타고 넘어갔다.

폐허가 되어 버린 후크고지

를 수령했다. 전투복을 받자마자 소심한 몇 명의 병사는 혹시 모를 위급 상황에 대비해서 몇 개의 물품을 숨기기도 했다.

우리의 다음 일은 기름을 얇게 발라놓은 새 총기들을 전부 청소하는 것이었다. 청소 도구가 부족했기 때문에 힘든 작업이 되었다. 당시 걸레 같은 것은 없었고 대부분 석유에 적신 가

찬송가집과 수첩. 총탄에 맞아 구멍이 나 있다.

로 4인치, 세로 2인치 천 조각으로 총기를 닦아야 했다. 막사에 침대나 책상 같은 것도 없었기 때문에 경기관총의 부품을 하나라도 잃어버릴까 봐 노심초사해야 했다.

새 진지에서의 세 번째 날, 우리는 일본의 전투 학교로부터 보충 병력을 지원받았다. 그 중 한 명은 우리의 새 분대상이 되었다. 나는 그를 보자마자 그가 싫어졌고 대부분 뒷담화 때문에 그와의 사

이에 곤란한 일이 생기고는 했다. 문제 상황에 연루된 내가 적대적으로 대하거나 그가 자신의 권위를 이용하여 내 콧대를 꺾으려고 하거나 둘 중 하나였다. 결국 우리 소대장이 상황을 무마하기 위해 개입했고 나를 인천에 있는 군인 휴양소로 보냈다. 통신소대에 있던 나의 가장 친한 친구 토미 우드와 그의 친구 중 하나인 B중대의 테드 왓슨도 함께 휴양지로 갔다. 내가 알기로 왓슨은 톰과 같은 고향 출신이었다. 그는 휴가에서 복귀한 후 소각로에서 일어난 사고로 사망했다. 사고 당시 현장에서 실제로 무슨 일이 일어났는지 아는 사람은 아무도 없었다.

며칠 안에 우리는 다시 후크고지의 최우측방 지역으로 진지를 옮겨야 했다. 우리는 우리 식의 해석으로 그곳을 에덴동산이라 불렀다. 그 진지에서는 포탄이나 박격포를 맞는 일이 없었고 중공군도 한동안 보이지 않았다. 우리는 밤마다 킹스 연대가 맡게 된 후크고지로 갔다. 우리의 임무는 새 벙커와 참호들을 만들어 진지를 강화하는 것이었다.

소대는 수색 정찰을 위한 병력도 제공해 주어야 했다. 수색 정찰 임무는 이미 전선에서 전투 경험이 있는 병사들의 몫으로 돌려지고는 했다. 선임하사가 수색 정찰조를 구성하는데, 간혹 수색 정찰 경험이 없는 병사를 뽑으면 정찰대원들 간에 다툼이 일어나기도 했다. 이건 내가 선임하사로 수색 정찰대 조장이었다고 해도 마찬

수색 정찰을 앞두고 마지막 담뱃불을 붙이고 있다.

수색 정찰중인 대원들

가지였을 것이다. 왜냐하면 나는 정찰 경험보다는 위기의 순간, 내가 믿을 수 있는 조원이 필요하다고 믿기 때문이다.

정찰하러 나가기 전에 우리는 마치 위병소 근무자라도 된 것처럼 장교나 하사관에게 복장 검사를 받아야 했다. 불행하게도 포로가 되더라도 연대의 명예를 더럽히지 않도록 군복을 단정하게 입으라는 것이다. 그리고 포로가 되었을 때, 자신의 신분을 증명할 신분증명서를 휴대하고 있는지 주머니를 까뒤집어 보여야 했다. 한 번은 주임상사가 정찰조원 중 한 명에게 맥주를 몇 병이나 숨겨 두었냐고 물었다. 그는 한 병도 숨기지 않았다고 대답했으나, 그가 병따개를 가지고 있는 바람에 결국 우리는 그에게서 맥주 몇 병을 찾아냈다.

나는 부사관 한 명, 다른 병사 두 명과 함께 정찰대로 뽑혔다. 우리가 철조망에 생긴 틈으로 막 빠져나가고 있을 때, 박격포가 몇 야드 옆에 떨어졌고 정찰병 한 명이 다쳤다. 부사관은 그를 들쳐업고 응급 처치소로 달려갔다. 그 후 부대에서 그 정찰병을 다시 볼 수 없었다. 내가 그런 상황을 겪지 않았다는 것이 얼마나 큰 위안인지 모른다. 그날은 1953년 6월 16일이었는데 그로부터 약 30년 후에 나는 그 정찰병을 다시 만났다.

내가 한국에 있을 때 무슨 일이 일어날 거라고 예감한 적이 두 번 있었는데, 그 중 하나가 이것이었다. 후크고지로 올라가는 동안 나는 그 다친 동료 데이브에게 무슨 일이 일어날 것 같은 이상한 예감이 든다는 이야기를 했었다. 그리고 정말 그런 일이 일어났다. 다른 한 가지 사건은 나중에 다루도록 하겠다.

이 진지에서 근무할 때 나는 정찰을 두 번 더 돌았다. 한 번은 악명 높은 론슨 정찰대와 함께 했는데, 중공군 정찰대와 조우했다. 이 일을 중대 본부에 보고하자 포병대가 융단포격을 할 수 있게 철수하라는 지시를 받았다. 그러나 패닉에 빠진 나머지 포사격 지원을 어떻게 받았는지 통 기억이 나지 않았고, 킹스 연대로 돌아갈 때 필요한 암호도 기억이 나지 않았다. 운 좋게도 정찰조의 이동 경로를 잘 알고 있던 연대의 병력이 우리에게 사격을 가하지는 않았다. 지금도 나는 암호가 '헤이도그(건초더미)' 였는지 '뉴마켓(잉글랜드 남동부의 도시)' 이었는지 기억이 나지 않는다. 몇몇 정찰로는 경주로처럼 생겼기 때문에 이 정찰대에서는 유명한 경마장의 이름들을 따서 암호를 만들었다.

또 다른 정찰조는 후크고지 아래에서 중공군이 만들어 둔 동굴이나 유개호들을 파괴하는 영국군 공병대를 안내, 엄호하는 임무를 맡았다. 중공군은 이 시설들을 후크고지전투 이전에 만들어 사용했고, 그 중 몇 개는 대대 하나가 들어갈 수 있을 정도의 크기였다. 그래서 중공군은 그런 굴에 숨어 있다가 갑작스럽게 우리 참호 앞에 나타날 수 있었고, 우리는 대부분 정찰병으로 일하는 것을 피하려고 했다. 포로로 잡혀 가거나 지뢰를 밟을 가능성이 있기 때문이었다. 중공군이 우리 정찰로에 지뢰를 깔아 두었다는 것은 널리 알려진 사실이었다.

전투가 끝나고 전장을 정리하러 가는 일 또한 소풍이 아니었다. 절대 산책하듯 할 일은 아니었다. 특히 적이 조명탄이라도 쏘아 올리면 오도 가도 못 하고 말뚝처럼 꼼짝없이 서있어야 했다. 최악의 경우는 후크고지 앞의 무인지대에 묶여 있는 것이었다. 한 번은 목재더미를 옮기는 중에 동료 한 명이 발을 헛디뎌 넘어졌다. 나중에 알고 보니 그것은 목재가 아니라 두세 주 동안 방치되었던 중공군의 시체였다.

가장 무서웠던 경험 중 하나는 왼손의 상처를 치료받기 위해 내가 캐나다군 야전병원에 갔을 때 일어났다. 그때 나는 며칠 정도 전선에 나가지 않아도 되지 않을까 하는 희망을 품고 있었는데, 그런 행운은 일어나지 않았다. 나를 치료해 주었던 의무병이 나에게 왼손잡이인지 오른손잡이인지 물었는데, 나는 아무 생각 없이 오른손잡이라고 답하고 말았다. 그는 '문제 없네'라고 하더니 곧바로 전선으로 출발할 첫 번째 차에 나를 태웠다. 그때 왼손잡이라고 대답했더라면 아마도 며칠 휴가를 받았을까?

내가 여단에 도착할 때쯤 하늘은 이미 어둑어둑해져 있었다. 가로등 같은 것도 없었기 때문에 하얀색 페인트로 33이라고 쓴 빨간 표지판을 찾아가야만 했다. 매번 내가 사람이 있을 법한 곳을 지날 때는 오직 소총의 안전장치 딸깍거리는 소리만 들려왔다. 듀크의 배급 트럭을 우연히 마주칠 때까지 몇 시간 정도 그렇게 길을 잃고 돌아다녔던 것 같다. 그 트럭은 스카버러 출신인 레이 홀트라는 병사가 운전하고 있었다. 다행스럽게도 그는 D중대 본부로 방향을 바꾸었고, 어쨌든 나는 부중대장에게 야단을 맞았다. 그는 나에게 빨리 소대에 보고하라고 화를 냈다.

가장 불편했던 임무 중 하나는 B-Echelon(대대 행정 군수처)에서 열리는 예배에 참석할 인원으로 선발되는 것이었다. 이 예배는 얼마 전까지 동료였던 대대 군종병 주관으로 진행되었다.

이 진지에 배치된 지 3주 정도 지나서 우리는 다시 영연방 주둔지의 오른쪽 가장자리 쪽으로 이동하게 되었다. 그곳은 프랑스 어를 쓰는 캐나다군들이 탈환한 '내천'이라는 지역이었다. 이동 후 우리는 다시 아침부터 저녁까지 한 시간 간격으로 경계 근무를 서고, 땅을 파고 끊임없이 정찰을 도는 일상적인 일과로 돌아갔다.

이동하는 날, 소대에서 내가 가장 따랐던 하사 두 명과 내가 소대 선발대로 뽑혔다. 우리는 소대에 남아 있는 사람들을 생각하며, 과거는 과거로 잊어버리는 것이 모두에게 최선일 것이라고 판단하고 그렇게 하기로 마음을 먹었다. 선발대는 소대 방어 시설에 대해 모두 숙지하고 있어야 했다. 또 캐나다군 경계병들과 항상 접촉하면서 실제 기습이 일어났을 때를 대비해야 했다. 선발대로 가장 좋았던 점은 예전보다 훨씬 좋아진 식단이었다.

이동 중에 우리는 센츄리온 탱크가 있던 곳 근처의 한 지점에서 다른 소대원들과 만났다. 그때 나는 갑자기 발을 헛디뎌 내 스텐 기관단총의 방아쇠를 당겼고, 가득 차 있던 탄창의 총알을 모두 쏘아 버리고 말았다. 그런데 내가 쏜 총소리가 20야드 떨어진 12소대원들에게도 당연히 들렸다. 12소대의 딕 펜 중사가 저런 머저리들은 총기를 들고 있으면 안 된다며 소리 지르는 게 들렸다. 총을 쏜 자가 함께 목숨을 걸고 싸우는 동료 병사 중 하나라는 것은 생각하지 않고 말이다.

운 좋게도 새 진지는 영연방 구역에서 조용한 편이었다. 모든 관심이 우리의 오른쪽에 위치한, 한국에서는 '프린세스 팻 경보병 연대(PPCLI, Princess Patricia's Canadian Light Infantry, 패트리샤 공주의 캐나다 경보병 연대)'로 알려진 캐나다군 연대 관할의 355고지에 쏠렸기 때문이다.

우리는 심각하게 파괴되고 허물어져 얕아진 교통호와 개인호, 부서진 벙커들이 즐비한 진지에 주둔하게 되었다.

'살려면 땅을 파라'는 좌우명을 가진 영국군들과는 다르게, 프랑스 어를 쓰는 캐나다군들과 미군들은 진지를 정비하지 않았다. 그 시점에서 부대 본부에서는 유개호 총안구 덮개로 목재 대신에 콘크리트로 된 상인방(창이나 문의 위쪽에 기둥과 기둥 사이를 가로지르는 나무)을 쓰기로 결정했다. 세로 12피트, 밑면이 12제곱인치나 되는 무거운 콘크리트 상인방을 고지 중턱에서 고지 꼭대기까지 옮기는 것은 힘든 일이었다. 경기관총 운반 차량이 언덕의 반밖에 오르지 못해서 나머지 구간은 사람이 짐을 직접 지고 올라가야 했다.

이 책을 읽는 독자들은 땅 파는 일이 단순한 일이라고 생각할 수도 있다. 또 어둠 속에서 하는 일이라 다소 게으름도 피울 수 있을 거라고 생각할 수도 있다. 하지만 우리는 열심히 작업했고, 덕분에 시간도 잘 갔고 추운 날씨 속에서도 몸에 땀이 나고는 했다.

밤에는 거의 매일 작업이 있었는데, 항상 욕을 먹는 몇몇 게으름뱅이도 함께 일했다. 어느 날 밤에는 아래쪽 무인지대에서 캐나다군과 중공군 정찰병들 사이에 전투가 벌어지는 것이 보였다. 우리는 어떤 도움도 줄 수 없었다. 다행스런 것은 캐나다군 쪽수가 월등했다는 사실이다.

최악의 공포는 헬리콥터가 다른 중대의 진지에 착륙하는 걸 보거나 그 소리가 들려올 때 느껴졌다. 헬리콥터가 왔다는 것은 누군가가 아주 심하게 다쳤거나 죽었다는 것을 의미했다. 그럴 때면 내 동료가 저렇게 되지 않아서 다행이라는 이기적인 생각을 했다.

새 진지에서의 첫 주에는 이전에 최전선에서 지냈던 것과 같이 정찰을 도는 나날이 계속되었다. 우리가 그 진지에 있는 동안 나는 여덟 번 정도 정찰을 돌았고, 그 중 여섯 번은 소대 구역에서 넷 백 야드 떨어진 위치에서 밤에 도는 정찰이었다. 한 번은 무전기

헬리콥터 앰뷸런스. 최악의 공포는 헬리콥터가 다른 중대의 진지에 착륙하는 걸 보거나 그 소리가 들려올 때 느껴졌다. 헬리콥터가 왔다는 것은 누군가가 아주 심하게 다쳤거나 죽었다는 것을 의미했다. 그럴 때면 내 동료가 저렇게 되지 않아서 다행이라는 이기적인 생각을 했다.

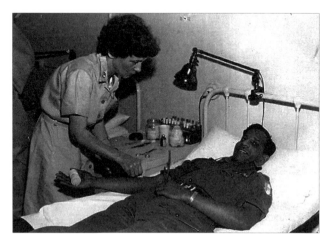

야전병원

(Wireless set 88 Army Radio)로 중대 본부에 시간을 확인해 달라고 요청했다. 그때는 오전 1시 30분이었는데, 한 시간 정도 흘렀다고 느껴졌을 때 다시 똑같이 시간을 물었다. 그때 한 중공군의 목소리가 나를 따라 '시간 확인, 시간 확인'이라고 말하는 것이 들렸다.

정찰 업무는 소대가 어떤 임무를 하고 있든지 간에 경계 태세를 유지하기 위해서 반드시 진행해야 했다. 나는 운 나쁘게도 한국에서의 마지막 소대 정찰병으로 뽑혔다. 나와 같이 뽑혔던 또 다른 한 사람은 셰필드 출신의 데릭 스트로였다.

또 한 번은 우리 소대로 다시 공격해 들어오는 중공군의 움직임이 있는 것 같다는 판단 하에 수색 정찰을 나가야 할 때가 있었다. 다행히 이때 서부 전선은 아무 일도 없이 조용했다.

가장 중요한 정찰은 중공군이 우리 진지로부터 반 마일 정도 앞에 있는 언덕을 점령하고 있다고 판단되었을 때 나갔던 것이었다. 이때 정보를 얻기 위해서 정찰대를 보내기로 결정되었고, 나는 또다시 재수 없게도 다른 세 명과 함께 정찰조로 뽑혔다. 강을 건너야 해서 몇 시간은 걸릴 듯 보였으나, 다행히도 물살이 약해 목적지까지 도착하는 데 45분 정도밖에 걸리지 않았다. 우리가 자리를 잡았을 때, 중공군 두 명도 그곳으로 와서 언덕 아래 있는 바위에 자리를 잡고 앉았다. 나는 그때 소변이 너무나도 마려웠지만, 그들이 거의 20야드밖에 떨어져 있지 않아서 소변을 볼 수가 없었다. 그 놈들이 그 자리에 몇 시간 정도는 머물러 있었던 것 같은 느낌이었다. 어느 시점부터 동이 트기 전에 우리가 부대로 복귀할 수 있을지 걱정되기 시작했다. 그러다 결국 그들은 그 자리를 떠났고, 그 중공군들이 우리가 유일하게 정찰한 대상이 되고 말았다.

부대로 복귀하자마자 중대장에게 보고해야 했지만 보고할 내용이 거의 없었다. 그래서 적을 포로로 납치해 올 병력을 구성하자는 결정이 내려졌다. 그러나 그때 휴전 협상이 진행중이었고, 중공군을 납치해 오기로 한 결정은 실현되지 못했다. 결국 우리가 무인지대에 다녀온 밤은 오직 땅만 판 밤으로 남고 말았다.

내가 앞에서 언급했듯이 우리가 있던 진지는 전선 중에서 조용한 편이었고, 우리는 이 점을 노려 규칙을 위반하고는 했다. 우리는 두 명씩 짝을 지어 돌아가면서 낮잠을 잤다. 어느 날 나이트라는 성을 가진 경기관총 부사수가 낮잠을 잘 차례였는데, 그때 중사 한 명이 우리 쪽으로 조용히 올라오고 있었다. 나는 그 소리를 듣지 못하여 부사수에게 조심하라고 일러주지 못했다. 그런데 중사 역시도 비슷한 경험을 가진 사내 중 하나였기 때문에 그냥 부사수의 정수리를 한 번 탁 치고는 "들키지 않게 조심해!"라고 주의를 주고 넘어갔다.

하루는 우리의 다른 구역을 맡은 브렌 경기관총 사수에게 장난을 치기로 했다. 식사를 하고 하루의 마지막 근무를 서러 가는 중간에 우리는 그의 탄창에 예광탄을 가득 채워 넣었다. 마침내 그가 기관총의 방아쇠를 당겼을 때는 마치 불꽃놀이가 앞에 펼쳐지는 것 같았다. 이 일로 그는 소대장에게 "저격수가 이걸 봤다면 너는 죽었을 수도 있다"는 말과 함께 호통을 들어야 했다. 나중에야 우리는 그게 정말 멍청한 장난이었다는 것을 깨달았다. 사고는 언제든지 예고 없이 일어난다. 우리는 이 예광탄 사고에 대해 계속 입을 닫고 있었다.

당시 우리 소대의 선임하사가 우리 모르게 일본에 있는 영연방 전투 학교로 보내졌다. 그래서 고참 하사들 가운데 한 명이 선임하사관 역할을 해야 했다. 그 덕분에 우리는 야간 근무 때 정시에 근무를 서지 않아도 되는 등 몇 가지 자유를 얻었다. 그러나 선임하사가 우리도 모르는 사이에 돌연 나타나 야간 근무 이후에 소대에 합류했다. 우리는 "지금 참호에 가 있어야 하지 않느냐"라고 소리치는 선임하사의 목소리를 듣고서야 상황을 파악했다. 그때 동료 가운데 한 명이 누구 목소리인지 알지 못하고 "닥쳐!"라고 크게 소리쳤다. 안타깝게도 그 큰소리의 주인이 누구인지 누구라도 알 수 있었다. 그가 소대에 남은 유일한 웨일즈 사람이었기 때문이었다. 전에 같이 있던 웨일즈 출신의 한 명은 후크에서 포로로 잡혀 갔다. 애석하게도 큰소리의 주인공의 근무 기록부에는 이 사건이 기록되었다. 또 그가 나와 막역한 사이임을 선임하사가 알고는 내 기록부에도 빨간 줄을 그었다.

하루는 아침식사로 먹을 포리지(곡물을 우유나 물과 끓여 죽처럼 만

중공군의 관측으로부터 기지와 병력, 차량 이동을 은폐하기 위해 위장막을 쳤다.

든 음식)를 만드는 데 필요한 깡통 연유를 얻기 위해 배급 벙커에 숨어들기로 했다. 나는 이 일에 자진해서 나섰는데, 벙커 안에서 누군가의 인기척이 들렸다. 당황한 나는 그 소리가 취사병이나 소대장의 것이라고 생각했다. 벌렁대는 심장을 진정시킬 수가 없었다. 다행히 그 소리의 주인공은 다른 구역에서 일하다가 나와 같은 목적으로 벙커에 들어온 동료였다. 내가 거기서 발각되었다면 아마 캐나다군들이 관리하는 서울의 영창에서 포리지를 만들고 있었을 것이다. 소문에 의하면 영창을 관리하는 캐나다군들은 그렇게 친절한 사람들이 아니라고 했다. 어쨌든 이 뜻밖의 행운으로 나는 노르만 스텐리 플레쳐와 영창 교도관 바로우클러프와 함께 포리지를 먹지 않아도 되었다.

D중대 진지로의 이동은 해가 진 다음에야 가능했다. 부분적으로 이동로를 위장했지만, 중공군의 눈에 띄기 쉬웠기 때문이다.

아니나 다를까 박격포 세례가 떨어졌다. 위험을 감수하고 무언가 해보려는 것은 자살을 시도하는 것과 같았다. 장교 중 하나가 기회를 노리고 무언가 해보려고 했으나 그를 태우고 있던 차량의 운전자가 갑자기 지프차의 시동을 꺼 먹었고, 장교는 적의 박격포탄 파편이 눈에 맞는 바람에 한쪽 눈을 잃고 말았다.

무더운 날씨 속에 계곡의 연못이나 냇가에서 면도와 세수를 하고 빨래도 했지만, 그마저도 중공군의 박격포 공격으로 기회를 놓치는 일이 많았다.

D중대에 걸어서 가야 하는 일이 있다면 염소의 길이라고 불리는 교통호를 걸어 내려가야 했다. 이 길은 주로 통신소대가 전화선에 이상이 있는지 확인할 때 쓰였다. 전화선은 종종 우리가 군화끈으로 쓰려고 자르기도 했다. 중대 연락병들 또한 그 길을 이용했는데, 중공군이 자신들의 존재를 알리기 위해 쏜 박격포탄이 떨어질 때마다 황급히 몸을 피해야 했다.

날씨가 점점 더워지고 있었기 때문에 계곡에 있는 커다란 바위들을 이용해서 작은 댐을 만들기로 했다. 연못이 있으면 옷을 벗고 목욕도 할 수 있기 때문이다. 댐이 만들어지고 첫 번째 무리가 물에 들어가 목욕을 하려는데 박격포가 근처에 떨어져서 동료 몇 명이 부상을 당했다. 이 일로 우리는 물에 몸도 제대로 담가 보지 못한 채 목욕을 끝내야 했다.

나는 우리의 일부가 적의 시야에 들어가 있다고 생각했다. 이때가 내게 무슨 일이 일어날 것 같은 두 번째 예감이 들었을 때였다. 이 예감 때문에 나는 물에 들어갈 첫 무리에 끼지 않았던 것이다. 이 진지에는 다 합쳐서 열 명의 병사가 있었는데, 이 일로 일곱 명이 다쳤던 것 같다. 다행히 그로부터 일주일 내에 휴전이 되어 우리는 그 진지를 떠나 대대 B-Echelon 근처의 구역으로 이동하게 되었다. 많은 전우가 커다란 희생을 하고 많은 동료가 부상을 입고 심신에 평생의 상처를 안게 된 상황에서 이기적인 생각이었을지도 모르겠으나, 나는 내가 살아남았다는 사실이 무척 다행으로 여겨졌다.

2주 정도가 지나고 우리는 벙커 등의 구조물들을 모두 철거하고 고지 아래로 짐을 옮기기 위해 그 진지로 돌아가야 했다. 폐자재들은 글로스터 계곡에 있는 폐기물 수집소로 옮겨졌고, 재활용이 가능한 자재들은 대대의 새 막사를 짓는 데 쓰였다.

원래 부대로 돌아온 첫 날 밤, 우리는 대대의 B-Echelon 근처의 진지로 이동했다. 우리는 다 마른 강바닥에 새로 진지를 구축했다. 본격적으로 주둔하기 전에 아주 잠깐 천국 같은 시간이 있었다. 바로 폭우가 들이붓듯 쏟아진 것이다. 우리는 그 비에 목욕을 할 수 있었고 옷들을 빨 수도 있었다. 다음날 아침 날씨는 쾌청했다. 젖은 옷들과 이불들을 말리는 일이 없었더라면 아마 전날 비가 온 줄 전혀 몰랐을 것이다.

7

옷과 침구류를 말리고 있는 토미 우드Tommy Wood

후에 D중대는 대대의 다른 부대들로부터 반 마일 정도 떨어진 곳의 새로운 진지로 이동했다. 틀림없이 우리에게서 고약한 냄새가 났을 것이다. 우리는 그 새 진지에서 한국을 떠나는 날까지 머물렀다.

이때부터 모든 병사가 철제 침대에서 잘 수 있었다. 매트리스 개수가 적었기 때문

D중대가 한국에서의 마지막 주둔지에서 열병식을 하고 있다. 왼쪽 건물은 중대 행정반과 식당. 매점 텐트는 연병장 가장자리. 켈드의 숙소는 가장 오른쪽 텐트이다.

10소대원 데니스 노턴Dennis Norton과 두 명의 한국 병사 김덕용과 오판석. 우리와 함께 싸운 한국군 병사들은 용맹했고, 임무를 충실하게 수행했다.

에 침대 스프링 위에 침낭을 놓고 거기 들어가서 자야 했지만 말이다. 모기장도 받았는데 침대 주변에 저녁 7시 전에 최대한 잘 걸어놓아야 했다. 첫 주에 나는 모기장을 걸어놓지 않아서 징계를 받았다. 나는 징벌로 7일 동안 야전 사역을 해야 했다. 징벌을 받는 병사들은 매일 오후 더위 때문에 모두가 낮잠을 자는 세 시간 동안, 에디 밀스 병장이 지켜보는 가운데 사역을 해야 했다. 우리의 일은 강바닥에서 큰 바위를 옮겨 중대 본부 텐트와 대대 입구, 그리고 영창으로 쓰는 텐트 주변으로 가져 오는 것이었다. 그리고 페인트 칠을 하는 것이었는데, 과연 무슨 색을 칠했을 것 같은가? 빤하지 않은가! 하얀 색이었다. 대대의 입구와 영창 앞에도 옮겨 두어야 했다. 영창 안에는 나무로 짠 감방 두 개가 있었고, 건물 주변에는 가시철망으로 둘러쳐져 있었다. 영창에 자주 다녀온 병사들의 말에 따르면 가시철망이 옷을 걸기에 딱 좋았다고 했다. 당직 장교 눈에 발각만 안 된다면.

이 진지에서의 처음 두 주 동안은 본부중대 주둔지를 잘 구축해 놓은 덕분에 비교적 편안하게 지낼 수 있었다. D중대는 오래된 성곽(파주시 적성면 칠중성으로 추정 −편집자 주)이 있는 산지에 새로운 진지를 만들라는 임무를 받았다. 우리가 오기 전에 글로스터 연대가 마지막으로 이곳에서 싸웠는데(1951년 4월 22일부터 25일까지 연천 장남면 일대와 파주 적성 일대에서 벌어진 영연방군과 중공군의 전투로, 임진강전투로 불림), 이 지형은 핵전쟁을 대비하여 모든 것을 지하에 설치하도록 설계되어 있었다. 그 임무는 우리와의 임무 교대를 통해 진지를 넘겨받은 노스 스태퍼드셔 연대에게 넘어갔는데, 그들이 임무를 달성했는지는 모르겠다.

가끔씩 몇몇 다른 중대가 와서 새 방어 진지의 일들을 도와주곤 했다. 그러나 그들은 보통 도로 점검 정도만 했다. 야간 근무와 비교했을 때 그나마 좋았던 점은 훈련이 없다는 점과 가끔씩 교회 예배에 참석할 수 있다는 점이었다. 덕분에 신부님도 자기 자리를 지킬 수 있었다. 우리는 다시 총기를 사용해야 할 때를 대비하여 매주 총기들이 잘 작동하는지 점검했다. 총기 수입 상태는 매주 검열했지만, 그 대신 모든 장비를 늘어놓고 검열을 받는 일은 없었다.

대대의 사기를 올려놓는 데는 스포츠가 큰 역할을 했다. 소대 내에서 크리켓을 포함한 모든 종목의 경기를 했다. 다른 영연방 연대들과 경기를 하기도 했다. 우리 소대에 나보다 훨씬 잘 하는 축구 실력자들이 있었기 때문에 아쉽게도 내가 축구 경기에 나갈 기회는 많지 않았다. 나는 주특기를 바꿔 골키퍼로 경기에 참가해 보려고 했으나, 우리 소대원이었던 대대 골키퍼의 실력이 워낙 뛰어났기 때문에 내 존재를 드러내기 어려웠다.

나는 두 게임밖에 못 뛰었는데, 한 번은 에섹스 연대를 상대로 한 경기였고, 다른 한 번은 우리 대대의 중대 토너먼트 경기의 결승이었다. 우리는 유력한 우승 후보였으나 A중대에 3대 1로 패배

하고 말았다. 그 패배로 인해 이전에 말했던 거물 중대장, 그러니까 우리 중대장이 우리를 싫어하게 되었다. 내 추측으로는 우리가 이긴다는 쪽에 그가 돈을 걸었기 때문인 것 같다.

어느 날인가, 중사는 교회로 향하던 나를 불러 일을 받고 싶으냐고 물었다. 무슨 일이냐고 물었으나 그는 계속 처음 질문만을 반복했고, 결국 나는 "네"라고 대답했다. 그러자 그는 대대 본부 쪽으로 길을 따라 내려가는 웨일즈 인 내 친구를 가리키며 그를 따라가라고 했다. 건방진 두 놈이 모였다면서 말이다.

내 생각에 우리 둘을 이 일에 보내는 주된 이유는 우리가 두 번이나 그에 반항한 일이 있어서 그가 미워하는 부하가 되었기 때문인 것 같았다. 한 번은 그가 일본에서 돌아온 첫 날, 어둠 속에서 누구인지 모르고 그에게 "닥쳐!"라고 했던 일이고, 또 한 번은 그에게 강철 헬멧을 쓰라고 했던 일이었다. 전선에서 철수하기 전에 그가 우리와 함께한 시간이 2주밖에 되지 않았기 때문에 우리는 그에게 전장에서 있었던 일을 이야기해 주어야 했다. 가벼운 농담 정도로 한 말이었는데, 그는 그것을 기분 나쁘게 받아들였다.

우리는 곧바로 의무분대로 보내졌다는 것을 알았다. 그때는 몰랐지만 의무분대의 일은 대대에서 가장 한가한 일이었다. 우리는 대대 안이면 어디든 상관들의 의심을 받지 않고 갈 수 있었다. 혹시나 누가 의심을 하면 우리는 온갖 핑계를 대서 우리가 왜 거기 있는지에 대해 둘러댔다. 우리에게 질문했던 사람은 어쩌다가 그 자리를 맡게 된 군의관과 실질적으로는 어떤 것에도 관심이 없는 나이든 고참병 한 명뿐이었다. 이 일의 최대 장점은 우리가 다른 일들을 하지 않아도 되는 것이었다. 누군가가 우리를 정찰병이나 초병으로 세우려고 하면 군의관에게 항의했고, 그는 우리가 그 넌더리나는 일을 하지 않아도 되도록 빠르게 처리해 주었다.

한 번은 우리가 근무처에 보고하지 않고, 동료들이 새 방어 진지를 구축하러 오래된 성곽에 가 있는 동안 빨래를 전부 하겠다고 자원했다. 한창 빨래를 하는 도중에 우리 중대 선임하사관이 다가왔는데 우리는 그를 보지 못했다.

그는 우리에게 왜 근무처에 가지 않았느냐고 물었다. 그는 우리의 의무분대 근무 기간은 끝났으며 다음날 있을 열병식에 참여하라고 했다. 우리는 그의 지시에 따라 움직였고 다음날 열병식에도 참여했다. 그런데 부대 선임하사관은 우리를 보고는 왜 우리가 열병식에 있느냐고 물었다. 우리는 어제 당신이 그러라고 지시하지 않았느냐고 반문했다. 그는 우리를 잠깐 쳐다보더니 마음 바뀌기 전에 꺼지라고 했고, 우리는 잽싸게 그 자리를 떴다. 연병장과 소대 구역 사이에는 가파른 둑이 있었는데, 나는 빨리 그곳을 벗어나기 위해 그 아래로 내려갔다. 바로 그때 우리는 이전에 말했던 그 중사와 마주쳤고, 그는 "대대의 가장 큰 쥐새끼들!"이라는 말로 우리를 맞았다. 그 사이에 그 중사는 상사로 진급해 있었다.

우리는 트림꾼, 방귀꾼, 코흘리개 등의 별명을 가진 한국인 노무자들을 관리하는 일을 맡았다. 그들은 건물을 짓거나 새 변소를 만들거나 하는 작업을 했다. 우리는 위생을 위해 크레졸 비누액을 물로 희석해서 매주 변소들을 소독해야 했다. 한 번은 우리가 김씨라는 사람에게 간부들 변소를 청소하라고 아직 희석되지 않은 크레졸 비누액을 준 일이 있었다. 김씨는 그 액체를 희석하지 않고 사용했고, 그 때문에 몇몇 간부는 볼일을 본 후 고생깨나 해야 했다.

이 일로 우리는 누가 상사의 변소를 청소했는지 추궁을 받았고, 우리는 김씨가 했다고 대답했다. 나 자신에게 솔직히 말하자면, 그 답변을 들은 사람들이 우리를 믿는 것 같지는 않았지만 확실하게 증명할 수도 없었다.

어느 정도 시간이 흐르면서 새 변소는 여덟 명까지 수용할 수 있게 넓혀졌고 칸막이도 생겼다. 램프에 석유를 부어 변소에 불을 밝히는 일이 우리의 새 일과가 되었다. 한 번은 동료 하나가 석유를 부은 다음에서야 성냥을 가져오지 않았다는 것을 알게 되었다. 그가 성냥이나 라이터를 가지러 간 사이에 누군가 변소에 들어가 앉은 채로 큰 폭발 사고를 당해야 했다. 장담하건대 그는 한동안 설사약이 필요 없었을 것이다.

의무분대가 해야 했던 다른 일 중 하나는 대대 전체에 흩어져 있는 모든 쓰레기통을 비우는 것이었다. 이 일을 맡은 또 다른 한 명이 있었는데 그의 이름은 프랭키였다. 우리는 그가 모든 중대 식당과 간부 식당에 놓인 쓰레기통들에 왜 그렇게 신경을 많이 쓰는지 항상 궁금해 했다. 그러나 한국인 노무자들이 철수하고 이 일이 우리가 할 일에 추가되자 곧 그 이유를 깨닫게 되었다. 40갤런짜리 통들을 3톤 트럭에 실어야 하는 매우 힘든 일이었고, 자연히 한가하게 땡땡이를 칠 수 있는 시간도 줄어들었다.

B중대 매점 앞에 선 켄 켈드

더불어 그 빈 맥주병들이 그 동안 식당들에 쏠렸던 모든 관심의 주인공인 것을 알게 되었다. 그 병들을 나머지 쓰레기들과 분리하여 보관한 후 나중에 버릴 수 있는 날짜가 되면 버려야 했다. 그날이 되면 프랭키와 그와 함께 일할, 대대뿐 아니라 여단 병력 전체로부터 미움 받는 누군가가 그 병들을 트럭에 실어 옮겨야 했다. 출입금지 구역에 위치한 지역 맥주 공장에 팔기 위해서였다. 검문소에서 근무하는 헌병은 그들이 통과할 수 있도록 차단기를 올려

주었다. 나는 그 상황을 한국을 떠나 지브롤터로 귀환하는 길에서 글로스터 계곡을 막 지나면서 딱 한 번 목격했다.

휴전 후 돌이켜 생각해 보면 한국에서의 나의 삶은 즐거웠다. 영국에선 몇 백 파운드를 써야 햇빛을 즐길 수 있는데 나를 포함한 한국에 파병된 수천 명의 장병들이 햇빛을 공짜로 누렸고, 심지어 돈도 받을 수 있었다. 그 무렵 우리가 한국을 떠날 날이 다가왔다. 처음에 함께했던 많은 얼굴이 제대할 때는 보이지 않았다. 눈을 감았다 뜨면 누군가가 대대에서 떠나 버린, 후크고지전투를 앞둔 직전의 상황과 같았다. 심하게 부상당한 사람들과 더 이상 돌아오지 못하게 된 사람들이 안됐지만 말이다.

때가 되었다. 우리는 전투복을 맞추기 위해 치수를 잴 수 있도록 대형을 갖추어 섰다. 또 지브롤터로 출발하기 위해 필요한 모든 장비를 받았다. 이때 모두 신이 나 있기는 했지만 얼마 후 몇몇 병사들은 한국을 떠난다는 사실에 슬퍼하기 시작했다. 휴전 후에 이곳에서 매우 즐거운 시간을 보내기도 했기 때문이다. 중대 식당에서 노래를 즐겨 불렀는데, 중대의 연예 병사가 제대와 함께 영국으로 떠난 뒤로는 그것도 점점 시들해졌다. 커다란 가족 구성원 하나를 잃는 것처럼 느껴졌다.

한국을 떠나기 전, 각 중대는 그 여단의 다른 대대 사람들까지 초대하여 송별회를 가졌다. 이때 모든 중대원이 근무를 하지 않아

파주 감악산 계곡 설마리 글로스터 연대 주둔지에서의 마지막 사열식

다른 중대원들이 대신 그 일을 해야 했다. D중대가 본부에 경계병들을 보내주는 일을 했던 것 같다.

개인적인 생각으로 나는 한국에서 내 군 생활을 끝냈어도 좋았을 것 같다. 대대가 지브롤터로 출발했을 때 내가 복무해야 하는 기간이 5개월밖에 남지 않았기 때문이다. 한국에 남아 있었더라면 아마 한국에 주둔한 서부 스태퍼드셔 연대 제1대대로 옮겨 갔거나 많은 사람이 그랬듯 여단 본부로 들어갔을 것이다. 이런 저런 것을 모두 고려해 보면, 재훈련을 위해 일본으로 갔다 오는 것과 배에 있던 시간까지를 합치면 한국에서 두 달 정도를 추가로 더

켄드류Kendrew 여단장이 지휘관 램제이 분버리 Ramsey Bunbery 중령에게 은제 동상을 시상하고 있다.

보낼 수도 있었다. 그러나 그렇게 하지 않기를 잘한 이유는, 만약에 그랬다면 나는 분명 지중해의 깊은 바닷속으로 침몰한 HMT Empire Windrush호[4]에 승선하고 있었을 게 뻔해서였다.

11월의 첫째 주 일요일, 우리는 대대의 마지막 교회 행사에 참석했고, 그곳에서 켄드류 여단장이 우리 콜 분버리 부대장에게 은으로 제작한 지게를 지고 있는 한국 농부 조각품을 수여했다.

대열을 해산시키기 전, 대령은 대대 장병들 앞에서 감사 연설을 했다. 어느 한 사람도 빠짐없이 대한민국의 자유를 수호하기 위해

---

4) 영국군 병력 수송선. 1954년 2월, 일본의 요코하마 항에서 출항해 일본의 쿠레 항에서 본국으로 귀환하는 한국전 참전 영국군을 태우고 홍콩, 싱가포르, 콜롬보, 아덴을 거쳐 영국으로 향하던 중 지중해상에서 화재가 발생해 침몰했다. 222명의 선원과 1,276명의 승객이 승선 중이었는데, 상당수의 승객이 듀크 오브 웰링턴 연대의 부상병들이었다. 또한 유엔군으로 참전한 유럽 각국의 병력들도 본국 귀환을 위해 승선 중이었다. 배가 침몰할 정도의 심각한 화재였지만, 전체 인원 1,498명 중 기관실 선원 4명을 제외하고는 추가 사망자 없이 전원 구조되었다. 이 사고는 후에 켄 켈드를 다시 곤란에 빠뜨리게 된다.

우리를 싣고 부산으로 향할 기차가 독촌역에 대기하고 있고, 후크고지를 사수한 듀크 오브 웰링턴 장병들이 기차에 오르기 위해 도열하고 있다.

서 맡은 역할을 수행하고, 연대의 위상을 높게 유지해 주어서 고맙다는 내용이었다. 또 우리는 떠나지만 누구라도 노스 스태포드셔 연대를 곤란하게 한다는 이야기가 들려오면 가장 먼저 영창에 가게 될 것이라고 엄한 경고성 멘트도 잊지 않았다.

마침내 1953년 11월 8일 일요일, 한국을 떠나는 절차가 시작되었다. 날이 매우 춥고 서리가 내렸던 그날 아침, 우리는 지브롤터로 가는 첫 발걸음을 떼었다. 복무 기간을 채우지 못해 서부 스태포드셔 연대로 소속을 옮겨 계속 남아 있게 된 전우들에게 작별인사를 해야 하는 서운한 발걸음이기도 했다. 웨일즈 연대가 떠났을 때 듀크 오브 웰링턴 연대에도 이렇게 복무 기간을 채우기 위해 한국에 남아 전입되어 온 병사들이 있었고, 그 결과로 요크셔 대대에는 웨일즈 출신 병사들이 많았다. 우리는 전투가 있을 때나 끝난 후에나 항상 옆에서 함께 싸워 준 한국인 병사들에게도 작별인사를 했다.

동복을 버리고 전에 입었던 전통 영국군 군복으로 갈아입어서 독촌 철도역에 도착했을 때는 모두 반쯤 언 상태였다. 설상가상으로 노스 스태퍼드셔 연대원들이 해산하고 부산으로 가는 코리안 오리엔트 익스프레스에 오를 때까지 서서 대기해야 했다.

우리는 또 한 번 창문이 깨져 있고 문도 없는 가축 운반용 화물

노스 스태포드셔 연대 군악대

눈물의 열병식. 영국군을 비롯한 유엔군 전사자들이 묻혀 있는 부산 유엔군묘지를 마지막으로 돌아보며 살아서 함께 귀국하지 못하는 전우들을 애도했다.

칸에 올라 부산을 향해 26시간 동안 이동해야 했다. 부산에 도착했을 때는 모두 피곤하고 배고픈 상태였다. 지금 이 글을 쓰면서 생각해 봐도 이동 시간 중에 밥을 먹었는지 기억나지 않는다. 도착하자마자 우리는 부산 변두리의 Seaforth Transit 캠프로 이동하여 한국을 떠나기 전 마지막 정신없는 닷새를 보냈다.

가장 먼저 한국에서 입던 동복을 가지고 있지 않은지 확인하기 위해서 군복 점검을 했다. 그런 뒤에 평소처럼 야간 경계를 섰다. 셋째 날에는 10소대에서 유엔 열병식에 대대를 대표해서 나갈 재수 없는 한 명을 뽑았다. 이것은 우리를 의장대 병사로 만들기 위한 고된 훈련의 시작이었다. 노스 스태포드셔 군악대가 우리를 위

부산항 부두에서 아스투리아스 호 승선을 기다리는 듀크 오브 웰링턴 연대원들

아스투리아스 호에 오르는 듀크 오브 웰링턴 연대 장병들. 스무 살 안팎의 청춘들이 한 번도 들어보지 못한 나라 대한민국의 자유를 목숨으로 지켜내고 귀국길에 오르고 있다.

해 부산에 잔류해 있었다. 실제 열병식 때는 모든 일이 시계 톱니바퀴처럼 순조롭게 돌아갔다. 미군 군악대가 재즈풍 음악을 연주하기 시작하면, 우리는 사열대 바로 앞에 있었음에도 모두 딴 생각에 여념이 없었다. 지금 생각해 보면 1953년 나는 노스 스태포드셔 연대 군악대 뒤에서 행진했는데, 그린 하워즈나 듀크 오브 웰링턴 연대의 군악대 뒤에서 행진할 기회를 얻기 위해 약 30년을 기다려야 했다는 것이 참 이상하다.

한국 땅에서 마지막으로 참석한 열병식은 유엔군묘지에서 열렸다. 우리는 최후의 경의를 보내며 전사한 전우들에게 마지막, 작별 인사를 했다. 말 그대로 눈물의 열병식이었다. 누구랄 것도 없이 눈물이 그렁해진 채 이역만리 땅에 묻힌 전우들의 묘비에서 눈을 떼지 못했다. 더러는 소리 내어 흐느끼는 병사들도 있었다. 유엔묘지 열병식이 끝나고 우리에게는 친구이자 동료였던 각자의 전우 무덤들 앞으로 가서 직접 참배할 수 있는 시간이 부여되었다. 모두들 슬픈 감정을 마음속에 묻어 두었다. 시간이 약이라는 옛말이 있지만 60년이 지나 한국을 방문한 나는 아직도 그 날, 1953년 11월 12일에 느꼈던 것과 똑같은 감정을 가지고 있다.

다음날인, 11월 13일 금요일 우리는 지브롤터로 떠나는 HMT 아스투리아스 호에 올랐다.

다음 사진은 고요한 아침의 나라 한국을 떠나는 듀크 오브 웰링턴 연대와 직접 연관된 사진은 아니다. 하지만 이것이 한국에서의 나의 경험 이야기를 끝마치기에 적합한 사진이라고 생각해서 게재했다. 한국은 내게 기쁜 기억과 슬픈 기억 모두를 남겨 주었고, 나는 내가 한국 국민들의 자유를 되찾는 일에 작은 힘이나마 기여했다는 사실을 자랑스럽게 생각한다.

나는 내가 60년이나 흐른 뒤에 한국에 다시 와보게 되리라고는 꿈에도 생각하지 못했다. 내가 떠나왔던, 전쟁으로 분단된 국가가

한국에서 일본으로 건너온 참전 장병들은 본국으로 귀환하기 위해 일본 쿠레 항에서 영국령 지브롤터로 출발하는 아스투리아스 호에 올랐다. 사진은 일본에서 지브롤터로의 귀환 여정을 시작한 아스투리아스 호의 장병들을 향해 여성 자원봉사지원단(Women' s Voluntary Services) 대원들이 환송의 손을 흔들고 있다.(여성 자원봉사지원단 소속의 대원들은 한국에도 직접 와서 참전 장병들을 돕는 등 한국전쟁에 직간접적으로 헌신했다. 1952년 엘리자베스2세 여왕이 이 단체의 공식 후원자로 등록했고, 1965년부터는 'Royal' 이라는 타이틀을 단체명에 공식 사용하게 되었다. —편집자 주)

아닌, 자신들의 나라에 자신들이 쌓아올린 업적들에 큰 자부심을 갖고 있는 시민들의 나라 대한민국. 절망과 죽음의 시간에 도움을 주었던 모든 국가에 항상 감사함을 표하는 아름다운 나라, 대한민국으로 말이다.

8

HMT 아스투리아스 호에 탑승해 여행하는 도중, 나는 운 좋게도 갑판에 선 채로 서로에게 기대어 잘 필요가 없이 객실 안에서 제대로 여행을 하게 되었다. 그러나 아쉬웠던 것은 한국에 올 때처럼 갑판에 나가 걸레질을 할 수 없었던 점이다. 나의 친한 동료들하고만 가는 게 아니라 대대 병력이 함께 여행하는 것은 힘든 일이었다. 모두가 나를 알고 있어서 땡땡이를 칠 기회도 없었다. 우리가 정신줄을 놓지 않도록 하기 위해서 대부분의 시간이 체력 단련 프로그램으로 짜여 있었고, 개중에는 무슨 내용인지 알 수는 없지만 강의 시간도 있었다. 우리는 그 중 꽤 많은 강의를 직접 들어야 했다.

지브롤터에 가까워지자 우리는 그곳에서 행동을 조심하라는 엄격한 경고를 받았다. 그곳의 주민들이 우리가 낙후된 식민지에서 열두 달 동안 근무했다고 생각해서 우리를 경계하고 있었기 때문이었다.

그때 누구든지 22파운드 10실링만 내면 휴가를 신청하여 영국으로 가는 배에 탈 수 있었다. 복무 기간이 꽤 오래 남은 사람들에게 우선권이 주어져서, 나처럼 지브롤터에 3개월 정도밖에 있을 수 없는 사람은 지원할 수 없었다. 22파운드 10실링의 돈에는 배 위에서 한 주 더 여행하는 비용과 집에서 사우스햄튼까지 가는 열차 비용, 공항으로 돌아가는 데 드는 교통비와 지브롤터로 돌아오는 비행기 값이 모두 포함되어 있었다. 게다가 그 기간에도 월급을 그대로 받을 수 있었다. 오늘날 이 모든 일을 하는 데 들어가는 비용을 생각하면, 거의 모든 사람이 이 휴가를 신청했다는 것이 별로 놀라운 일은 아니다. 내 친구 데니스 노턴도 이 휴가를 신청하려는

지브롤터 무어리쉬 성에서 C중대원들과 D중대원들이 크리스마스 만찬을 즐기고 있다.

데 3파운드가 모자라 내가 빌려주었다. 그는 그렇게 받은 휴가로 집에 가서, 홍콩에 있을 때인지 한국에 있을 때인지 아무튼 그 사이에 태어난 아이를 만나고 왔다.

우리는 1953년 12월초 지브롤터에 도착했다. 대대는 두 곳으로 나누어 주둔했는데, A중대와 B중대는 중대 본부와 함께 시내에 있는 포대에, C중대와 D중대는 거대한 바위산 위의 무어리쉬 성에 주둔했다. 크리스마스가 가까워지고 있어서 우리가 제대로 정착하는 데는 몇 주가 걸렸다. 5월에 여왕 폐하께서 영연방의 군주로서 그 진지에 첫 방문하기로 되어 있어서 대대 병력들 대부분이 때 빼고 광 내느라 정신 없이 움직이기 시작했다.

그러나 나를 포함한 몇몇 사람은 그때가 오기 전에 제대하여 대대를 떠날 예정이었고, 그런 사람들은 연대 본부가 있는 곳에서 일주일에 두 번씩 열병식 훈련만 했다. 열병식 훈련은 훈련 교관인 주임상사 제프리 코크가 지켜보는 가운데 진행되었다. 그리고 나머지 엿새는 얌전하게만 있으면 되었다.

나는 운 좋게도 한국에서 위생병 일도 했기 때문에 대부분의 동료 병사들보다 일을 덜했다. 또 괜찮은 핑곗거리만 있으면 어디에서든 땡땡이를 칠 수 있었고, 시내에도 나갈 수 있었다. 지브롤터에서 우리는 한국전 참전수당을 받았는데, 나는 19파운드를 받았다. 벼락부자가 된 기분이었다. 그러나 한국에서 일꾼처럼 지냈던 우리가 바에 갈 수 있게 되면서 이 부자 같은 기분도 오래 가지는 못했다.

한 번은 내가 밤잠을 설쳤기 때문에 근무해야 하는 시간에 잠들어 있는 것을 중대 주임상사가 보았다. 누군가 거칠게 나를 깨우기에 나는 동료가 장난 치는 줄 알고 "꺼져" 하고 소리쳤다. 그러자 곧바로 주임상사가 할리데이 하사에게 "이놈을 영창에 넣어!"라고 소리치는 게 들렸다. 두 시간 정도가 흐르고 주임상사가 영창으로 와서 "네 복무 기간이 3주 남은 게 아니었더라면 더 오래 가뒀을 거다"라고 말했다.

지브롤터에서의 체류 기간이 2주 정도 남았을 때 나는 또 다른 사건에 휘말렸다. 바로 내가 가장 좋아했던 하사와 관물 정리를 하다가 생긴 일이었다. 다른 모든 임무는 면제를 받았으나 관물 정리만은 다른 소대원들과 똑같이 해야 했다. 나는 언제라도 검열을 받을 수 있게 항상 관물을 잘 정리해 두고 있었기 때문에 이 일은 사실 누워서 떡 먹기였다. 그러나 마침 그때 나는 막 임무를 수행하러 나가고 있었고, 그 하사가 침구 정리 상태 불량으로 징계하겠다고 했다. 임무에서 복귀하자마자 동료 하나가 중대 주임상사가 나를 찾았다고 알려주었다. 그때 순간적으로 '징계를 받겠구나' 하는 생각이 들었다.

나는 그 술 사건 이후로 주임상사에게 보고하러 갈 때가 가상 부담스러웠는데, 중대 행정반에 도착해서 그가 장교와 이야기하고

엠파이어 윈드러시 호에서 발생한 화재. 배는 지중해에 침몰했고, 탑승객들 대부분은 구조되어 지브롤터로 보내졌다. 그 바람에 이용 가능한 비행기 좌석이 그들에게 다 주어졌고, 비행기를 타고 귀국하기로 되어 있던 병사들은 시일을 늦추어 배를 타고 귀국해야 했다.

있는 것을 보고 부담감이 극에 달했다. 조금 후 그는 내게 다가오면서 갈참임에도 불구하고 중대 최고의 관물 정리였다며 엄지를 들어 보였다. 그 말을 듣고 방으로 돌아가는 길이 하늘을 나는 듯한 기분이었다. 동료들은 모두 어떤 판결이 났는지 듣기 위해 나를 기다리고 있었고, 나는 그들에게 사실대로 이야기해 주었다. 침구 정리 상태 불량을 지적하며 심하게 빈정거린 하사는 사실상 나에게 도발한 셈이었다. 사실 나는 그의 도발에 넘어갈 뻔했었다. 나중에 동료 하나는 자기 양말에 구멍이 난 게 지적되었다며 나에게 알려주었다.

내가 겪은 최악의 사건은 동료 하나에게 내 전투복을 다려 달라고 부탁했는데, 그가 다림질을 하다가 내 튜닉 재킷을 태워 구멍을 내고 만 일이었다. 너무 당황한 나는 시내에 나가 재킷 수선할 곳을 찾아다녔다. 하지만 주름치마처럼 주름을 잡아 구멍을 감추는 수밖에 없었다. 그러나 군복에 주름을 잡는 것은 허용되지 않았다. 내가 게으른 탓에 내 무덤을 판 것이었다.

1954년 3월 중순쯤, 나와 함께 제대하는 5208그룹은 지브롤터를 출발하기 위한 의료 검사증과 서류들을 준비했다. 출발하는 날에 우리 이름이 중대 명령서에서 읽히게 될 것을 목 빠져라 기다리고 있었다. 내가 요크에서 한국으로 출발할 때 행정반 실수로 난리가 났던 상황과는 전혀 다른 혼란 속으로 빠져들었다.

엠파이어 윈드러시 호가 지중해 바닷속으로 가라앉는 비극이 일어난 것이다. 그 배에 타고 있던 탑승객 대부분은 구조되어 지브롤터로 보내졌고, 이용 가능한 비행기 좌석들은 그들에게 우선적으로 주어졌다. 이 일로 우리의 출발은 2주 정도 미뤄지게 되었고, 결국 제대하는 그룹들은 이제 막 지중해에서 시험 항해를 끝내고 영국으로 돌아가기 전 지브롤터에 정박해 있던 HMS 메이드스톤 군함을 타고 귀환하기로 결정되었다.

불운이라고 해야 할지 행운이라고 해야 할지 모르지만 내 이름은 탑승자 명단에 없었다. 몹시 짜증스런 순간이었다. 내 이름이 명단에서 누락된 이유를 묻자 중대장이 휴가 나가 있어서 나의 제대를 승인하는 서류에 서명하지 못했기 때문이라는 답변이 돌아왔다. 결국 중대 행정병이 나를 전혀 모르는, 소대장 중 한 명의 서명을 받아 주었다.

나는 일주일 후인 1954년 4월 4일, 마침내 비행기를 타고 대대를 떠났다. 런던 가까이에 있는 공항에 도착하고 나서 모든 공식적인 절차를 거쳤다. 심지어는 시계 때문에 5파운드의 세금까지 내야 했다. 그러나 무엇보다 내 더블백을 뒤집어 엎어 보라고 하지 않은 것이 매우 다행이었다. 더블백 깊숙이 담배 천 개피 정도를 숨겨 놓았기 때문이다. 그 당시 지브롤터에서 담배 가격이 200개피 한 묶음에 12파운드 6펜스였는데, 오늘날 200개피는 65파운드에다가 50펜스를 더 주어야 살 수 있으므로 당시에도 매우 싼 값이었다.

나는 마침내 고우지 가의 지하철역에 내렸고, 차 한 잔과 베이크드 빈즈를 얹은 토스트, 리치몬드까지 가는 여행 허가서를 받았다. 여기서부터가 문제였다. 나는 11시 49분에 달링턴으로 떠나는 열차를 타야 했는데, 런던에서 혼자 다닌 적이 없어서 킹스 크로스 역에 어떻게 가야 하는지를 몰랐던 것이다. 결국 역을 찾긴 했지만 어떻게 찾았는지는 말할 수 없다.

일요일 오전 여섯 시, 달링턴 역에 도착한 나는 리치몬드로 가는 첫 열차를 타기 위해 아홉 시까지 세 시간을 기다려야 했다. 리치몬드 역에 도착하고 나서 병영까지는 교통편이 하나도 없어서 걸어가야 했는데, 나는 그 길이 그렇게 먼 길이었는지 처음 알았다.

위병소에 도착 보고를 했을 때 나의 전입 사실을 아는 위병들이 아무도 없었다. 그저 험악하게 생긴 하사 하나가 나를 냉담한 태도로 맞아줄 뿐이었다. 꼬박 하루도 넘게 걸려서 도착한 나를, 특히 내가 입고 있는 군복을 보고도 말이다. 그래서 나도 빈정거리는 태도로 내 훈장을 가리켰고, 그 험악하게 생긴 하사는 그제야 미소를 지으며 내 더블백을 한쪽에 내려놓으라고 말했다. 그리고는 한 후임병을 바라보며 나를 연대 주임상사 로프티 피콕에게 데려다 주라고 말했다. 그 주임상사는 나를 보자마자 화요일까지 집에 가 있으라고 말했지만, 빈털터리였던 나는 내가 2년 전 처음으로 군 생활을 시작했던 막사로 보내졌다.

시간이 좀 지난 뒤 연대 주임상사가 막사로 찾아와 왜 밖에 나가지 않느냐고 물었다. 내가 돈이 없다고 하자 주임상사는 지금 바로 자신의 집으로 가서 자신의 아내에게 말해 불쏘시개용 장작을 가져다 불을 피워 석탄 불을 붙여 놓으라고 했다. 주임상사의 말대로 했더니 정말 사모님이 5실링(현재 가치로 60펜스)을 주었다. 나는 5실링을 손에 쥐고 급히 시내로 나갔다. 도착했을 때와 같은 절차를 거치기 싫어서 정문으로 나가지 않고 담장을 뛰어넘어서 나갔다.

화요일이 되었을 때 나보다 한 주 먼저 지브롤터를 떠나온 전우들이 도착해서 나를 보고는 깜짝 놀랐다. 우리는 리치몬드에서 열

홀 정도를 함께 보냈다. 그러는 동안 우리와 함께 있다가 그린 하워즈에 가 있던 사람들이 카날 존에서 있다가 이곳으로 왔다. 우리는 제대 날을 기다리는 동안 작업을 해야 했다. 간부 식당과 권총 사격장 주변에 연석을 까는 일이었다. 마치 지브롤터에 있을 때 날마다 하던 고된 노역을 되풀이하는 것 같았다. 알버트 스미스와 나는 계속해서 땡땡이를 쳤으나, 이 일의 책임자인 토미 우드 병장이 계속 우리를 다시 일터에 데려다 놓고는 했다.

1954년 4월 15일 화요일, 나와 내 동료들은 완전군장으로 우리의 목적지 그린 하워즈 지역방위군 본부가 있는 휴턴 게이트, 기스버러 캠프까지 행진했다. 그곳에서 우리는 앞으로 3년 동안 지역방위군의 일원으로서 갖춰야 하는 문서를 준비했다.

나는 군 생활 동안 노스 라이딩 요크셔(우리의 '도'에 해당)를 한 바퀴 돈 셈이었다. 1952년 4월 17일 목요일 오전 11시 20분에 스카버러 역을 떠나 요크와 달링턴 역에 들러 리치몬드 군수창의 병영에 갔다가, 다시 달링턴과 미들스버러 역을 거쳐 1954년 4월 15일 화요일 오후 7시 30분에 다시 스카버러 역으로, 내가 처음 이여정을 시작할 때 함께했던 바로 그 사람들과 돌아오게 되었다.

내가 징집병으로 병역을 치렀던 시절의 이야기는 이로써 끝맺으려 한다. 생략한 이야기가 몇 가지 있는데, 특히 한국에서 보았던 추악했던 상황들은 적지 않았다. 이를 빼고는 나는 전쟁이나 충돌 상황에서 만난 모든 사람이 좋았다. 마음 한 켠에는 사상자들에 대한 생각이 남아 있지만, 나 자신이 그 중 하나가 되지 않았다는 것을 중요하게 생각했다. 당시에는 앞으로의 일이 어떻게 될지 생각할 수 없었고 다음 일을 걱정하지 않으려고 노력했으니 말이다.

이렇게 많은 나날 동안 나는 다시 한 번 그린 하워즈와 듀크 오브 웰링턴 연대에서 내 전우들을 만날 수 있어서 행복했고, 영국에도 한국전쟁 참전용사 단체가 생기면서 많은 친구를 사귈 수 있어서 다행스럽고 기쁘다.

2장 듀크 오브 웰링턴 연대에서의 하루

신부님 옆에서

1월 어느 날 아침, 나는 길을 나섰다. 나는 그 날을 아주 또렷하게 기억한다. 나의 목표는 두 개의 중대를 방문하는 것이었다. 한국의 겨울은 한 해 중 가장 잔혹하게 추운 계절이었다. 야전 성찬 예배를 위한 방문이었다. A중대는 우리 D중대의 좌측에 있었고, B중대는 우측, C중대는 그 사이로 난 길을 통과해야 했다. 나는 기도 책들과 성찬을 위한 도구가 든 가방을 메고, 잡지 다발을 한쪽 팔 아래에, 철모를 다른 한쪽 옆구리에 끼고 길을 나섰다. 햇살은 밝게 내리쬐고, 기온은 영하 10도에서 15도 사이를 오르내렸다. 목적지까지는 D중대 CP를 지나쳐 취사장을 지나는 지프 트랙을 따라가야 했다. 취사장에서는 휘태커 병장과 그 무리가 아침식사 뒷정리를 하고 있었다. 그들과 한 마디씩 나누고 다시 염소의 길이라 부르던 꼬불꼬불한 길을 따라서 걷기 시작했다. 이 참호 너비는

2피트(약 60cm), 깊이는 4에서 6피트(1.2에서 1.8m) 정도 되고 길이는 4분의 3마일(약 1.2km) 정도였으며, 부분적으로는 중공군의 관측 초소에 노출되어 있었다. 15분 정도 걸었을 때 나는 빌 블래키와 그의 박격포 진지를 지나갔다. 그들은 박격포를 쏘아 우리를 환영해 주었는데, 그런 환영 포사격은 일상적인 일이었다.

그들에게 잡지를 몇 권 넘겨주고 나는 왼쪽으로 방향을 틀어 A중대로 계속 걸어갔다. 밤에는 차량 없이는 접근할 수 없는 거친 트랙을 따라 15분 정도를 걸었다. 그 길의 일부는 '200야드 경주로'라고 중공군에게도 잘 알려져 있었다. 병사들은 종종 전력 질주 전에 재빨리 납작 엎드리거나 누워 있기도 했다. 운 좋게도 그날 아침에는 아무 일도 일어나지 않았다.

트랙을 지나 A중대 본부로 가는 매우 가파른 경사를 올라야 했다. 중대 본부에 도착하자 루돌프 오스틴이 나를 반갑게 맞으며 차 한 잔을 주었다. 내 수통의 물은 꽁꽁 얼어 있었지만, 긴 걸음 뒤에 찾아온 따뜻함 덕분에 기분이 좋아졌다.

병사들은 고지의 경사면에 굴처럼 파고 들어가 굵은 나무 기둥으로 떠받친 지붕이 있는 벙커를 숙소로 쓰고 있었다. 우리는 그런 벙커를 후치Hoochie라고 불렀다. 루돌프는 8×8 피트(대략 2.4m × 2.4m, 0.72평)에, 높이 6피트(1.8m) 정도 되는 제법 큰 후치를 가지고 있었다. 두 개의 등잔불과 몇 개의 촛불에 의지한 채로 열두 명 정도가 성찬식을 했다. 지하의 어둑어둑함 속에서 우리는 로마의

지하 묘지인 카타콤베에서 맞는 이른 크리스마스 같은 느낌을 받았다. 성찬식이 끝난 후 안쪽으로 오목하게 파인 생활 공간에 있던, 성찬을 받지 않는 중대 본부의 인원들이 약식 예배에 참석했다. 그 다음은 소대원들과 각자의 진지에서 약식 예배를 드렸고, 나는 많은 사람들과 잠깐씩이나마 대화를 나누었다.

후다닥 점심을 먹고 난 후 중대 본부에서부터 다시 내가 왔던 길을 돌아가야 했다. '200야드 경주로'와 박격포 진지를 지나, 오른쪽 길로 돌아 B중대로 향했다. 후치 근처에 야외 간이 텐트를 설치하고 그 안에서 무릎을 꿇고 성찬을 받으며, 오래 전부터 들어온 친숙한 성경 말씀을 들었다.

마지막 예배를 마치고 나면 딕 인스가 나를 중대 본부로 데려가 차를 대접했다. 걸어서 돌아오기 귀찮으면 여섯 시 반에 오는 배급 트럭을 기다렸다가 불빛 하나 없이 깜깜할 때쯤 D중대로 돌아가면 되었다. 그렇지 않으면 또 다시 박격포 부대와 구불구불한 염소의 길과 취사장을 지나 내 숙소까지, 왔던 길을 걸어서 돌아와야 했다. 귀대 후에는 편지 몇 통을 쓰거나 상관들에게 들러 잠깐 이야기를 나누고 잠을 청했다.

포로를 잡아오는 것에 대한 포상

우리는 언제나, 누구라도 포로를 잡아오면 도쿄로 닷새의 휴가를 보내 준다는 사실을 뇌리에 새기고 지냈다. 그게 그저 소문이었는지 사실이었는지는 모르겠으나 내가 알기로 실현된 적은 한 번도 없었다. 이에 대한 이야기는 다음과 같다. 1953년 5월 18일 오전 5시경, 비무장 상태의 중공군 병사 하나가 세 명의 C중대 8소대원들 앞에 스스로 나타났고, 중공군 339연대 2대대 소속 후아 홍 이등병은 포로가 되었다. 소대원들은 모두 후아 홍을 자신이 잡은 포로라고 말했다. 살아 있는 병사를 포로로 잡아 온 포상으로 주어지는 도쿄로의 닷새 휴가를 세 명 모두 신청했다. 그 세 명은 소대 진지에서 중대 본부까지 그를 데려 갔고, 중대 본부에 도착해서는 중대 주임상사에게 "우리의 도쿄 휴가는 언제 잡히는 것입니까?" 하고 물었다. 중대 부사관 해리 랜달은 알았다며 휴가를 보내 주겠다고 험악한 목소리로 대답했다. 자신은 한 번도 도쿄에 휴가를 나가 본 적이 없기 때문인 것 같았다. 하지만 그는 알고 있었다. 병사들이 도쿄에서 무엇을 가지고 복귀할지를. 군의관인 어네스트 맥키가 이미 몇몇 병사들을 독일의 '베로니카 당케션Veronica Dankeschon' [5] 같은 케이스로 치료해 주었기 때문이다.

---

5) '베로니카'는 제2차 세계대전 당시 독일의 흔한 여성 이름이며, '당케션'은 감사합니다라는 뜻의 독일어. 이 말은 2차대전 이후, 생계를 위해 낮에는 복구 현장에서 노동을 하고, 밤에는 미군들에게 몸을 팔아야 했던 독일 여성 또는 상황을 지칭하는 표현이 되었다. 당시

후아 홍은 자신이 마오쩌둥을 위해 일을 계속할 의사가 없었기 때문에 버림을 받았다고 했다. 그는 장제스 국민당 정부군의 병장 출신이라서 정치장교가 그를 신뢰할 수 없는 불순한 녀석이라며 자주 괴롭히고 꾸짖었다고 했다. 또 그의 정치적 결함으로 인해 진급도 거부당했다고 했다. 그러나 그는 자신과 함께 근무한 중공군 병사들이 대부분 문맹인데 반해 월등한 군사적 지식을 가지고 있었고, 전시가 되어 아주 용감한 본보기가 되었다고 했다. 명예로운 죽음을 택하는 것 말고 그가 더 기대할 수 있는 것은 없었다.

많은 면에서 그의 하루 일과는 전선의 영국 병사들과 거의 비슷했다. 오후 6시부터 오전 4시까지는 땅을 파고 정찰을 돌고, 오전 4시에 아침을 먹고 오전 5시부터 정오까지는 잠을 자는 일과였다. 그러나 영국 군인들이 제대하여 민간인의 삶으로 돌아갈 날만을 고대하는 동안, 후아 홍은 서양 제국주의에 맞선 긴 전쟁 기간 자신을 헌신해야 했다. 그가 휴가를 나갈 수 있는 가능성은 처음부터 없었다.

뒤이어 나오는 항목들은 여러분의 이해를 돕기 위해 내가 한국에 있던 시절의 이야기를 기반으로 하여 신문과 학술지들의 내용을 재구성한 것이다. 아마 우리에게 가장 많은 영향을 끼쳤던 것은 주변 환경이었을 것이다. 석 달 동안 우리는 전선에서 나와 한국의 계곡들에 있는 텐트 막사에서 생활하는 행운을 누렸다.

독일에 점령군으로 주둔하고 있던 연합군 병사들이 성병에 감염되는 주된 이유가 되었다. ─ 옮긴이 주

우리가 한국에서 군 생활을 시작했을 때는 겨울이었는데 엄청나게 추웠고, 우리 모두는 지긋지긋한 참호에서 나와 따뜻하고 안락한 환경으로 다시 돌아가기를 갈망했다.

군단 예비대로 있으면서 가장 힘든 일 중 하나는 우리가 전선으로 갔을 때 닥쳐 올 것들에 대처할 수 있도록 밤낮없이 하는 훈련이었다. 우리의 모든 관심은 근무 외 시간에 즐길 수 있는 편안함과 즐거움에 쏠려 있었다. 대대에는 극장이 지어졌는데, 120명 정도가 앉을 수 있는 나무의자가 있었다. 극장은 뒤에 서 있을 자리도 없이 꽉 채워지며 밤마다 큰 인기를 누렸다.

어느 날 갑자기 중대 식당들은 영국의 오래된 선술집들처럼 바뀌기 시작했다. 매일 밤 시끄러운 노랫소리가 들려왔는데, 우리는 결코 펍들의 이름을 잊지 못할 것이다. 'The supporters Arms', 'The Bakers dozen', 'Charleys Bar' 등의 간판이 기억나는데 누군가 간판들을 아주 멋지게 만들어 달아 두었었다. 연대 박물관에서 찾아볼 수 있으면 좋겠다고 요즘 생각한다. A중대는 분대 텐트에서 아주 즐거운 분위기의 식당을 운영했다. 그곳은 맥주 상자로 만든 바와 통신 소대의 배터리들을 이용해서 조명을 비춘 다트판, 모래주머니들로 만든 소파들로 가득 차 있었다. 이곳에서는 밤마다 사람들이 일본산 아사히 맥주를 마셨고, 노래로 즐거움을 주는 병사들도 있었다. 커크와 조디 이등병도 여기 속해 있었는데, 단연 최고는 월슨 이등병이었다.

B중대는 슬프게도 첫 번째로 파병 온 병사들을 잃었고, 우리 모두는 그들을 그리워 할 것이다. 미래의 중대원들은 맥도날드가 'I went to your wedding'을 노래하는 것을 영영 듣지 못하게 되었다. 그러나 브라운 일병이 'I'm Yours'를 부르며 그 빈자리를 채울 것이라는 것도 틀림없는 사실이다.

4월 3일, 대대는 홍수 구호 자금을 모으기 위해 재미난 장터를 열었다. 도그 중대는 50파운드를 모으는 대단한 성과를 내며 확실하게 '최고의 도그'임을 증명했다. 부대 지휘관은 우리가 예비대로 있던 시기에 얼마나 발전했는가를 보기 위해 정찰 업무를 혹독하게 시켰다. 누가 처음으로 중공군을 잡을 것인가에 굉장한 경쟁이 붙었다.

현재 우리는 한 개 중대가 우리에게 친숙한 레드해클[6]에 가 있는 상태이다. 처음 떠나게 된 건 C중대로 4월초에 나갔고, 나중에는 A중대와 교대했다. 두 중대 모두 이를 이유로 블랙 듀크로 통한다. 달리기에 대해 쓰고 있자니 우리가 11소대의 키스 롱 일병을 축하해 주었던 일이 기억난다. 그는 제1군단 크로스컨트리 경주에서 우승했다. 존 병장은 9중대가 교통호에서 개구리 경주를 하는 동안 피터 뱅스 하사의 도움을 받아 찰리 중대에서 뱀을 잡아 가죽을 벗기는 일을 하기도 했다.

---

6) Red Hackle. 스코티쉬로 구성된 부대를 뜻하는 속어로 레드해클은 스코티쉬 군인들이 쓰는 베레모에 달린 붉은색의 작고 동그란 술을 일컫는 말이다.

3장 후크고지전투 기록의 발췌문

켄드류 준장은 자신이 본 것 때문에 몸이 떨렸다. 그는 '그들은 아주 경이로웠다. 지난 전쟁 기간을 다 합쳐서 나는 한 번도 그런 포격을 본 적이 없다. 그러나 그들은 후크고지를 지켜 냈고, 나는 그들이 해낼 줄 알았다' 라고 말했다. 듀크는 그가 예상했던 것 이상의 많은 것들을 해냈다. 그러나 켄드류 준장은 전쟁이 그들에게 얼마나 압박감을 주는지 볼 수 있었다. 더욱이 그들의 총기 중 상당수는 박살나거나 땅에 묻힌 상태였고, 중공군이 그날 밤 다시 공격해 온다면 그들은 아주 불리한 상황에 처할 것이었다. 켄드류 준장은 그의 군사들을 28여단 로얄 푸실리에 연대의 새로운 병력과 교대시키기로 결정했다.

서부 영연방 사단 영역의 서쪽 전방을 차지하고 있던 미 해병 제1사단장은 찬사를 보내왔다. 그는 '나는 왼쪽으로는 바다를, 오른쪽으로는 영연방 사단을 끼고 있다. 내가 밤에 잠을 자러 갈 때나 아침에 일어날 때도 그 둘이 그 자리를 지키고 있을 것이란 사실을 알기 때문에 편안하게 잠을 이룰 수 있다' 라고 말했다.

부산에서의 추도식

1953년 11월 12일, 공식적인 추도식이 끝나고 부관참모 H S LE 메저리어 소령이 표창자 명단을 발표했다. 발표에 이어서 부대 지휘관의 연설이 있었다. 그의 연설은 다음과 같다.

오늘 우리는 한국전쟁에서 목숨을 잃은 우리 부대의 모든 장병들에게 경의를 표하기 위해 이 자리에서 행진했습니다. 우리 대대는 듀크 오브 웰링턴 연대의 전통을 훌륭하게 지켜냈습니다. 잉글랜드의 연대임에도 우리는 웨일즈와 스코틀랜드, 아일랜드 출신의 많은 전우들과 함께했으며, 그랬기에 우리가 할 수 있는 최고의 대오가 될 수 있었다는 것에 의심의 여지가 없습니다.

우리가 함께 견디어 온 위험과 고난, 슬픔들은 우리에게 전우애를 불어넣어 주었으며, 우리는 이 사실을 누구도 잊지 않을 것입니다.

우리는 우리가 이루어 낸 것에 대해 매우 자랑스럽게 생각할 것입니다. 특히 전투 중 목숨을 던져 적의 진격을 저지한 장병들의 용기와 희생 정신에 대해서는 더욱 그렇습니다.

전사자들의 무덤 앞에서 경의를 표할 때 우리는 전투 중 실종된 전우들뿐만 아니라, 우리 곁에서 같이 싸우다가 죽어간 용감한 한국군 병사들까지 모두 기억할 것입니다. 우리는 이제 우리가 해야 할 의무를 다 이행했기에 한국을 떠납니다.

먼저 우리 곁을 영원히 떠나간 전우들은 우리가 듀크 오브 웰링턴 연대의 군인으로서 자유를 위해 싸웠던 기억 속에 영원히 살아 있을 것입니다.

다음으로 대대 번즈 신부님의 간결하고도 감동적인 연설이 이어졌다.

오늘 이 자리에 함께한 장병 여러분, 우리는 방금 작별인사를 해야 했습니다.

우리는 이 순간 여기 함께한다는 것이 얼마나 고통스러운지 너무도 잘 압니다.

지금 이 작별의 시간이 얼마나 길고 가슴에 사무치는 슬픔인지, 우리는 그 슬픔에 대해 누구보다 잘 압니다.

우리가 바로 그 생생한 증인이고 목격자이고 당사자이기 때문입니다.

그리고 이곳, 유엔묘지에 잠들어 계신 용사들 또한 우리에게 작별을 고해야 할 시간입니다.

우리는 비록 한국을 떠나지만, 그대들은 이곳에 남아 있어야 합니다.

그대들은 이미 이곳의 흙이고 공기이며 자유의 수호신이 되었습니다.

장병 여러분, 우리는 살아가는 날들 내내 그들과 함께한 시간을 기억할 것입니다.

슬퍼하는 마음들을 서로 위로하고 의지하면서 오늘을 넘어 내일을 살아가도록 합시다.

사랑하는 사람들 곁으로 안녕히 가십시오.

연설이 모두 끝난 후 대대는 분열 대형으로 서서 마지막으로 경의를 표하기 위해 부대장이 이끄는 분열식을 진행했다. 대대의 모든 중대가 '우로 봐!'를 한 채로 양귀비가 둘러싸인 첫 번째 십자가 묘비부터 마지막 묘비까지 한 명 한 명 모두 지나쳐 갔다. 행사 후 대대는 해산했지만 30분 동안 대대원들로 하여금 자신의 전우들 묘지를 찾아 참배할 수 있도록 배려해 주었다.

골프 코스

사단 자체가 예비사단으로 있는 동안 근무가 없는 저녁 시간에 재미있는 운동을 할 수 있도록 하기 위해 사단장과 부사단장은 골프 코스를 만들기로 했다. 이에 간부 식당을 둘러싸는 구역에 코스 하나가 건설되었다. 나무나 모래가 깔린 강바닥 같은, 이미 있던 자연 장애물들을 이용하여 만든 코스였다. 그리고 철사를 이용해서 아홉 개의 홀을 만들었다.

처음에는 어디선가 만들어온 지팡이가 골프채로 쓰이고 흰색으로 칠한 전나무 솔방울이 공으로 쓰였다. 나중에는 하키 스틱이 골프채를 대신했다. 목재가 쇠에 밀려났다고 할 수 있겠다. 저녁 무렵에는 중대장, 밥 모란, 월터 켈시와 루이스 커셔가 예전에 버든, 테일러, 허드와 레이가 그랬던 것처럼 코스를 도는 것을 볼 수 있었다.

1953년 3월 20일, 골프 약속이 잡혔고 상품은 은색 퍼터였다. 근무와 휴가 간 인원을 빼고도 16명의 장교들이 참가해 18홀 한 라운드를 돌고, 아홉 홀을 더 돌았다. 부대장과 밥 모란은 연습 라운드에서 꽤 잘했기 때문에 본 경기에서도 잘할 것이라는 기대감이 컸고, 실제로도 잘했다. 함께 골프를 치고 일찍 나간 그들은 각각 49타, 51타라는 놀라운 스코어를 기록했다. 그 두 명의 점수에 도전할 사람은 아무도 없어 보였다. 그러나 끝까지 포기하지 않고 대단한 자신감으로 경기에 임했던 루이스 커셔가 결국 우승했다. 이 걸 지켜보는 비슷한 점수대의 라이벌들은 매우 흥분했다. 16번 홀에서 그의 공이 벙커에 빠졌지만 다음 샷을 아주 훌륭하게 날려 버디를 기록하고 총 48타로 경기를 끝냈다. 한 타 차 우승이었다.

휴양과 휴가(Rest and Recreation, R&R)

한국의 부대에 새로 오는 사람들은 군복의 무릎이 더 갈색이거나 전투복이 더 얼룩진 사람들의 말들에 모두 혼란스러워 했다. 그들은 이 마법의 편지(휴가 안내서) 맨 앞에 나오는 자격 요건에 대해서 떠들었다. 그들이 현명하거나 불쌍해 보이는 것을 피하고 싶다면, 그 말이 무슨 뜻인지 묻지 않고 대화가 다 끝날 때까지 기다려서 그 의미를 파악했을 것이다. 그러나 성미가 급해서 무슨 뜻이냐고 물었다면 그들은 제대로 된 대답 대신 '도쿄 휴가' 에 대해 얘기한 거라는 말만을 들어야 했다. R&R의 의미가 무엇인지 제대로 아는 사람이 있는지 잘 모르겠다. 그러나 이 긴 단어 'Rest and Recuperation' 은 그 원래의 의미가 아니라 'Rack and Ruin(엉망진창)' 이나 'Rack and Recovery(파괴와 회복)' 으로 널리 알려져 있었다.

그것은 사실 도쿄에서의 닷새 휴가를 뜻했고, 한국에서 4개월을 복무하고 나면 그 휴가를 떠날 자격이 생겼다. 대대의 모든 군인이 'R&R'을 다녀왔기에 아마 독자들은 도대체 이 군의 복지(휴가) 제도가 무엇을 제공했는지 궁금할 것이다. 그리고 직접 'R&R'에 다녀온 사람으로서, 나는 내가 좀 더 자세히 설명할 자격이 있다고 생각한다. 'R&R'은 꾸준히 계속되었다. 예하 부대 대부분에 휴가자를 넉넉히 배정할 수 있도록 많은 자리가 할당됐다. 부관들이 중대 모든 병사가 차례차례 휴가를 즐길 수 있도록 빈자리를 넉넉히 할당해 준 것이다.

보통 사람들이 이 휴가에 대해서 듣는 첫 정보는 이렇다. 만약 누군가의 이름이 자리 할당 목록에 있을 때, 그가 휴가를 받기 싫은 상황이라면(돈이 부족하거나 해서) 그냥 그렇다고 이야기하고 다른 누군가가 그 자리에 들어가면 된다. 휴가를 가고자 하는 병사가 부족할 일은 절대 없기 때문에 대신 갈 병사를 찾는 건 어렵지 않았다. 항상 누군가 한 명은 'R&R'에 가 있다고 보면 된다. 휴가 통보를 받은 사람은 그 다음부터 수업이 끝날 때를 기다리는 학생처럼 우쭐대며 오로지 한 가지 생각만을 하면서 돌아다닌다.

'닷새 동안 잘 있어라, 한국!'

돈을 찾고, 건강 진단을 받고, 백신을 맞았는지 확인하는 등의 절차를 밟으며 아주 들뜬 상태로 대대에서의 마지막 48시간을 보내고 나면 휴가 날이 밝아 온다. 전사들은 행복하게 3톤 트럭을 타고 강을 건넌 다음, 서울에 있는 FMA(Forward Maintenance Area, 전방 정비단) 수송 캠프로 가서 하룻밤을 묵는다. 그 다음날 아침 일찍 비행장에 모여 도쿄로 가는 비행기에 탑승한다. 비행기는 주로 늦은 오후에 이륙한다. 휴가병들을 일본까지 태워다 주는 비행기는 미국 공군 글로브 마스터즈로, 런던의 2층 트롤리버스의 세 배 정도 크기에 같은 만큼의 사람을 수용할 수 있는 괴물급 머신이었다. 내가 탔던 비행기 안에는 115명의 듀크 연대원과 다른 부대원들까지 모두 140명의 인원이 타고 있었다. 만약 이 비행기가 추락하면 부대장은 이 인원을 어떻게 다시 채워 넣나 하고 골머리를 앓았을 것이다.

그러나 이 놀라운 머신은 뉴튼의 만유인력 법칙에도 불구하고 정말 안전하게도 떠올라 네 시간 정도가 지나면 승객들을 도쿄 공항에 내려놓는다. 그곳에 내린 사람들은 네 대의 버스에 올라 수도에서 15마일 정도 떨어진, 영연방 사단 휴양 캠프가 있는 에비수로 옮겨졌다. 막사와 훈련의 이름이 그렇듯이 휴가 캠프는 불행한 이름이다. 왜냐하면 실현 가능하지만 존재하지 않기 때문이다.

캠프에 도착하자마자 한국에서 입고 온 두툼한 동계 전투복들을 벗고 일계장급 전투복을 받아 입는다. 그 다음부터는 병사들 각자 알아서 하기 나름이었다. 식사 시간도 아주 길고 많은 시간이 주어지지만, 잠을 자기 바란다면 비난 따위는 별로 신경 쓸 게 아니었다. 외박 허가는 따로 없으니 그저 하고 싶은 대로 하면 된다. 다섯째 날에는 공항으로 다시 데려다줄 버스에 오른다.

휴가 캠프에는 여성 자원봉사 지원단(WVS, Women's Voluntary Services)이 일하고 있었다. 그들의 주 업무는 우리의 휴가가 행복하고 기억에 남을 수 있도록 할 수 있는 모든 것을 해 주는 것이다. 가장 매력적이었지만, 대부분의 'R&R' 나온 병사들은 바보스럽게도 긴자 시장에 가서 선물 따위를 사는 등의 쇼

BEEN ON R&R?

도쿄로의 휴가를 꿈꾸는 나날들

핑을 할 생각을 하지 못했다. 병사들 중 많은 수는 휴가 캠프에 도착하고 나서 다시 '해서는 안 될 일'들을 하며 한국에 돌아가는 날까지 모습을 드러내지 않았다.

병역에 대한 개인적인 생각

한국전쟁에서의 경험을 바탕으로 한 나의 개인적인 결론은, 나 같은 대부분의 10대들은 병역을 기껍게 받아들이지 않는다는 사실이다. 그러나 입영 부대와 장소 등이 적힌 입영 영장이 담긴 노란 봉투가 우편함에 떨어지고 나면 현실을 받아들이는 수밖에는 선택의 여지가 없다. 그러니 최선을 다해 보자는 생각을 하게 되고, 우리 중 대다수가 실제로 그랬다. 우리 중에는 세상의 다른 부분들을 볼 기회가 있었던 사람도 많이 있었으나 안타깝게도 그 중에 한국은 없었다. 병역은 모든 계급의 사람들을 만나 볼 기회, 유대 관계를 맺을 기회와 우리가 바로 오늘날까지 소중히 여기는 평생의 우정을 맺어 볼 기회도 제공해 주었다. 우리의 잘못은 아니지만 안타깝게도 나 같은 많은 사람은 그 우정을 짧은 시간 동안밖에 나눌 수 없게 되었다. 그러나 그 기억들을 나는 언제나 아주 귀하게 여길 것이다. 나는 개인적으로, 징집되지 않을 기회를 놓친 사람들이 행운일 수도, 불행일 수도 있다고 생각한다. 그들은 그들대로 자신이 인생에서 무엇을 놓쳤는지 모르기는 하겠지만, 우리가 10대 시절 그랬듯 다른 사람들과 같은 우정과 존경의 감정을 나눌 것이다. 병역을 치렀던 사람 중 대다수는 언제나 그 시절 사귀었던 친구들은 무엇과도 바꿀 수 없다고 말할 것이다. 나는 내 인생에서 바로 그것을 놓치지 않은 것을 행운으로 여기며 살아왔다.

징병 병사들이 받는 급여는 급여라고 하기 민망할 정도로 너무도 약소한 수준이었다. 하지만 그들은 모두 한 배를 타고 한두 명을 제외하고는 서로서로를 도왔다. 어디에 있든 항상 상황은 똑같았다. 구걸하든, 빌리든, 훔치든 전우들에게만은 해서는 안 되는 짓이었다. 만약 훔치다가 고참 병장에게 걸리면 그는 발각된 것이 유일한 잘못이라며 무마하고 넘어갔다.

그리고 인생의 후반부 몇 년 동안 나는 내가 복무했던 장소들을 다시 방문할 수 있도록 친절한 초대를 받았고 내가 했던 병역을 열 배로 보상받았다. 나와 아내가 지브롤터에서 7일 동안 묵을 수 있는 숙박비와 비행기 탑승료, 한국에서 11일 동안 관광을 포함한 모든 경비 84,700파운드를 아주 적은 비용으로 깎아 주거나 무상으로 해 주었다. 1990년에 우리는 경비 23,900파운드를 거의 무상으로 해서 캐나다에 거주하는 한국인 참전용사들에 의해 캐나다로 초대되기도 했다. 우리와 함께 싸웠던 다른 영연방 국가들도 친히 우리를 초대해 주었다. 나는 그 초대들을 이런저런 사정들이 있어서 사양했었다. 지금 생각해 보면 시간을 만들어서라도 초대에 응할 것을 하는 아쉬움이 크게 남는다.

제2부
6.25 참전 영국 노병들의 수기

한국전쟁이 '잊혀진 전쟁'이 된 이유는 무엇일까? 당시에는 대다수의 영국인이 한국이라는 나라에 대해 들어 본 적이 없고 한국에서 전쟁이 일어났는지조차 알지 못하였기 때문이다. 한국전쟁은 이 전쟁에 직접 개입된 사람이나 그런 사람을 알고 있는 사람들에게 외에는 알려질 일이 없었다. 이 전쟁에 관심을 가졌던 아주 소수의 사람도 참전 국가가 미국뿐이라고 알고 있었다. 그러나 영국은 미국에 이어 두 번째로 많은 병력을 파병했고 그 가운데 대다수는 10대 후반의 청소년들이었다.

한국전쟁은 최근 들어 다시 그 존재를 알리기 시작했는데, 그 원인은 여러 가지가 있다. 영국에서는 '한국참전용사협회'가 결성되었고, 한국에서 자신이 직접 겪은 이야기들을 책으로 써내는 사람들도 나타났다. 또 한국전쟁참전기념비가 런던의 빅토리아 임뱅크먼트에 세워진 것도 중요한 역할을 했을 것이다. 의심의 여지없이 '고요한 아침에 나라'에서 복무했던 사람 중 99퍼센트는 한국의 자유를 지켜낸 자신들의 업적을 매우 자랑스럽게 생각한다. 그리고 한국도 이 희생에 대해서 언제나 감사해 할 것이다.

2부에서는 함께 또는 다른 부대의 일원으로 6.25 한국전쟁에 참전했던 노병들의 수기를 소개한다. 짤막하고 단편적이기는 하나 그들이 '고요한 아침의 나라', 대한민국의 자유를 지키기 위해 젊은 시절을 바친 진심 어린 이야기들이다. — 편집자(케네스 켈드) 주

런던 빅토리아 엠뱅크먼트 기념관 앞에서

노병 수기 1

참전 당시 계급	준장	이름	브라이언 패리트
직책	듀크 오브 웰링턴 연대의 지원포병대장		

1953년, 후크고지전투

블랙와치가 중공군의 대규모 공격에 맞서 자리를 지키고 있던 후크고지에서의 전투 후에, 듀크 연대장은 추가 포병대 지원을 요청했다. 빌 맥케이 소령은 제20필드 연대의 45포대를 지휘하고 있었는데, 그 포대는 듀크 오브 웰링턴 연대의 화력 지원 임무를 맡고 있었다. 그래서 그는 추가로 포병 병사 두 명을 전방의 관측 초소로 보냈다.

중공군이 참호를 나와 공격 개시선을 통과한 후 개활지로 돌입하는 순간 집중 포화를 날리기 위한 화집점 선정과 화망 구성도 미리 해 두었다.

공격이 시작되었을 때 포격 명령이 떨어졌고 제20필드 연대의 25파운드 포들은 맹렬하게 집중 포격을 퍼부었

브라이언 패리트Brian Parritt

다. 그 포들은 공중에서 터져서 수많은 강철 조각들을 사방에 퍼뜨리도록 만들어졌다. 탁 트인 고지의 전사면으로 돌격하던 중공군은 아군의 엄청난 화망에 걸려 사상자가 속출했지만 듀크 부대의 전방 진지 돌입에 성공했고, 기관총과 수류탄이 난무하는 격렬한 전투로 이어졌다. 불행히도 지원하기 위해 전방 관측소로 올라갔던 두 명의 포병대원은 전사하고 말았다. 그 전투 내내 20필드 연대는 포신이 벌겋게 달아 올라 밤에는 새빨간 빛을 발할 정도로 쉬지 않고 포격을 가했다. 듀크는 고지를 지켜냈으며 듀크 부대장은 빌 맥케이 소령에게 전투에 큰 공을 세운 포격 지원에 대해 감사해했다. 후크의 포병 장교는 무공십자훈장을 받았다.

노병 수기 2

군번	22659585	이름	잭 콜린스
참전 당시 계급	이병	소속	듀크 오브 웰링턴 연대

내가 경험한 한국전쟁

기관총 뒤에서 포즈를 잡은 잭 콜린즈Jack Collins

1952년 4월 3일쯤 나는, 1952년 4월 17일 목요일에 의무 복무를 위해 할리팍스 기지에 주둔하고 있던 듀크 오브 웰링턴 연대의 보충대인 웨슬리 병영에 보고하라는 소집 영장을 받았다. 그 곳에서 8마일 떨어진 브라드포드에서 태어난 나는, 집과 근무지가 가까워서 별 문제가 없을 거라고 생각했다. 하지만 그것은 나의 착각이었다. 기초 훈련이 끝나고 6주 후 보충 훈련을 받기 위해 요크에 있는 임팔 병영에 도착했는데, 요크는 환경이 그리 나쁘지는 않았다. 12주 후, 나는 홍콩으로 향하는 M. S. 엠파이어 프라이드 호에 올랐다.

엠파이어 프라이드 호는 원래 가축 수송선이었을 거라는 소문이 돌았다. 배가 동쪽으로 이동할수록 기온이 올라갔기 때문에 매일 밤 갑판 아래 해먹에서 밤잠을 설쳤던 우리는 그 소문에 진심으로 동의했다. 그렇지만 환상적인 사막 풍경을 좌우 양쪽에서 보여 주던 수에즈운하를 통과하면서부터는 남은 일정들이 우리에게 큰 위안이 되어 주었다. 이후 아덴항을 거쳐 콜롬보와 싱가포르를 거쳐 왔다. 그런 기회가 아니었다면, 1950년대에 젊은 승강기 정비공 수습생이었던 내가 그런 풍경이며 도시들을 볼 수나 있었을까?

홍콩에서는 중공과의 국경 근처에 있던 로 우 캠프에서 비커스 기관총 사수가 되어 훈련을 받았다. 가끔이지만, 정말 황당하게도 오밤중에 홍콩 경찰에 쫓기던 밀수업자들이 총격전을 벌이며 캠프 안에까지 들어오기도 했지만, 경계 근무를 서는 우리는 실탄을 지급 받지 않은 상태라서 경찰을 도울 방법이 없어 그저 지켜보기만 할 뿐이었다. 토요일마다 열차로 카오룽에 갔는데 먹고 마실 장소가 많아서 그곳에 가면 항상 즐거웠다. 복귀하는 길에 가끔 잠이 들어 역을 놓치는 위험한 일도 벌어졌다. 그렇게 중공 국경을 넘어가는 경우가 있었는데, 그때 중공군들이 객차를 수색했다. 다행히도 열차에서 잠들었던 영국 군인들은 열차에 남겨져서 원래 내려야 하는 곳까지 돌아오게 되었다.

다음 장소였던 일본에 있는 쿠레 수송 캠프에 대해서는 쓸 말이

별로 없다. 그곳에서 나는 내 열아홉 번째 생일과, 기가 막히게도 그 다음날로 예정되어 있던 한국으로 이동하는 날만을 기다리고 있었다. 나는 그걸 인생 최고의 생일 선물이라고 생각한다.

E. Sang과 W. Sang, 두 척의 작은 일본 수송선이 쿠레와 부산 사이 바다를 가로 질러 운항했다. 예전에는 선원들이 항구에 있을 때 왜 모든 것을 동여매는지 이해할 수 없었다. 그러나 우리가 탄 배인 E. Sang호가 닻을 올리자마자 왜 그런 대비를 했는지 비로소 깨닫게 되었다. 거친 물살 위의 작은 배에 탄 우리는 뱃멀미로 고생을 해야 했다. 다행히도 그 여정은 24시간밖에 걸리지 않았고 우리는 예정대로 부산에 내렸다. 그리고는 형편없는 열차에 올라 서울이 있는 북쪽을 향한 긴 여정을 시작했다.

연대에 도착하자마자 나는 D중대의 소총수로 배치되었다. 그리고 나서야 나는 기관총 소대가 배속된 지원중대가 전선 뒤쪽 어딘가에 있다는 것과 듀크 오브 웰링턴 연대가 후크고지로 이동한다는 것도 알게 되었다. 전방 진지에 도착하자마자 한밤중에 중국 버전의 호호경(Lord Haw Haw)[1]이 우리를 맞이했다. 웰링턴 듀크에 온 걸 환영하며, 우리가 너희를 전멸시킬 것이라는 내용이 확성기를 통해 들려왔다.

---

1) 본명 윌리엄 조이스Willima Joyce. 미국 태생으로 제2차 세계대전 동안 연합군을 상대로 나치의 선전방송을 했던 인물. '독일에서 전합니다'라며 시작하는 이 선전방송은 영국 상류층의 영어를 구사하던 윌리엄 조이스가 2차대전 종전 후 국가반역죄로 체포되는 이유가 되었고, 재판을 거쳐 1946년 1월 3일 교수형에 처해졌다. 그는 2차대전 이후 현재까지 국가반역죄로 사형이 집행된 마지막 사람이다.

후크고지로 올라가기 전 우리 소대는 병력을 충원하기 위해 블랙와치에 잠시 배속되었다. 이 일로 블랙 듀크라는 별명도 생겼다. 블랙와치의 음식은 대체적으로 괜찮았다. 그런데 그들의 포리지는 소금만 넣고 설탕은 넣지 않은 음식이라서 적응하는 데 좀 시간이 걸렸다. 그러나 식욕 왕성한 젊은이들인지라 이내 포리지에 적응할 수 있었다.

결국 내 군대 생활의 커다란 반전이 여기서부터인데 기관총 소대에 결원이 생겼고, 나는 후방에 주둔하고 있던 지원중대로 전출됐다. 하지만 그런 한가한 상황도 오래가지 못했다. 우리의 좌측방을 맡고 있던 터키 사단에 두 명의 기관총 사수들이 배치되었는데, 내가 가게 된 것이다. 우리의 임무는 후크고지 전면에 화망을 구성해 방어하는 것이었다. 전투가 벌어지자 탄약은 빠르게 소진되어 갔고, 달아 오른 총신을 식히기 위해 수건을 물에 적셔 총신을 식혀 가며 전투를 치러야 했다. 센츄리온 탱크 한 대가 터키군 사단과 듀크 사이에 배치되어 있었는데, 그들도 20파운드(포탄 무게) 주포(84mm)와 탐조등을 갖고 우리만큼이나 정신이 없어 보였다.

우리가 터키 어를 할 줄 모르고 그들이 영어를 할 줄 모른다는 사실은 큰 문제가 되지 않았다. 우리는 전우였고, '나는 영국놈, 너는 터키놈' 하는 식으로 모든 게 잘 해결되었다. 터키 병사들은 진짜 터키쉬 딜라이트(일종의 젤리. 당도가 매우 높음)를 넉넉하게 가지고 있었고, 우리와 그것을 나누어 먹을 수 있다는 사실에 기뻐했다. 그래서 쏟아지는 포격을 제외하면 전선에서의 일상은 그리 나쁘지 않았다. 5월 28일 밤, 기관총 사수 둘이 중공군을 완벽하게 두들겨 줬다. '후크고지전투'라는 제목의 글에서 중국 포병대가 터키군 쪽으로 관심을 돌렸다는 내용을 보고 당시의 상황을 떠올리게 되었다.

마침내 휴전이 선언되었고 우리는 다시 지원중대로 돌아갔다. 나머지 대대원들과 그 진지에서 철수하고 새로운 방어 진지를 구축하기 시작했다. 그 일은 길고 뜨거운 여름 내내 계속되었다. 당시 우리는 간이침대가 있는 삼각텐트에서 지냈는데 그 전에 머물던 곳과 비교해 보면 호화롭다고 생각되었다.

주말 여가 시간에는 임진강에서 수영을 하며 더위를 식혔다. 그런데 이런 행동은 전선에 있는 것 못지 않게 위험한 일이었다. 임진강은 깊고 물살이 셌기 때문이다.

우리가 한국을 떠날 즈음 추운 겨울이 다가오기 시작했다. 그러니까 나는 추울 때 한국에 왔다가 다시 추위가 찾아온 뒤에야 한국을 떠난 셈이다.

노병 수기 3

군번	22431919	이름	에드윈 워커
보직	박격포 사수	소속	34왕립포병연대

60년 후 손자의 노병 인터뷰;

1951~1952, 그리고 전쟁의 마지막까지

패트릭 : 군대에 소집됐을 때의 이야기를 해주세요.

에드윈 : 소집돼서 입대하는 날로부터 여섯 달쯤 전에 편지가 한 통 도착했지. 그때 나는 부모님과 같이 살았는데, 편지를 받아들고 는 매우 기뻐했던 기억이 난다.

패트릭 : 군대에서의 첫 날 어떠셨는데요?

에드윈 : 대단히 이상했지. 무엇을 어떻게 해야 하는지 모르겠는 데, 사람들은 사방에서 나를 향해 이거 해라, 저거 해라 소리쳐 댔 어. 이것저것 비품들을 받으러 이곳저곳을 뛰어다니면서 큰 소용 돌이 속에 있는 것처럼 빙빙 돌았지.

패트릭 : 한국에 가게 될 거라는 말을 들었을 때 어떤 느낌이셨어 요? 그곳에서 일어나고 있던 전쟁에 대해서는 얼마나 알고 계셨나 요?

에드윈 : 한국에는 지시를 받아서가 아니라 내가 자원해서 간 거란다. 군에서 가장 친하게 지냈던 포츠머스 출신 핑크라는 친구가 한국에 가게 되었기 때문이었지. 나는 그 친구가 나보다 더 친한 친구를 만드는 걸 원하지 않았어. 한국에서 일어나는 전쟁에 대해서는 북쪽 군대가 남쪽을 침략했다는 것 외에는 별로 아는 바가 없었지.

패트릭 : 한국으로 가신 게 외국으로 나갔던 첫 번째 여행이잖아요? 그 여행에 대해서 말씀해 주세요.

에드윈 : 그게 나의 처음이자 마지막 외국으로의 여정이었지. 사우스햄튼에서 배를 타고 홍콩으로 갔고, 홍콩에 여섯 달 정도를 머물렀어. 그런 뒤에 한국으로 이동했지.

패트릭 : 한국의 첫인상은 어땠나요?

에드윈 : 정말 더럽고 형편없고 비참한 곳이었다는 기억만 있구나. 우리는 한국의 동남쪽 끝 부산에 가서 미군들로 구성된 재즈 밴드를 만났는데 연주가 아주 재미있었어. 환영식이었지. 그런 뒤 곧바로 역으로 이동해서 널빤지와 각목으로 만들어 고정시킨 열차 좌석에 앉거나 바닥에 주저앉은 채로 이틀여에 걸쳐 북쪽으로 올라갔단다.

패트릭 : 할아버지가 근무하셨던 연대에 대해 말씀해 주세요. 한국에서의 역할은 무엇이었나요?

에드윈 : 원래 나는 영국군 34왕립포병연대에 있었어. 1개 포대

만이 한국으로 이동하고, 연대는 홍콩에 머물렀지. 우리는 25파운드짜리 포탄을 쏘는 4.2인치 박격포라는 중화기를 다루는 포병연대에서 복무했단다.

패트릭 : 할아버지가 하신 일은요?

에드윈 : 영국에서 원래 나는 성직자의 길을 가고 있었지. 한국에 파병된 뒤에는 전장에서 일어나는 일, 부대에서 일어나는 모든 일들을 기록하는 임무와 함께 야간 정찰 임무도 수행해야 했지. 배치된 곳이 최전선인 만큼 전장에서 일어나는 모든 일들과 상황에 따라서 그에 맞게 움직여야 했어.

패트릭 : 한국에서 가장 행복했던 기억이 있으시다면요?

에드윈 : 나는 대부분의 시간이 행복했단다. 그렇지만 딱히 뭐라 설명하기가 어렵구나. 다만, 어떤 일에서도 재미난 것을 찾아낼 수 있는 젊은 사내들이 함께 모여 있었다는 것만으로도 행복할 수 있었다고 해야 할 것 같다. 한 번은 이런 일도 있었지. 매우 춥고 혹독했던 겨울에 운전병 둘이 밖에 나갔다 돌아와서는 너무나 추워서 몸이 꽁꽁 얼어 버렸다며 투덜댔는데, 정작 막사에 있던 몇몇 병사들은 여름에 홍콩에서 입었던 위장복을 입고는 나가서 눈싸움을 했지.

패트릭 : 반대로 최악의 기억은요?

에드윈 : 동료 몇 명이 부상을 입었고 한 명은 죽었지만, 그저 담담하게 받아들이는 것밖에는 할 수 있는 일이 없었지. 우리는 10

대 소년들이었고 우리를 겁나게 할 것은 아무것도 없었어. 우리가 잘못한 건 없으니까. 포격을 많이 당했지만 곧 익숙해졌고, 우리는 그저 '저 망할 것들이 거지 같은 우리 저녁마저 다 망치네' 따위의 말을 하고는 했지.

패트릭 : 하틀리풀의 가족, 친구들과 계속 연락을 하셨나요?

에드윈 : 우리는 가끔 편지를 주고받았단다. 나는 항상 친구 한 명에게 편지를 보내 다른 모든 친구가 돌려볼 수 있게 했지. 가끔은 집으로 편지를 보내기도 했는데, 한 번은 한국에 있을 때 결혼한 누이에게 전보를 보낸 적이 있었어. 우편 제도가 훌륭해서 내가 월요일에 보낸 전보에 대한 답장을 바로 다음날인 화요일에 받을 수 있었지.

패트릭 : 한국에서의 음식은 어땠나요? 보편적으로 식단이 어땠는지 설명해 주시겠어요?

에드윈 : 아침식사는 대중없었어. 보통 양철 팬에 기름을 둘러 볶은 계란, 베이컨, 소시지 통조림 같은 것들이 나왔어. 저녁으로는 채소와 닭 요리가 자주 나왔어. 닭은 매우 작은, 밴텀이라고 불리는 닭이었지. 닭 한 마리를 저녁식사로 받는 때도 많았단다. 기본적으로 음식들은 매우 맛있었어. 양도 넉넉했고. 미군처럼 피자와 아이스크림을 먹는 정도는 아니었지만 잘 먹고 다녔지.

패트릭 : 대중없다고 하셨는데, 매일 아침 기상 시간이 엄격했던 게 아니었나요?

에드윈 : 한국에서는 그러지 않아도 됐단다. 그런 건 병영에 있을 때나 있는 일이지. 보초들이 취사병을 새벽 네 시에 깨우곤 했는데, 아침에 마실 커피를 끓이기 위해 주전자 물을 데우곤 했지.

패트릭 : 동료들이 입은 부상 중 직접 보신 가장 심각한 부상이 어떤 정도였나요? 어떻게 그 일이 일어났고 어떤 느낌을 받으셨는지 이야기해 주세요.

에드윈 : 가장 심각한 경우는 죽음이지! 내 동료 중에는 유일하게 한 명이 죽었단다. 콘세트 출신이었는데 박격포탄에 죽었지. 그는 캠프에서 400미터 정도 떨어진 전방에 대원들과 함께 있었는데, 그의 시신이 캠프로 옮겨졌을 때 나는 그가 입은 부상의 정도를 직접 볼 수 있었어. 그런데 시신을 본 순간이 아니라 한참 후에야 반응이 왔어. 그때 술을 마시고 있었는데, 동료 중 한 명이 "죽은 지미가 정말 딱하지 않냐?"라고 말했지. 나는 그 말을 듣고 속이 메스꺼워져 구토를 하고 말았어.

패트릭 : 개인적으로 적에게 심각한 부상을 입힌 적이 있으신가요?

에드윈 : 글쎄다? 직접 눈 앞에서 적을 죽이거나 부상을 입힌 적은 없었어. 그렇다고는 해도 사실 사람을 죽였는지 안 죽였는지 제대로 알 수야 없지. 우리는 목표로 한 적으로부터 400에서 800미터 정도 떨어져서 박격포를 쏘았고 결과를 직접 확인할 수 없었으니까.

패트릭 : 미국이나 유엔에서 파견된 군대를 보신 적이 있나요? 있다면 그들의 인상은 어땠나요?

에드윈 : 미군들에게서는 그다지 좋은 인상을 받지 못했단다. 미군들과 같이 작전을 하거나 생활을 하는 동안 그들이 굉장히 불쌍한 군인들이라고 느꼈어. 우리는 캐나다군을 지원하고 있었는데, 그들은 좋은 사람들이었지. 프랑스와 인도 군인들도 만나 보았는데, 그들은 전투 병력은 아니었어. 그들은 야전병원을 운영했는데 훌륭한 사람들이었지.

패트릭 : 왜 미국인들이 불쌍하다고 느끼게 되셨나요?

에드윈 : 그들은 비겁했어. 중공군이 공격해 오면 그들은 바로 도망가자고 말하고는 했지. 물러서고 길을 비키자고 말이야. 한 미군 사령관은 미군이 제대로 싸워 보지도 않고 철수부터 하는 것을 지켜보는 게 부끄러운 일이라고 했지. 그들은 대부분 일본을 거쳐 왔는데 과체중에다 장비도 제대로 갖추고 있지 않았지. 내 의견으로는 맥아더 사령관이 그들을 군사법정에 회부했어야 하지 않았나 싶다.

패트릭 : 집에 돌아오셨을 때 사람들이 한국에서 싸우고 온 영국 군대에 대해 어떻게 이야기했는지 기억에 남는 게 있으신가요?

에드윈 : 잘 모르겠다만, 별로 관심이 없지 않았나 생각된다. 하틀리풀 출신 중에 한국에 갔던 사람들이 얼마나 되었는지도 모르겠어. 크리스마스 때 여러 마을에서 그 마을 출신 군인들을 위해서 음

식 꾸러미를 준비해 주긴 했지만, 하틀리풀에서 온 것은 한 개도 없었지. 한 동료가 자신이 받은 크리스마스 케이크를 우리에게 나누어 먹으라고 했는데 열어 보니 케이크 겉의 아이싱 슈가에 구더기가 가득 차 있더구나. 우리는 그냥 그 부분만 긁어내고 먹었어.

패트릭 : 집으로 돌아오실 때는 어떠셨어요?

에드윈 : 서울에서 부산까지 내려가는 데 꼬박 이틀이 걸렸어. 그곳에서 우리는 군인 수송선 엠파이어 오웰 호가 올 때까지 대기하며 수용 시설에 머물렀지. 마침내 배가 도착했고, 우리는 엠파이어 오웰 호를 타고 홍콩으로 이동해서 거기서 다시 군인들을 태웠어. 홍콩에 잠시 있는 동안 홍콩에 있을 때 자주 갔던 장소들에도 들렀지. 그 후 싱가포르, 실론 섬, 이집트의 세이드 항구에 들러 군인들을 태웠어. 모두 집으로 돌아가기 위해 사우스햄튼 항을 향해 가는 길이었지. 사우스햄튼에서 하선한 다음에 울리치로 갔지. 한국에서 복무했던 우리는 K군대라고 불렸어.

우리는 장난감 병정처럼 반짝거리는 복장을 한 군인들과 합류했단다. 그들은 중동이나 독일에 주둔하던 군인들이었지. 우리 전투복을 그들이 가져가고 그 대신 정복을 주었어. 그게 어떤 상태인지 상상할 수 있을 거다. 버클 색깔이 초록이었거든. 그래 놓고 우리한테는 때 빼고 광 내라고 했지. 우린 도구를 달라며 버텼어. 그 바람에 두 번이나 징계를 먹었지.

벌칙으로 우리는 석탄 나르는 일을 했는데 기혼자 숙소였던 공동주택으로 석탄을 옮겨야 했어. 석탄통들을 위층까지 올리지 않고 바닥에 그냥 두었다가 징계를 한 번 더 먹은 거지. 우리는 새벽 4시에 일어나 아침을 먹고, 캠프에서 여행증명서를 한 장 받고는 쫓겨났단다. 집에 가라고.

패트릭 : 하틀리풀에 돌아왔을 때 사람들이 어떻게 반겨주던가요?

에드윈 : 어머니와 아버지가 역에 마중 나오셨는데, 나는 소지품 검사를 받아야 해서 무기고로 가야 했어. 집에 도착하자 어머니가 "주방 오븐에 멋진 닭 요리가 있으니 서두르렴!" 하고 소리치셨고, 나는 그저 웃으면서 "또 닭!"이라고 말할 수밖에 없었지. 당시 영국에서는 닭요리가 귀한 음식이었지만, 나는 한국에서 닭고기를 질리도록 먹었거든. 식사 후 친구들을 만나러 돌아다녔는데, 곧 눈물 나게 지루해져서는 일주일도 못 되어 다시 일터로 돌아갔지. 나는 카메론의 양조장 건물을 짓고 펍들을 수리하는 일을 했어.

패트릭 : 군인으로 있던 시절이 보람되다고 하셨는데, 그 경험이 인생에 어떤 변화를 주었나요?

에드윈 : 많은 변화가 있었지. 내가 세상을 바라보는 관점을 바꿔 준 게 바로 그때 함께한 전우들이었어. 그들은 내가 만날 수 있었던 가장 좋은 친구들이었어. 그 전우 중 누구와도 연락을 못 했지만, 나는 아직도 그들을 생각하고 우리가 함께 보냈던 좋은 시간들을 추억한단다.

이름	노먼 러시워스
소속	로얄 노섬버랜드 푸실리에 & 로얄 레스터

1950년, 한국

나는 군 생활을 오스트리아에 있는 웨스트 요크셔 연대에서 시작했다. 그곳에서 1947년부터 1950년까지 머물렀다가 한국으로 이동하기에 앞서 버리 세인트 에드먼드에 주둔하고 있던 노섬버랜드 푸실리에의 '파이팅 피프스'에 합류했다.

내가 있던 대대는 1950년 10월 사우스햄튼에서 엠파이어 할라데일 호에 올라 11월에 부산에 도착했다. 그 후 가축 수송 열차를 타고 한국의 추위를 견디며 북쪽 전선에 도착하기까지 일주일이 넘는 시간 동안 이동했다. 우리

노먼 러시워스Norman Rushworth

가 처음 전투와 맞닥뜨린 것은 1951년 1월이었다. 우리는 많은 전투에 참여했는데, '임진강전투'도 그 다음 12개월 동안 있었던 많은 전투 중 하나였다.

1951년, 참전 기간을 채운 우리는 '호랑이들'이라고 널리 알려진 로얄 레스터서 연대와 교대했다. 그 후 우리 대대는 홍콩으로 이동했으나 나는 소총 교관으로 일본에 가야 했기 때문에 대대와 함께 이동하지 않았다. 전역 날짜는 12월 5일이었고 나는 계속해서 로얄 레스터의 B중대에서 근무했다.

11월 5일, '호랑이들'은 '마량산전투'라고 알려진 그들의 첫 전투에 참여했다. 우리는 고지를 되찾으려고 반격했지만 성공하지 못했다. 1951년 11월 17일, 우리 소대는 이탈리아라고 불리는 고립된 진지에 있었는데, 나는 오후 6시 쯤에 여섯 명의 동료와 함께 조명 지뢰를 설치하는 임무를 수행했다.

그때 중공군이 포격을 시작했고, 곧이어 총격과 함께 돌진해 왔다. 그 공격이 시작되자마자 다리와 발에 부상을 입는 바람에 나는 아군 진지로 복귀할 수 없었다. 나는 그 밤 내내 무인지대에 누워 있었는데, 아군의 대응 사격 때문에도 몇 번 더 부상을 입었다.

다음날 정찰대가 도착했을 때, 처음 나와 함께 있던 무리 중 남아 있는 사람은 내가 유일했다. 나머지 사람들은 모두 죽거나 포로로 잡혀 갔던 것이다. 나는 긴급 수술을 위해 비행기에 실려 '매시' 라고 알려진 미군 야전병원으로 이동해서 수술을 받았다.

수술이 끝나고 의식을 되찾기 시작하면서 온갖 고통과 불편에 시달려야 했다. 그 고통스런 시간을 보내는 동안 그저 반듯하게 누울 수 있었으면 하는 바람뿐이었다. 한 미군 의무병이 내 신음 소리를 듣고 다가와 "자네 괜찮은가?" 하고 물었고, 나는 요크셔 말투로 "날 좀 똑바로 눕혀 줘" 하고 중얼거릴 뿐이었다. 마취 후유증으로 의식이 흐릿해져 정신이 오락가락하는 상황이었기 때문이다. 나는 살면서 그때만큼 아파 본 적이 없다. 내가 만약 정신이 온전했다면 '저를 반듯이 좀 눕혀 주세요' 라고 말했을 것이다.

"그래서 원하는 게 뭔가? 자네, 싸우러 가고 싶다는 건가?" 하며 그 미국인 친구가 믿기지 않는다는 표정으로 나에게 물었다. 그래서 나는 또 한 번 "저 좀 눕혀 주세요"라고 말하려 노력했다. 그는 또 다시 의아하다는 표정을 짓더니 곧 병상을 떠나 전선으로 돌아가기를 바라는 이 정신 나간 '영국인' 을 직접 보고 싶어 하는 의사들과 간호사 몇 명을 데리고 돌아왔다. 물론 당시의 나는 전선으로 돌아가고 싶은 마음은 눈곱만큼도 없었다. 이 웃기는 상황은 결국 한 요크셔 출신 병사가 전선으로 돌아가기를 바라는 이 멍청이를 병문안하러 왔을 때에서야 해결되었다. 그는 미국인들에게 내가 정말 원했던 것은 바로 눕는 것이었다고 설명해 주었다. 몇 달 뒤, 마침내 영국으로 돌아와 고향인 웨스트 요크셔의 한 병원으로 후송되었다.

병원에서 요양을 하며 가벼운 일들을 할 수 있게 되면서 퇴원 수속을 밟았다. 그러나 1953년 부상 후유증으로 군 복무를 더 이상할 수 없게 되면서 전역했다. 나는 60년이 지난 지금도 여전히 그때 입은 부상들로 인해서 고통 받고 있다.

군번	22645420	이름	로버트 다우슨
참전 당시 계급	상병	소속	듀크 오브 웰링턴 연대

KOREA

나는 1952년 3월 6일 듀크 오브 웰링턴 연대 할리팍스 기지에 있는 웨슬리 병영에 입영 신고를 했다. 할리팍스 역에 도착하자 '모든 신병은 여기서 대기할 것'이라고 적힌 표지판이 보였다. 표지판 옆에 잠깐 서 있었더니 부사관 한 명이 나를

로버트 다우슨Robert Dawson

밖으로 데려가서는 기다리고 있던 차량에 태우고 병영으로 출발했다. 가는 길에 우리는 펍에 들러 술을 마셨고, 막사에 도착하자마자 군복으로 갈아입었다. 장비를 지급받고 나서 돼지고기 파이와 으깬 감자, 완두콩으로 이루어진 군에서의 첫 배식을 받았다.

다음날 아침, 성질 머리가 더러워 보이는 선임하사가 막사로 왔다. 선임하사는 지금 여기서 이름을 밝힐 수 없는 한 병사에게 귀

를 씻지 않았다는 이유로, 연병장 한 구석에 서서 매 15분마다 '내 몸은 더럽습니다'라고 소리치게 했다.

그 후 우리는 하워스 무어의 소총 사격장으로 이동했다. 내 순서가 되어 사격을 마치자 선임하사는 이번에는 내가 표적을 놓치고 일클리 번화가에서 쇼핑하던 늙은 여자를 쏘아 죽였다고 우겨댔다. 당시 나는 리즈의 18세 이하 럭비 팀에서 활동했기 때문에 경기가 있을 때마다 차출되어 시합에 임하라는 전보를 받곤 했다. 그런데 그럴 때마다 소대장은 전보를 내게 바로 건네주는 대신 바닥에 내던져 나로 하여금 줍게 만들었다.

기초 훈련이 끝나고 10월이 되자 열아홉 살이 된 모든 신병들이 독일 민덴에 있는 대대로 옮겨졌다. 나머지는 요크에 있는 풀포드 병영으로 보내져 10주간의 보충 훈련을 해야 했다.

요크 진지에 있는 동안 동료 죠디 던컨과 마을로 술을 마시러 간 적이 있다. 위병소에 복귀 신고하러 갔을 때 밖에 당직사관이 정복을 입고 서 있었다. 죠디가 그에게 "친구, 자네는 어떤 악단에서 연주하는가?"라고 물었다. 그때 위병소의 문이 갑자기 열리면서 죠디가 문 안쪽으로 빨려들 듯이 끌려 들어갔다. 그 일로 죠디는 사흘 동안 사역 징벌을 받게 되었다.

요크 진지에서 나는 까불거리며 불평을 해서 징계를 받은 적이 있다. 내가 받은 징계는 닷새 동안 밤마다 중대 사무실 바닥을 문질러 닦는 것이었다. 첫 날 밤, 내가 작업을 막 마친 순간에 선임하사가 들어오더니 일을 다 끝냈느냐고 물어서 그렇다고 대답했다. 그러자 선임하사는 사무실 바닥을 이리저리 걷더니 이 발자국들은 뭐냐며 다시 닦으라고 소리쳤다. 닷새째 밤에는 아예 여러 번 닦을 각오를 하고 준비하고 있을 때 그가 와서는 그냥 나가라고 했다.

훈련을 모두 마치고 나서 나는 14일 간의 승선 전 휴가를 받았다. 휴가를 마치고 돌아오자마자 우리는 군인 수송선 엠파이어 오웰 호를 타러 사우스햄튼으로 가기 위해 장비를 챙겼다. 그곳에서 다음 목적지인 홍콩으로 가게 될 것이었다. 우리 그룹 중에 허친슨 이라는 동료가 있었는데, 그는 어떤 지시든 받기를 꺼려했고 항상 규율을 위반했다. 배에 올라서도 마찬가지여서 그는 7일 간의 구류 처벌을 받기도 했다. 선임병들이 그를 무기고에 가두었는데, 그것은 좋은 선택이 아니었다. 그는 감시하는 사람이 없는 틈을 타서 배를 침몰시키려고 장전된 소총으로 배의 벽면을 쏘았기 때문이다. 물론 허친슨의 황당한 시도는 보기 좋게 실패로 끝났고 말았지만.

홍콩에 도착해서 우리는 열아홉 살이 될 때까지 추가 훈련을 위해 윌트셔 연대에 배속됐다. 그곳에 있는 동안 나는 조니 웨이트라는 친구와 함께 박격포 부대에 배속되었다. 나는 사격수 중 최고였지만, 군에 있는 동안 내가 다시 박격포를 쏘는 일은 없었다.

12월 1일, 엠파이어 할리데일 호에 올라 일본 쿠레를 향해 출발했다. 12월 2일 나의 열아홉 번째 생일을 배 위에서 맞았다. 바다에서 닷새 간 항해한 후에 우리는 쿠레 항구에 도착했고 동복과 장비를 지급받기 위해 한국으로 가기 전 대기 기지인 JRBD로 이동했다. 그곳에서 우리는 영점사격 훈련을 받았다. 나흘 뒤, 우리는 다시 쿠레 항구로 이동해서 수송선 E.Sang을 타고 밤새 바다를 가로질러 한국의 남동쪽 항구 부산에 도착했다.

철도 종점인 독촌에 도착해서는 트럭을 타고 대대 본부로 이동했다. 그곳에 상사였는지 주임상사였는지가 와서 기다리고 있다가 우리를 보고는 "너희는 급식 병력도 아니고 우리에게 필요한 것도 아닌데 왜 이렇게 많은 인원이 왔느냐"고 말했다. 텐트가 설치된 후 우리 열 명이 나누어 먹을 통조림이 주어졌다.

다음날 아침 우리는 각각의 중대에 나누어 배치되었다. 나는 C중대에 배치되었는데 그 중대장 베리 카베나 소령은 곧바로 나를 중대 연락병으로 지명했다. 나는 이 진지에서 1952년 12월 12일부터 1953년 2월까지 근무했다.

우리는 크리스마스 기간에도 이 진지에서 복무했는데, 중공군이 우리를 건들지 않겠다고 해서 우리는 조용한 크리스마스를 보낼 수 있었다. 크리스마스 날에는 영국군이 운용하는 세스나 경비행기가 날아와 신문과 담배를 떨어뜨리고 갔다. 크리스마스와 1월 1일 사이에 우리는 전방으로 진지를 이동하여 A중대와 교대했다.

하루는 밤에 골짜기 반대쪽에 있는 우리 대대 8소대에 전갈을 전하는데, 중공군이 그 계곡에 침투했으니 존 버크 이병과 함께 움직이라는 명령을 받았다. 우리가 별일 없이 부대로 복귀해 보고를 하자, 카베나 소령은 우리에게 아무 문제가 없었느냐고 물었다. 내가 그렇다고 대답했으나 존 버크가 끼어들어서는 화난 목소리로 방금 지뢰밭을 뚫고 그냥 걸어왔다고 말했다. 우리 몸무게가 얼어 붙은 땅에 충격을 주지 못했기에 망정이지 그 지뢰들은 대전차지뢰였다고 말이다.

우리가 A중대와 교대하고 있을 때 중대에서는 배급된 럼주를 술을 마시지 않는 병사가 옮겨야 한다고 결정 났다. 우리 중대에는 알피 스톤이라는 술을 안 마시는 병사가 있었는데, 선임 몇 명이 그에게 술을 마셔 보라고 부추겼더니 그가 잔뜩 취해서는 "빌어먹을 주임상사를 데려오라"고 소리를 쳐댔다. 그래서 우리는 그를 막사 창고에 집어넣고 술이 깰 때까지 자도록 두었다. 다음날 아침 알피는 속옷에 실례를 했고, 당황한 그가 속옷을 빨려고 고지 아래로 달려 내려가는 모습을 중대원들이 지켜보게 되었다.

나는 밤마다 숏건을 가지고 중대 지프차 조수석에 올라 환자나 부상자들을 연대 야전병원으로 데려다 주는 일을 했다. 지프 운전자는 스물여섯밖에 안 됐지만, 첫인상에는 나이가 꽤 들어 보였다. 우리는 가끔 함께 무모한 짓들을 하기도 했는데, 하룻밤은 두 대의 탱크 사이로 달리기도 했고, 여러 번 길을 잃기도 했다.

낮에는 중대장에게 전갈을 전하기 위해 언덕과 계곡들 사이의 길들을 걸어 다니곤 했다. 중공군에게 내가 훤히 다 보였겠지만 그들이 나를 방해하는 일은 한 번도 없었다. 포탄 세례를 맞거나 박격포를 맞는 것도 다 다른 사람들이 지나갈 때나 있는 일이었다.

우리 중대 본부는 산등성이에 위치해 있었고, 중공 저격수들은 몇 번 나를 맞추려고 했으나 번번이 실패했다. 안타깝게도 피클스라고 불리던 한 동료는 머리에 관통상을 입고 즉사하고 말았다.

어느 날 아침, 첫 근무 때 중대 선임 해리 랜달이 나와 호그라는 이름의 다른 한 명을 중대 진지 앞쪽으로 데려가 통신선을 살펴보게 했다. 우리가 앞쪽으로 돌아나가는 순간 중공군의 기관총이 우리를 향해 발사되기 시작했고, 나는 눈앞의 눈 속으로 몸을 던졌다. 총격은 수그러들 기미가 안 보였다. 조금 시간이 지나고 난 후 나는 용기를 내서 다른 두 명이 어쩌고 있는지 살펴보았다. 놀랍게도 그들은 언덕 뒤쪽으로 눈더미를 뚫고 달려 시야에서 사라지고 있었다. 당시 열아홉 살이던 나는 중공군의 기관총이 나를 쏘든 말든 그들을 따라 냅다 달리기 시작했다.

우리는 고지에서 아래쪽으로 돌출된 능선 중 하나인 롱 핑거 쪽에서 교전이 벌어지면 능선 쪽으로 향하는 참호에 로또라는 고지식한 친구 한 명을 남겨 두고는 했는데, 중공군이 우리를 뒤에서 습격하는 걸 막기 위해서였다. 한 번은 장교 하나가 참호 아래로 내려오고 있었는데, 로또가 총검을 겨눈 채로 장교를 참호 벽에 밀어붙이고는 암호를 대라고 말했다. 겁에 질려 순간 바보가 되어 버린 장교는 아무 대답도 하지 못했다. 잠시 후 정신을 차린 장교는 로또를 자신에게서 떼어내라고 우리에게 소리쳤다. 그러나 우리는 그 장교에게 한 번 엿을 먹여야겠다고 작정하고 있었기 때문에 모른 척하고 한참을 내버려두었다. 참호 벽에 기댄 채 로또의 총검 앞에 어쩔 줄 몰라 하며 속을 끓이던 장교는 우리가 로또를 떼어놓은 뒤에야 총검의 공포로부터 해방될 수 있었다.

그 진지에 있을 때 나는 일병 진급 신고를 하기 위해 2주 동안 교육단에 보내졌다. 운이 좋게도 진급한 후 C중대 7소대로 보내졌다. 그때쯤부터 날씨가 따뜻해지기 시작했기 때문에 우리는 처음으로 후방의 이동식 샤워장을 사용할 수 있었다. 양말을 뺀 나머지 옷을 벗는 것이 3개월 만에 처음이었다. 샤워장에 도착한 우리는 전투화를 포함해서 속옷까지 다 벗었고, 샤워를 한 후에는 DDT 가루가 몸에 뿌려지고 나서 깨끗한 옷을 받았다.

잠시 뒤, 전선으로 돌아간 우리는 146고지라는 유명한 전장을 미군으로부터 넘겨받았다. 적군은 급강하 폭격을 했지만 운이 좋게도 빗나갔다.

어느 날 아침, 아침식사를 위해 나서던 우리는 박격포 공격을 받았고 빌 솔리두스라는 동료가 머리에 심각한 부상을 입었다. 내 친구 행크는 자신도 등에 부상을 입었음에도 그를 구출했다. 그러나 빌은 안타깝게도 장애를 안은 채로 여생을 보내야 했다.

얼마 후, 우리는 전선에서 철수하여 다시 후크고지에서 블랙와치와 교대하기 전까지 일주일의 휴가를 가졌다. 블랙와치와 교대하던 날 밤 우리가 탑승한 차량이 강에 전복되었고, 우리 열 명 중 두 명이 부상을 입었다. 한 명은 다리가 부러졌고, 다른 한 명은 팔이 부러졌다.

강은 깊이가 2피트(60센티미터) 정도밖에 되지 않았지만, 부상을 입은 두 명을 제외한 나머지 여덟 명은 전투복이나 총기 하나 없이 전선으로 들어갔다. 다음날 아침, 우리는 장비들을 회수하기 위해 강으로 다시 가서는 총기를 수입하고 침낭들이 마를 때까지 기다려야 했다. 그런데 침낭들이 마르는 동안 그마저도 포격을 당하고 박격포탄에 맞는 바람에 침낭들이 에어텍스처럼 되어 버렸다.

우리 진지는 '롱 핑거'라고 불리는 능선에 위치해 있었다. 그 언덕 아래는 중공군이 총공격을 위한 병력을 매복하기 위해 파 놓은 굴이 여러 곳 있었다. 우리는 이 진지에 1953년 5월 12일부터 29일까지 머물렀는데, 밤낮으로 박격포 공격을 당했다. 매일 밤 우리는 롱 핑거 아래로 정찰을 나갔다. 한 번은 중공군이 우리 뒤를 밟는 줄 알았다. 다행히도 발포하기 전에 뒤에 있는 무리가 중공군이 아니라 유선병들임을 알게 되었다. 또 한 번은 정찰대원중 한 명이 우리 쪽 정찰대를 향해 브라운 기관총을 발포했는데 다행히 총알이 빗나갔다.

하루는 전방 주시 임무를 수행하던 중 내가 반대쪽 언덕에 있는 중공군 두 명을 발견했다. 나는 브렌 경기관총으로 사격을 하려 했으나 장비 청소를 하느라 부품들이 분해되어 있었다. 그래서 가장 가까이에 있는 소총을 들어 1200야드 밖의 목표를 향해 두 발을 쏘았으나 모두 빗나갔다. 화들짝 놀란 중공군들이 허겁지겁 달아나는 모양을 지켜보기만 해야 했다.

중공군은 우리의 방어 태세를 약화시키려고 포탄과 박격포탄을 퍼부었다. 곧이어 시작될 총공세를 준비하기 위해서였다. 한 발이 벙커 중 하나를 강타하며 한 명이 죽고, 한 명은 허벅지 부상을, 두 명은 엉덩이 부상을 당했다. 또 다른 한 명은 고막이 파열됐다.

총공격이 있던 날 밤, 어둡고 부슬비가 내리는 와중에 우리는 보초 설 준비를 하고 있었다. 그때 집중 포화가 우리에게 쏟아졌다. 조니 상병은 "개자식들이 오고 있다"라고 소리치며 포화를 뚫고 앞장섰다. 우리도 사격 진지로 따라 들어갔다. 나는 대열의 뒷부분에 있었는데 두 번째 집중 포화 때문에 개활지에 갇혀 선두 그룹에 합류하지 못했다. 눈앞의 길이 보이지도 않았고, 창피함을 느낄 겨를도 없이 나는 그냥 죽어 버리려고 참호 바닥에 드러누웠다. 포격이 잦아들고 우리 부대원들이 나를 찾을 무렵 나는 일어나서 가장 가까운 사격 진지까지 급히 달렸다. 그리고 소총을 주워 중공군이 공격하려고 모여 있던 '롱 핑거' 아래쪽으로 총을 쏘기 시작했다.

잠시 후 제로 브라운이 브렌 경기관총을 들고 나타나 나와 함께 사격을 하기 시작했다. 우리는 화약 연기 때문에 롱 핑거 골짜기에 무엇이 있는지 아무것도 볼 수 없었다. 연기가 떠 있는 것이 마치 자욱한 안개가 낀 것처럼 보였다.

전투가 끝난 후 우리 진지는 마치 달 표면처럼 상처를 입었다. 참호는 모두 무너졌고 사격 진지는 반 정도가 파괴됐다. 우리는 언덕 뒤편에 있는 우리의 후치들(hoochies) 중 하나에 들어가 총기들을 점검하기 시작했다. 그때 중대장 배리 카베나 소령이 눈물을 글썽이며 들어와서 말했다.

"너희만 살아남았다. 다시는 이런 참혹한 전투를 다시 겪지 않기 바란다."

거의 3만 발의 포탄과 박격포가 듀크 진지에 날아와 떨어졌다고 한다. 그날 아침 이후 우리는 28여단의 로얄 푸실리에 1개 중대와 교대했고 우리가 후크고지로 가기 전에 있었던 진지로 돌아갔다. 그곳에서 우리는 안전하게 지낼 수 있었다. 우리는 겪은 일에 상응하는 휴식을 누렸고 맛있는 음식을 먹을 수 있었다. 우리는 긴장을 풀고 임진강으로 수영도 하러 갈 수 있었다. 다시 근무하러 돌아갈 때 잃어버린 전투복이나 장비가 없는지 검사를 했다. 그런데 이 검사의 주 목적은 살아서 고향으로 돌아갈 수 없는 불운했던 전우들의 자리를 채우는 것이었다.

한 주 정도가 지나고 우리는 내천 계곡의 전선으로 돌아갔다. 그 진지는 프랑스계 캐나다군과 2월에 교대하면서 비워 두었던 진지였다. 우리는 다시 땅을 파고, 정찰을 도는 평범한 일상으로 돌아갔다. 한 번은 무인지대에서 캐나다군 정찰대와 중공군 간의 충돌이 있었다. 그들이 마지막 비명이기라도 한 것처럼 어머니를 외치는 소리를 듣고 있으려니 정말 가슴이 아팠다.

어느 날 중공군이 공격해 오는 소리를 들었다. 우리는 싸울 준비가 되어 있었다. 그러나 그들이 우리 쪽에 닿기 전 포병대가 집중 포격을 했고, 이후 우리는 다른 어떤 소리도 들을 수 없었다.

이후 진지에서 보낸 시간은 1953년 7월 27일 밤 10시 휴전이 되던 때까지 조용히 흘러갔다. 우리는 이틀에 걸쳐 진지를 비우고 임진강 남쪽에 있는 글로스터 기지로 돌아가 지브롤터로 출발할 때까지 그곳에 머물렀다.

출발을 위한 모든 절차를 끝내고 우리는 11월 8일 글로스터 계곡을 떠났다. 11월 12일에 우리 대대는 부산의 유엔묘지에서 추모식을 가졌다. 우리는 그곳에서 전사한 전우들과 우리를 지원해 주었던 모든 사람들에게 영원한 작별인사를 했다. 그리고 다음날인 11월 13일 HMT 아스투리아스 호를 타고 지브롤터로 출발했다.

승선해서 근무하는 동안 나는 식당의 당직병으로 차출되었다. 식당은 밤 10시에 닫았는데, 한 번은 선원 몇 명이 운영 시간 후에 찾아와서 나에게 꺼지든지 바다에 빠져서 물고기 밥이 되든지 선택하라고 했다. 그때 다행히 당직 사령과 앤드류 맥캔지 상병이 나타났고 덕분에 식당 문을 닫을 수 있었다. 맥캔지 상병은 복싱 세계 챔피언 프레디 밀스와 경기를 한 적도 있는 파이터라서 아무도 그의 말에 토를 달지 않았다.

누구든 예금 잔고가 22파운드 10실링 이상이면 배에 남아 집으로 휴가를 갈 수 있다는 공지가 발표되었다. 나는 바로 지원했으나 곧바로 거부되었다. 그 이유는 내가 곧 집으로 돌아갈 것이기 때문이라는 거였다. 나는 거의 2년 동안 집에 가지 못했다고 주장했으나 돌아오는 대답은 똑같았다. 머지않아 집에 가게 될 테니 그만 이야기하라는 식이었다.

지브롤터에서 우리가 맡은 임무는 대대 구역 경계, 주지사 거주지 경계, 에스파냐 국경 지역 경계와 대대 야간 경계 등으로, 모두 경계를 서는 업무였다. 한 번은 죄수 한 명이 나에게 일요일에 집으로 돌아가느냐고 물었다. 내가 그렇다고 대답하자 그는 나보고 그럴 수 없을 것이라고 했다. 자신이 그곳을 탈출할 것이고 내가 군법회의에 회부될 것이라고 말이다. 나는 그가 갇혀 있는 감방에 변기로 쓰라며 양동이 하나를 던졌다.

내가 전역하여 지브롤터를 떠나갈 날이 가까워 오자 주임상사는 거의 반나절 동안 전역을 취소하라고 애원 섞어 설득했다. 내가 군인이 되기 위해 태어난 몸이라나 뭐라나 한 마디로 말뚝 박으라는 것이었다. 내가 떠나는 날, 떠나는 나를 보기 위해 동료들 모두가 일찍 일어났다. 그 주 일요일 늦은 오후, 나는 블랙부시 공항에 도착했다.

이른 아침 웨스트 요크셔의 할리팍스에 도착해서는 부대에 연락하여 차량을 요청했다. 그 전화는 한국에서 나와 함께 근무했던 어니 샤프가 받았다. 그러나 그는 보낼 차량이 없다고 했고, 우리는 첫 버스를 타고 이동해야 했다. 위병소에 도착한 우리는 당직사령실로 올라가기 전 모두 차 한 잔씩을 대접받았다.

당직사령실로 들어가자 일병 하나가 책상 위에 발을 올리고 책을 읽고 있었다. 나는 그에게 다가가 휴가 통행권을 달라고 말했다. 그는 내 말을 듣더니 자기가 밤잠을 설쳐서 피곤하니 꺼지라고 나에게 말했다. 나는 그 말을 듣고 녀석의 멱살을 잡고는 "나는 2년간 밤잠을 설쳤으니 통행권을 내놓으라"라고 윽박질렀다. 그러자 그는 우리를 담당 장교에게로 데려갔다. 담당 장교는 바로 나와 한국에서 함께 C중대에서 같이 근무했던 찰스 헉스터블 중위였다. 그는 즉시 우리에게 일주일 휴가증을 주었고, 휴가증을 반납하러 간 날 나의 군 생활은 끝이 났다. 집에 돌아갔을 때 나는 완전히 낯선 사람처럼 느껴졌고 얼마 동안은 그 상황에 도무지 적응할 수가 없었다.

		이름	고스패트릭 홈
참전 당시 계급	소위	소속	로얄 푸실리에 제1대대

한국에서의 경험

1953년 5월 말, 나는 로얄 푸실리에의 장교로 임관된 지 얼마 안되어 한국으로 가게 되었다. 리버풀에서 출발하여 바다를 건너 홍콩으로, 그리고 홍콩에서 하늘을 가로질러 일본을 거친 후 한국에 도착했다. 홍콩에서 일본으로 가는 비행기 안에서 알손 로버츠 웨스트 장군의 비서가 내 옆 좌석에 앉았던 기억이 난다. 웨스트 장군은 한국의 모든 영국 병력을 지휘하는 영연방군 사령관이었다. 그때 내 옆에 앉은 비서는 나에게 후크라는 불길한 이름의 고지에서 중공군이 곧 맹공으로 총력전을 시도할 것이라고 이야기했다.

출발한 지 사흘 정도가 지나고 나는 로얄 푸실리에의 제1대대에 도착하여 A중대 제2소대를 지휘하게 되었다. 그때 우리 대대는 예비 병력으로 있었으나 듀크 오브 웰링턴 연대와 같은 여단으로 옮겨졌다. 그들은 후크고지를 방어하고 있었는데, 고지는 이미 공격을 받고 있었다. 비행기에서 들은 얘기가 사실이었던 것이다.

당시 나는 완전히 풋내기였다. 화가 난 채로 한 발이라도 총을 쏴 본 적도 없고 실제 전선에서 근무해 본 경험도 없는 완전한 신참 소위였다. 근무 첫 날 밤, 내 작은 텐트에 누워 후크고지에 있는 듀크 연대 위로 끊임없이 떨어지는 각종 포탄 소리를 들었다.

다음날 밤 대대 전체는 대형 미군 트럭에 실려 후크고지와 그 근처에서 1마일 정도 뒤에 있는 산등성이로 이동했다. 듀크가 더 이상 버티지 못하면 우리가 전방으로 이동해 적에게 반격할 것이었다. 그런 명령이 내려질 것을 기다리며 밤 동안 듀크 위로 떨어지는 엄청난 마지막 공격을 목격했다. 어마어마한 양의 포탄이 쏟아지고 그에 이어지는 적의 돌격이 있던 엄청난 밤이었다. 완전한 초보였던 나에게는 현대 전쟁과의 아주 흉포한 첫 만남이었다. 한 시간, 두 시간 그걸 지켜보는 동안 나는 조금씩 공포를 느끼기 시작했다.

하지만 위대한 요크셔 대대는 그들 스스로를 잘 지켜내고 있었고 새벽이 밝아오기 시작했을 때, 우리는 그들이 적을 몰아내고 여전히 버티고 있다는 것을 알았다. 적들은 날이 밝아 오면서 철수하기 시작했고 우리는 아침을 먹기 위해 다시 예비대 캠프로 돌아갔다. 그러나 아침을 먹자마자 용감한 요크셔 병력과 우리가 교대하게 될 것이라는 말을 들었다. 그 악명 높은 고지를 맡고 있는 듀크와 교대하라는 명령이 우리 A중대로 떨어지게 될 것이라고 했다. 길고 긴 전투를 치러 온 그 고지로 우리가 가게 된다는 말이었다. 이쯤에서 내가, 완벽한 초짜가, 이 결정에 끼어 있었다는 것에 매우 놀랐다는 점을 고백해야겠다. 정말 말도 안 되는 일이었다.

우리는 그 악명 높은, 완전히 파괴된 상태의 고지 아래쪽에서 하차했다. 나는 어린 시절, 독일군에 의한 영국 대공습의 밤을 겪었다. 이 고지에 와보니 런던에서의 전쟁 기억은 아무것도 아니었던 것처럼 느껴졌다. 어떻든 나는 36명의 소대원들을 이끌고 경사면을 올라갔다.

고지에 올라가 보니 제프리 잉그람 소위가 소대원들과 앉아 있었다. 모두 넋이 나간 표정으로 기진맥진해 있었다. 그는 재빨리 자신과 소대원들을 소개했고, 남아 있는 소대 진지 시설을 작은 것까지 모두 보여 주었다. 나는 그들을 보며 진심으로 슬픔을 느꼈다. 동시에 나를 비롯한 부사관들과 소대원들은 그들이 여기서 탈출하여 휴식과 회복의 시간을 갖고, 예비대로 전환하여 재정비할 것이라는 생각에 새삼 안도감도 들었다. 그들은 우리에게 행운을 빌어 주고 고지를 내려가 트럭을 타고 떠났다. 이제 모든 것이 우리에게 달려 있게 된 것이다.

복구 작업은 상상 이상으로 힘들었다. 주간 작업으로만은 다 할 수 없을 만큼 일이 많았다. 우리는 적과 아주 가까이 있었지만 그들 또한 완전히 박살이 나 있었다. 공병들과 많은 동료의 도움으로 우리는 적의 시체들을 모두 정리하고 무인지대를 차지하기 위해 정찰을 나가기 시작했다.

고지에 간 지 사흘 정도 지난 어느 날 점심시간 후, 듀크 오브 웰링턴 연대의 젊은 장교가 물을 것이 있다며 나의 지휘소에 찾아 왔다. 그 장교는 제프리 소위였다. 그런데 내가 그를 알아보지 못 해서 그는 어쩔 수 없이 다시 자신을 소개했다. 그는 전쟁이 끝나 고 귀국해서 평탄한 삶을 살았다. 아주 잘된 일이다. 수 년이 지나 고 내가 옥스퍼드에 진학했을 때 그가 캠브리지에 진학한 나의 오 랜 동창과 가까운 친구 사이였다는 것을 우연히 알게 되었다. 그걸 알게 됐을 때는 슬프게도 제프리가 세상을 떠난 뒤였다. 그가 살아 있었더라면 우리의 추억들에 대해 같이 이야기를 나눌 수 있었을 텐데 말이다.

이름	해리 글래든
소속	로얄 노섬버랜드 푸실리에 연대

전쟁과 낚시광

코스 낚시 시즌이 한창인 때였다. 예비군으로 있던 나를 국가는 한국전쟁 현장에 복무하라고 재소집했다. 그 소식을 들은 내가 기분 좋을 이유는 아무것도 없었다. 나는 이미 2차대전 동안 버마, 인도, 독일과 그 외에도 나를 필요로 하는 여러 전장에서 내 소임을 다했다. 동원명령을 받았을 당시 나는 낚시 대회에서 커다란 은색 트로피를 막 탔을 때였으니 그 엄청난 소식을 모르는 척 그냥 넘겼어야 했다.

그러나 나는 나의 운명을 받아들였고 영국 케임브리지셔 버리 세인트 에드몬즈에 있는 로얄 노섬버랜드 푸실리에 제1대대에 전입 신고를 했다. 그곳에서 나는 나처럼 재소집된 오랜 예비역 친구 몇 명을 만났다. 그들 또한 이 모든 일이 부당하다며 투덜대고 있었다. 대대 내에는 직업군인과 징집병, 그리고 우리 같은 예비군들이 있었다. 아마 '재활용품'이 우리같이 재소집된 예비군들에게 적절한 명칭이었을 것이다.

완전군장 후 우리는 행군, 작업, 총검술, 사격 훈련 등에 이르기까지 대단히 힘든 훈련을 받았다. 운 좋게도 나는 사격 성적이 좋아서 담배 300개피를 따냈다. 하지만 나는 담배를 피지 않았기 때문에 담배를 친구들에게 다 나눠 주었다.

예전처럼 군인의 모양새가 갖추어지자 승선을 앞두고 며칠 간의 휴가를 받았다. 휴가를 마치고 다시 군 복무를 하러 집을 떠날 때 가족들이 눈물을 흘리며 아쉬워했다. 이 장면은 1939년의 일을 생각나게 했다. 버리 세인트 에드몬즈를 떠나기 직전, 육군 원수 빌 슬림이 우리를 보러 와서 격려사를 했다. 그는 우리에게 일본에 가도 예전의 원한들은 모두 잊어버리고 점잖게 행동하라고 했다. 그는 우리를 자기 앞에 앉아 있는 나이든 버마 사람들로 생각하고 있었다.

1950년 10월 10일 화요일, 대대는 사우스햄튼 부두로 가는 길인 버리 세인트 에드몬즈의 거리를 보무당당하게 행진했다. 그 항구에는 병력 수송선 엠파이어 할러데일 호가 정박하고 있었다. 배에 오르는 내내 나뭇가지를 갈라 만든 낚싯대가 내 리앤필드 총에 묶여 있었지만 발각되지 않고 넘어갔다. 아니면 검열관이 보고도 못 본 척했을 수도 있다.

이동 중에 우리는 세이드 항구에 몇 시간 동안 멈춰 있었다. 그곳에서는 숭어 떼가 먹이를 찾아 배 주위를 헤엄치고 있었다. 나는 베이컨의 기름덩이를 미끼 삼아 숭어 여섯 마리를 잡았다. 그러나 아침식사 메뉴로 숭어 요리를 원하는 사람이 없었기 때문에 수에 즈운하를 지날 때 모두 방생했다.

예정된 시간에 맞추어 우리는 부산항에 도착했다. 미군 군악대가 몸을 앞뒤로 움직이는 율동을 곁들인 '세인트루이스 블루스 마치' 연주로 우리를 환영했다. 그 연주가 무척 신났기 때문에 한국인으로 구성된 악단이 너무 초라해지고 말았다.

배에서 짐을 다 내린 그날 밤, 우리는 볶은 베이컨이 포함된 간단한 식사를 배식받았다. 그런데 추운 날씨 탓에 베이컨이 금방 식기통에 얼어붙어 버렸기 때문에 재빨리 먹어야 했다. 우리는 개성의 한 마을까지 열차로 이동했다. 한국을 가로질러 올라가는, 길고 지루한 여정이었다. 도착하자마자 우리는 한 학교에 자리를 잡았다. 피부가 쓰라릴 정도로 추웠지만 콘크리트 바닥에서 잠을 청해야 했다. 단열재를 몇 겹을 깔아도 냉기를 막기에는 역부족이었다.

어느 날 밤, 시변리라는 마을로 나갈 일이 있었다. 그곳에서 소규모였지만 치열한 전투를 했고, 우리 어린 병사들은 처음으로 총탄 세례라는 걸 경험했다. 바로 이 간동[2] 전투에서 내 소중한 낚싯대도 잃어버렸다. 하지만 상관없었다. 주변에는 낚싯대를 만들기에 적당한 대나무가 많이 있었고, 무엇보다도 내 몸은 멀쩡했으니까! 또 매서운 겨울의 몇 달 동안은 기온이 영하로 떨어졌기 때문

---

2) 원문에 KanDong으로 표기되어 있으나 영국군 참전 이후 주요 전투 전적지, 특히 임진강 유역에 KanDong(간동)으로 부르는 지명이 없고, 그 명칭을 특정할 만한 전투도 없었던 것으로 봐서 필자가 지명을 잘못 알고 있거나 혼동하는 것으로 보인다. —편집자 주

에 낚시는 불가능했다.

한반도의 동식물들을 깨우며 봄이 찾아왔을 때 나는 더없이 안심되었다. 그런데 봄의 온기로 전사자 시체들의 끔찍한 모습이 드러나기 시작했다. 시체들은 겨울 동안 영하의 기온에 동결 상태로 완벽하게 보존되어 있었지만, 날씨가 따뜻해지면서 부패하기 시작했다. 처음에는 그 악취가 참지 못할 정도였으나 시간이 좀 지나자 익숙해졌다.

밤에는 고라니(필자는 작은 붉은 사슴으로 표현)가 우리 진지 주위를 돌아다녔는데, 고라니들 '왝 왝' 거리는 소리가 우리를 몹시도 조마조마하게 했다. 중공군 정찰대가 돌아다니는 소리가 아닌가 하는 생각이 들었기 때문이다. 뱀들은 동면에서 깨어나 먹잇감을 사냥하러 돌아다녔다. 마을 주변에 검은 쥐가 많이 돌아다녔기 때문이다. 두꺼비는 영혼의 짝을 찾으려는 듯 시끄럽게 소리 지르며 연못과 습한 지역에 자주 나타났다.

산비탈의 개울에는 송사리, 파란 지느러미를 가진 잉어, 작은 갈색 송어(피라미 또는 갈겨니 수컷을 지칭하는 듯 −편집자 주)와 민물장어 등 온갖 종류의 물고기들이 넘쳐났다. 낚싯대를 만드는 건 쉬운 일이었다. 굵은 대나무 대가 맨 아랫부분이, 좀 더 작은 대나무 조각이 중심부, 그리고 가늘고 탄력이 있는 대가 맨 윗부분이 되었다. 의무병에게서 구한 안전핀들은 낚싯대 고리로 훌륭했다. 끈적끈적한 빨간색과 초록색 박격포 테이프로 고리를 낚싯대에 붙였고, 대나무들이 분리되지 않도록 낚싯대에도 감았다. 완성품은 멋지고 그럴 듯해 보였다. 하루는 낚시용 지렁이를 찾으려고 땅을 파다가 뱀을 건드리고 말았다. 용기보다 더 좋은 신중함은 잽싸게 달아나는 것이었다.

송어와 장어를 군 배급용 통조림 버터에 구운 요리는 환영받는 새로운 메뉴가 되었다. 우리 소대의 '런던 촌닭'들은 그 장어를 참 좋아했고 항상 내게 더 잡아 달라고 했다. 좀 더 깊은 골짜기의 개울에 돌 몇 개를 채운 기름통과 모래주머니들로 둑을 만들었다. 그 둑에 물길이 막혀 적당한 크기의 수영장이 만들어졌다. 그 수영장은 먼지투성이 우리 전사들에게는 선물 같은 것이었다. 나는 윗도리를 공동 수영장에서 빨았다가 중대장에게 질책을 받기도 했다.

대대 신부님은 지친 병력들을 위해 인천항에 휴양소를 만들었다. 인천의 한 마을에는 온천수가 쏟아져 나오는 연못이 있었다. 또 다른 연못은 온천보다 훨씬 작고 잡초가 우거졌지만 한국 고유종으로 보이는 붕어들로 가득했다. 요양소는 붕어가 가득한 연못 가까이에 있었다. 그 연못이 양식장이었는지 아니었는지는 영영 알아내지 못했다.

하루는 임진강을 가로질러 정찰을 돌던 중 우리는 지류를 헤치고 가게 되었다. 나는 살기(Thymallus yaluensis, 연어과 살기아종에 속하는 민물고기. 강준치나 누치를 두고 하는 말인 듯.)와 비슷한 크기의 물고기 종이 떼 지어 있는 것을 보았다. 낚시꾼의 구미를 돋우기에 충분했다. 가장 커다란 놈은 7파운드 정도는 충분히 되어 보였다. 나머지 놈들은 5파운드 정도 되었다. 물고기를 알아보는 건 아주 쉬웠다. 긴 등지느러미만 봐도 살기 좋이라는 것을 알 수 있었다.

임진강전투 후에 우리는 영등포라는 마을로 이동해서 한 신발 공장을 임시 숙소로 삼고 지냈다. 거기에는 한때 어떤 유해 물질에 오염되었던 연못이 하나 있었는데 수백 마리의 물고기가 수면으로 올라와 숨을 쉬려고 뻐끔거리는 모습이 슬퍼 보였다. 물고기들은 결국 하늘을 향해 배를 드러낸 채 물 위로 떠오르고 말았다.

한 달에 한 번 상황이 괜찮으면 일본으로 휴가를 갈 사람을 제비 뽑기로 뽑았다. 언젠가 내 이름이 뽑혀 다른 사람들과 함께 김포비 행장으로 가게 되었다. 미군 식당에서 제대로 된 식사를 하고 나서 우리는 네 개의 엔진이 달린 글로브 마스터 호를 타고 이륙했다. 다음날 오후 우리는 도쿄 외곽 공항에 착륙했고, 공항부터 호텔까 지는 페리를 타고 이동했다. 우리가 묵은 호텔은 이전에 일본 해군 본부였던 곳이었다. 따뜻한 물로 샤워를 하고 나서 맛있는 밥을 먹 었다. 젊고 매력적인 일본 아가씨들이 우리 시중을 들었다. 전선에 서 근무한 뒤에 얻는 더할 나위 없는 행복이었다.

일본에 도착한 바로 다음날 나는 호텔 뒤편에서 크고 깊은 호수 를 발견했다. 2차대전 당시 소형 잠수함들을 시험했던 곳이었다고 했다. 녹슬어 가는 선체 몇 개가 아직 강둑에 남아 있었다. 그 연못 에 물고기가 있는 것을 발견하고 나는 시내로 내려가 낚시 도구를 몇 개 샀다. 미끼로는 아주 작은 구더기를 20사이즈의 작은 낚시바늘에 꿰었다. 나는 곧 최대 2파운드까지 나가는 잉어를 잡아 올렸다. 그러나 그 괴물들이 두 마리씩 올라오는 바람에 낚싯줄이 툭하면 끊어졌고, 바늘도 잉어의 무게를 감당하지 못하고 펴져서 못 쓰게 되고는 했다. 굉장한 낚시였다.

닷새의 휴가가 끝나기 전에 나는 그 낚시 용품점에 한 번 더 들러 낚싯대 여덟 개를 헐값에 샀다. 일본인 목수가 내 낚싯대를 넣을 긴 나무 상자를 만들어 주었고, 나는 그 상자를 몰래 가지고 오려고 한국으로 돌아오는 비행기 짐칸에 잘 숨겨 놓았다. 무사히 김포비행장에 착륙하고 나니, 나를 미심쩍게 보던 부사관 한 명이 어떻게 그 커다란 짐 덩어리를 다 옮길 거냐고 물었다. 내가 갈등하고 있을 때, 병참 부사관 척 챔버스가 천사처럼 나타나 그의 트렁크에 내 낚싯대들을 잘 보관하겠노라고 했다. 나는 그의 관대함에 영원히 고마워 할 것이다.

한국에서의 남은 복무 기간 나는 언제 어디서나 낚시 할 장소가 없나 두리번거리면서 다녔다. 그러나 위험한 지뢰는, 특히 강둑 위에 많았고 구사일생으로 목숨을 구했던 경험은 나에게 엄중한 교훈을 남겼다.

하루는 우리 부서에서 강둑을 따라 정찰을 나갈 일이 있었다. 우리는 우연히 중공군 시체 여러 구를 발견했다. 그들은 여전히 대나무 장대를 움켜쥐고 있었다. 내가 친구 톰 지클스에게 우리가 지뢰밭에 온 줄 알았다고 말하던 찰나, 갑자기 내 발이 인계철선을 건드려 지뢰가 터지고 말았다. 한 명이 얼굴에 작은 부상을 입은 것을 제외하면 우리는 별 피해를 입지 않았다. 우리는 정말 기적적으로 탈출할 수 있었다. 우리 중 한 명이 작은 지뢰 감지기를 가지고 있어서 지뢰밭을 나오면서 그걸로 지뢰를 일곱 개나 발견했다. 그는 정말 침착하고 자제력이 뛰어났다. 우리는 인디언 스타일로 아주 조심조심 걸어서 지뢰밭을 빠져나왔다.

해리는 이제 90대에 접어들었지만, 그의 고향 요크에서 열리는 한국전 참전용사 모임에 여전히 참석하고 있다.(*그러나 이 책의 출판을 위한 번역과 편집이 한창이던 2020년 8월 해리 옹이 작고하셨다. 한국어판을 전해 드리기 전 운명하신 것에 대한 아쉬움을 담아 삼가 고인의 명복을 빈다. −편집자 주)

한국에서의 군 생활이 끝나갈 무렵 만감이 교차하는 기분이 들었다. 모든 전우에게 작별인사를 하고 부산에 도착하니 엠파이어 오웰 호가 나를 집에 데려가기 위해 기다리고 있었다.

사우스햄튼에 도착했을 때 더블백 두 개와 소중한 낚싯대 상자를 배의 트랩으로 낑낑거리면서 내렸던 기억이 난다.

"나는 결국 해냈다."

군번	22740654	이름	테런즈 핸즈
참전 당시 계급	이병	소속	듀크 오브 웰링턴 연대, 노스 스태포드셔 연대

내가 겪은 한국전쟁

나는 1952년 11월 20일 요크의 웨스트 요크셔 연대 기지가 있는 폴 포드가의 임팔 병영에서 기초훈련을 받기 시작했다. 훈련을 마친 나는 듀크 오브 웰링턴 연대로 배속되었고, 후에 홍콩으로 보내져 추가 훈련을 하면서 한국에 있는 대대 본진으로 보내질 때까지 기다려야 했다.

한국으로 가기 전 나는 일본의 쿠레로 이동하여 그곳으로부터 몇 마일 떨어지지 않은 하라 무라라는 곳에서 전투 훈련을 받았다. 훈련을 마친 후에는 다음 이동지인 한국으로 가기 위해 쿠레로 다시 갔다. 우리는 쿠레에서 당시 석탄을 연료로 쓰는 오래된 배인 E.Sang호에 올라 바다를 건넜다.

한국에 도착해서 최종 목적지인 독촌역에서 대대에 합류할 때까지의 이동은 불편하고 지루했다. 우리 연대에 합류하기 위한 한국으로의 이동이 지연되는 바람에 우리는 도착과 함께 재배치되어 노스 스태포드셔 연대 제1대대의 일원이 되어야 했다.

나는 노스 스태포드셔에서 A중대에 배치되었다. 우리의 주된 임무는 도로 검문소 근무였다. 당시 그곳은 말로는 설명이 안 될 만큼 추웠다. 그래서 나는 좀 더 따뜻한 환경에서 일할 수 있는 취사병을 자원했다. 취사장에서는, 자진해서 포로가 된 중공군 병사와 함께 즐겁게 일했다. 그는 다섯 가지 언어를 구사할 만큼 출중한 능력을 지닌 엘리트였다. 기혼자였고 아이도 있다고 했다. 그는 중국에 공산 정권이 들어선 뒤, 한국전쟁에 참전하는 것 말고는 다른 대안이 없었다고 했다. 그가 속한 인민해방군 내의 상관들과 고참병들은, 그가 대부분이 문맹인 전우들 사이에서 고학력자로 항상 돋보인다는 이유로 그를 싫어했다고 한다. 그는 항상 생명의 위협을 받는 가장 위험한 상황에 차출됐고, 그가 할 수 있는 선택은 처음부터 바로 항복하는 것이었다고 했다. 공격이 있을 것임을 알게 된 그는 재빨리 도주하여 항복하기로 마음먹었는데, 그 전투가 후크고지전투였고 그래서 듀크에 잡혀 오게 된 것이다.

그는 매우 행복해 보였다. 아마 자신의 생명을 지키고 안전을 보장받을 수 있는 곳으로 왔기 때문이었을 것이다. 그는 항상 노래를 불렀는데, 그가 가장 좋아하는 노래 중 하나는 '안녕 릴리, 안녕 로우'였다. 크리스마스 때는 '고요한 밤'을 불렀는데, 나에게 중국어로 그 노래를 어떻게 부르는지 가르쳐주어 우리는 함께 그 노래를 불렀다.

섣달 그믐날, 나는 순찰 경계병으로 뽑혀 근무하게 되었다. 근무를 마치고 따뜻한 차 한 잔을 하며 몸을 녹이려고 취사장에 들어갔을 때였다. 취사병 하나가 내 소총을 집어들고 우리를 겨누었는데 갑자기 총구가 불을 뿜었다. 형편없는 그의 사격술 덕분에 총알은 텐트의 지붕을 뚫는 데 그쳤다. 이에 보초를 서던 경계병들이 취사장으로 달려왔고, 일직사관이 총을 쏜 취사병을 체포해 갔다. 내 소총은 선임하사가 회수해 갔고, 나에게는 총기 검사를 위해 잘 정비한 것 같은 말끔한 새 총기로 교체 지급되었다.

며칠 뒤, 선임하사는 총기 사고 조사보고서를 작성해서 지휘관에게 보고해야 했다. 누군가 쓰레기장에 불을 질렀고, 그 때문에 열받은 취사병이 사고를 친 것이다. 우리는 희생자가 한 명도 생기지 않았음을 다행으로 여겼다. 만약 그 멍청한 취사병 놈이 총 다루는 법을 제대로 알았더라면 우리 중 누군가 한 명은 그 순간 생을 마감해야 했을 것이다.

나는 취사장을 벗어나 부사관 식당에서 일하게 되었다. 동시에 장교 식당의 교대조로도 일했다.

포로라고 하기보다는 귀순했다고 해야 하는 중공군 동료 후아 홍은 우리보다 나이가 훨씬 많았다. 그러나 나이에 상관없이 우리는 행복한 기억을 많이 쌓으며 함께 일했고, 나는 아직까지도 그 기억들을 간직하고 있다. 그가 아직까지 살아 있을지 궁금하다. 만약 이 세상에 없다면, '잘 가라, 후아 홍. 당신은 우리의 아주 좋은 친구였다' 라고 말하고 싶다. 내가 집으로 돌아오기 위해 노스 스태포드셔로 떠날 때도 그는 여전히 그곳에 있었다.(그의 귀순 이야기는 1부에 이미 소개되었다. −편집자 주)

나는 1954년 11월 18일에 전역해야 했지만, 1955년 1월이 되도록 전역을 하지 못했다. 집으로 돌아갈 수 있을 만큼 상태가 호전될 때까지 병원에서 치료를 받아야 했던 중공군에게 포로로 잡혀 있었던 전우들에게 우선권이 있었고, 우리는 그 동안 일본에 머물러야 했다. 그 전우들은 충분히 그런 대우를 받을 만했기에 언짢지는 않았다.

노병 수기 9		이름	짐 리차드
계급	상병	소속	듀크 오브 웰링턴 연대

한국에서의 군 생활을 추억하며

나는 1952년 2월 28일에 입대했다. 18세가 된 모든 젊은이는 징집병으로 2년 동안 복무해야 했다. 나는 스무 살이었기 때문에 소환되기 전에 배관공 수습 기간을 끝낼 수 있었다. 나는 카디프 윗처치 병영의 웰시 연대에 들어가 6주간 기본 훈련을 마쳤다. 우리 그룹에는 대략 삼사십 명이 있었는데, 모두 사우스 웨일스 출신이었다. 6주 후 우리는 브레콘으로 이동하여 산악전 훈련과 사격장에서 실사격 훈련을 더 했다.

1952년 6월, 사우스햄튼으로 이동한 우리는 병력 수송선 '엠파이어 포위 호'를 타고 홍콩으로 출항했다. 세이드 항구를 거치고 수에즈운하를 통과해서 아덴, 콜롬보, 싱가포르를 거쳐 거의 4주 만에 홍콩에 도착했다. 나중에 우리는 드디어 한국에서 웰시 연대에 합류했다. 7월부터 9월까지 3개월 간 홍콩에서의 훈련은 매우 즐겁고 신나는 시간이었다. 우리 기지는 판링이라는 마을에서 가까운, 우리가 '벌들의 마구간'이라고 부르던 캠프에 있었다. 한 번은 우리가 큰 길을 가로질러서 인간 방어벽을 쳐야 했을 때가 있었다. 그때 우리는, 무슨 이유인지는 모르지만 곡괭이 손잡이로 무장한 채 난동을 피우는 중국인 무리를 막아야 했다.

홍콩에서 장장 40마일을 아홉 시간에 걸쳐서 행군했던 기억이 난다. 들이붓는 폭우 속에서 논과 늪지를 헤쳐 가며 철야 행군을 해야 했다. 맨살에 달라붙는 거머리들을 담배 라이터로 태워 가며 걸었다. 행군과 포화가 쏟아지는 속에서 했던 이 훈련들이 '전쟁이 다 이렇겠구나' 하는 생각을 하게 했다.

9월 말에는 일본으로 배를 타고 이동했다. 일본 쿠레에 있는 캠프에서 휴식도 못 취하고 무장한 채로 지내야 했다. 내 기억에 우리는 2~3주 정도를 그곳에서 지내고 나서 배를 타고 한국으로 출발했다. 우리가 배에서 내릴 때 웰시 연대는 홍콩으로 가기 위해 배에 오르고 있었다. 배에서 내린 우리는 뒤이어 오는 듀크 오브 웰링턴 연대 제1대대가 도착하는 대로 합류할 것을 지시받고 잠깐 동안 블랙와치에 소속되어 있었다.

내 기억이 맞다면 나는 C중대 9소대 소속이었다. 소대장은 마이크 캠벨 라머톤 중위였고 중대장은 배리 캐버너 소령이었다. 나는 이때 상병이었을 것이다. 우리 중 첫 번째 사상자가 발생한 것은 텐트로 된 막사에 있을 때였다. 기름을 따를 수 있도록 꼭지가 달린 커다란 기름통들이 임시로 설치한 선반 위에 줄지어 놓여 있었다. 우리는 그 기름통에서 제리 캔으로 기름을 옮겨 램프나 텐트 난방기 등에 기름을 채워 넣고는 했다. 그런 어느 날, 한 병사가 어둠 속에서 휴대용 램프를 들고 기름 캔에 기름을 채우다가 기름을 램프와 자신의 몸에 쏟고 말았다. 병사는 당황한 채 우왕좌왕하다가 몸에 불이 붙었고 결국 죽고 말았다. 또 한 번은 취사병 중 하나가 친구와 장난을 치다가 자기 총이 장전된 줄 모르고 진짜로 쏴 버리는 사고가 일어나기도 했다.

전선으로 가게 될 거라고 통보받던 날 저녁, 나는 내가 전선에 나간다는 사실을 믿을 수 없었다. 그때 두려움과 불안에 온몸이 떨렸던 기억이 난다. 나는 완전히 겁에 질렸었다. 그날 오후 성당 신부가 막사 뒤의 언덕에서 성체 성사를 했는데 나는 성가대원으로 갔다. 열다섯 살 때 성당에 딱 세 번 가 보고는 포기했던 내가 그때 인생에서 처음 진실된 기도를 했다. 그때부터 지금까지 나는 일요일마다 성당에 다닌다.

그날 밤, 우리는 전선으로 이동했고, 나는 스물한 번째 생일을 전선에서 맞이했다. 우리가 주둔한 첫 번째 진지는 앞서서 미군이 주둔했던 곳이었다. 첫 날 동이 트자마자 내 두 눈으로 본 광경은 평생 잊지 못할 것 같다. 철조망 앞에 가파른 언덕이 펼쳐져 있었고, 그 언덕 전체가 미군의 C-레이션 깡통들로 뒤덮여 있었다. 깡통들은 전부 개봉되지 않은 상태였고, 내용물은 모두 소스에 절여진 리마 콩이었다. 아마도 양키들은 리마 콩을 그다지 좋아하지 않았던 것 같다.

우리는 터키군, 캐나다군, 구르카 대대(영국군의 네팔 용병), 뉴질랜드군, 호주군 옆의 진지에 배치되었다. 그리고 그 다음 몇 달 동안은 어떤 순서로 사건이 일어났는지 기억이 흐릿하다. 우리는 여러 차례에 걸쳐 전선으로의 투입과 철수를 반복했는데, 3주에서 4주 정도 전선에 있다가 나오면 일주일 휴식을 취할 수 있었다. 그때는 옷을 빨고, 이동식 샤워장에서 샤워를 하고 휴식을 취했다.

한 번은 미군 부대에서 열린 위문 공연에 초대되어 우리 부대원 대부분이 함께한 적이 있었다. 그 공연에는 마릴린 먼로와 밥 호프도 출연했다.

우리는 참호와 철조망을 보강하고 새로운 벙커를 파거나 야간 경계를 서는 일이 전선에서의 주요 임무였다. 경계 임무는 주로 청음 초소나 관측 초소 근무였고, 가끔 수색 정찰이나 위력 정찰을 해야 할 때도 있었다. 적의 박격포를 비롯한 각종 야포 발사 소리가 들릴 때마다 포탄 피격을 피해 재빨리 엄폐물을 찾아 숨어야 했다. 또 다른 임무는 보급품들을 아주 가파른 비탈로 끌어올려 참호에 가져다 두는 일이었다. 모두 사람 손으로 옮겨야 했다.

나와 동료 하나가 벙커 안에서 쉬고 있을 때의 기억이 내 마음한 구석에 언제나 남아 있다. 나는 2층 침대의 아래층에, 그는 위층에 있었는데 위층은 참호 바깥쪽과 거의 같은 높이였다. 그때 적이 쏜 포탄이 참호 안으로 떨어졌고, 파편이 벙커 안쪽으로 날아와 침대 2층에서 쉬고 있던 전우의 다리를 완전히 잘라 놓았다. 나는 피를 뒤집어썼지만 부상은 입지 않았고, 그도 다행히 목숨은 건졌다. 그는 스완지에서 온 같은 고향 사람이어서 고향으로 돌아온 뒤에 한두 번 만날 수 있었다. 그는 의족을 달고 있었다.

또 내가 치통을 앓던 때가 기억난다. 그때 이동식 치과 종합 치료대가 우리 진지 뒤에 있는 계곡에 있다고 누군가 알려주었다. 그러나 진지 이탈 허락을 받기도 전에 너무 늦은 오후가 되어 버렸고, 내가 도착했을 때 그들은 이동할 준비를 하려고 짐을 거의 다싼 상태였다. 그때 의무병 두 명이 위스키를 한 잔 가득히 주더니 나를 베드포드 트럭의 짐칸 바닥에 눕혔고 치과의사가 내 이를 뽑았다.

우리의 침대는 철조망을 고정시키는 데 쓰이는 앵글(L자형 철재)로 만들어진 것이었다. 이것을 통신선으로 가로질러 묶어서 해먹 같은 침대를 만들었다.

겨울이 정말로 우리에게 다가와 있었다. 지금까지도 누군가 나에게 한국에서의 기억에 대해 물으면 나는 가장 먼저 그 혹독한 추위부터 이야기한다. 칠흑 같은 어둠 속에서 동이 틀 무렵까지 얼어붙은 눈 위에서 경계를 서고 있노라면 말조차 할 수 없는 지경이 되었다. 그 추위 속에서 우리가 어떻게 살아남았는지 의아할 정도였다. 추위는 중공군 저격수들보다 더 두려운 존재였고, 그 때문에 음식도 굉장히 빨리 먹게 되었다.

추운 계절이 지나고 몇 달 뒤면 장마가 찾아왔는데, 폭우가 쏟아질 때마다 벙커와 참호들이 쓸려 가 버리거나 온통 물로 가득 차 버렸다. 방어 시설들이 무너지거나 물에 쓸려가 버릴 때마다 우리는 보수 작업에 매달려야 했다. 진흙에 빠져 며칠 동안 꼼짝하지 못하는 일도 종종 겪었다. 지낼 공간이 사라진 셈이었다. 며칠씩 이어지는 빗속에서 옷을 말릴 방법이 없었던 우리는 그저 판초우의로 비를 피하고 앉아 따뜻한 음식과 마실 것을 그리워했다. 비가 그친 후 우리는 후크고지에 갈 때까지 몇 달 동안 전선의 다른 진지에서 보냈다.

후크고지는 끊임없이 포탄이 떨어지고 저격수의 총알이 날아오는 위험한 장소라고 알려져 있었다. 내 기억이 맞다면 그곳은 적들의 막사로부터 고작 약 100야드밖에 안 떨어진 곳이었다. 적과 우리의 그 100야드 사이에는 가파른 언덕 하나만 있을 뿐이다.

포탄은 몇 주 동안 하루도 쉬지 않고 떨어졌다. 대규모 공격이 시작될 것을 예상한 우리는 이를 대비하여 밤마다 방어 시설을 수리했다. 우리는 '오늘 밤이 그 밤이다'라고 말하는 게 습관이 되었다. '그 밤'은 1953년 5월 28일, 오후 7시 45분에 실제로 찾아왔다.

정확히 그 시각에 A중대에 있던 스완지 출신 친구 빌 파우더가 어머니한테서 온 편지를 가지러 나를 찾아왔다. 그가 중대로 돌아가려 돌아서는 순간 두 명의 중공군과 정면으로 마주쳤다. 나의 스텐 기관단총이 중공군들을 향해 불을 뿜었으나 그들은 사라졌고 빌 파우더는 자신의 중대로 돌아갔다. 나중에 빌 파우더는 내가 자신의 목숨을 살린 거라고 말했지만, 나는 그렇게 생각하지 않는다. 우리는 지금도 막역한 친구 사이이고 가끔 만나기도 한다.

해가 졌지만 우리 앞에 보이는 고지는 조명탄으로 빛났다. 중공군이 그들과 우리 사이에 놓인 계곡을 따라 내려오는 것이 보였다. 그들은 북을 치고 나팔을 불며 함성을 질렀다. 그 모습이 나를 지옥 같은 공포로 몰아넣었다. 우리가 할 수 있는 일은 계속해서 총을 쏘는 것뿐이었다. 경기관총 사수는 뉴포트에서 온 웰시 사람이었는데 이름이 터커였다. 중공군들이 가파른 비탈을 올라 언덕 위의 우리를 향해 달려들고 있는 것이 보였다. 우리는 쉴 새 없이 총을 쏘았다. 한국인 병사 두 명도 함께 싸웠는데, 우리는 그들에게 중공군이 뒤에서 오지 않는지 후방을 잘 봐 달라고 했다.

이미 사위가 어두워졌기 때문에 그 상태가 얼마나 오래 지속되었는지 잘 모르겠다. 어느 순간 포탄이 우리 참호 앞에서 터졌고, 그 파편이 입구로 날아와 총신의 소염기를 날려 버렸다. 내 오른쪽 팔과 코, 볼에도 파편이 스쳤다. 피를 심하게 흘렸지만 치명상은 아니었다. 반면, 불쌍한 터커는 폭발이 일어난 쪽에 있었던 탓에 팔과 어깨에 꽤나 심각한 부상을 입었다. 한국인 병사 중 한 명이 신속하게 응급처치를 한 뒤에 그를 부축해서 벙커 구석으로 데려갔다. 다른 한 병사가 사수 역할을 하며 브렌 경기관총의 방아쇠를 당겼다.

새벽이 밝아 오면서 차츰 조용해지기 시작했다. 우리는 두 한국인 병사에게 막힌 입구를 뚫으라고 지시했고, 흙더미로 막혔던 입구를 뚫고 나서야 터커를 부축해서 간신히 참호에서 기어 나왔다. 얼마 가지 않아 우리는 다른 중대에서 온 증원 병력을 만났고, 그들의 도움을 받아 언덕 아래로 내려갔다. 그곳에는 헬리콥터가 대기하고 있었고, 앰뷸런스 지프와 트럭들도 부상자들을 후송하기 위해 대기하고 있었다. 터커와 나는 전선에서 3마일 정도 뒤에 있는 야전병원 막사로 옮겨졌다. 그곳은 마치 미국 텔레비전 드라마 '매쉬'의 한 장면 같은 곳이었다. 며칠 후 나는 부대로 돌아왔으나 터커를 다시 볼 수 없었다. 이때 우리 연대는 전선에서 철수, 후방 진지에서 휴식 중이었다.

그날 중공군의 공격을 받아 이삼십여 명이 전사했고 훨씬 많은 수가 부상을 입었다. 며칠 동안의 긴장과 공포감 뒤에 우울한 감정이 나를 덮쳤다. 나는 '내가 누군가를 죽였을까' 하는 생각을 하기 시작했다. 내가 누군가를 죽게 했을지도 모른다는 생각은 오랫동안 죄책감으로 남았다. 그 감정은 이 일기를 쓰기 시작할 때에야 사라졌다.

후방 휴식 부대에 있는 동안 여러 명이 비행기를 타고 일본으로 휴가를 다녀오도록 뽑혔다. 여기에는 대단히 충격적인 일화가 있다. 우리는 미군 공군 기지로 가서 어마어마한 크기의 비행기에 오르기 위해 도열했다. 아마 그 비행기는 C34였던 것 같다. 그때 미군으로 가득 찬 대형 트럭들이 도착했다. 트럭의 행렬이 경계벽이 되는 바람에 우리는 뒤로 밀려났고, 미군들이 먼저 탑승해 비행기의 좌석을 모두 채워 버렸다. 우리는 언제가 될지 모르는 우리 차례가 올 때까지 기다리는 수밖에 없었다. 한 시간 넘게 기다리고 있는데 바로 앞에 이륙한 비행기가 바다에 추락하여 탑승자들 전원이 죽었다는 말이 들렸다. 그 비행기에는 200명이 넘는 장병들과 승무원들이 타고 있었다. 그 비행기에 타지 못한 우리는 운이 좋았던 것이다.

우리가 탑승한 비행기는 앞의 비행기보다 훨씬 작은 다코타라는 비행기였다. 비행기 트랩에 오를 때 다소 긴장은 됐지만, 그래도 탔다. 우리는 비행기 양쪽 끝에 놓인 나무로 된 의자에 앉았다. 착륙할 무렵 비행기가 조각날 만큼 흔들리는 소리가 났다. 못이 빠져 생긴 구멍들로 바람이 들어오고 있었다. 마침내 도쿄에 도착한 우리는 에비수휴양센터로 가서 숙소를 정하고 제대로 된 밥을 먹었다. 가장 좋았던 점은 아침 점호를 받지 않아도 된다는 점과 위병소에서 검문을 받지 않아도 되는 것이었다.

우리는 꿈 같은 닷새를 보냈다. 황궁을 방문하고, '긴자'라는 상점가에서 집으로 보낼 선물들도 싸게 샀다. 한국에서의 고된 시간 뒤에 찾아온 천국 같은 시간이었다. 나는 도쿄에서의 휴가를 지금도 잊지 못하고 있다.

우리는 다시 전선으로 돌아갔고 이때 휴진이 이루어질 가능성이 높다는 소문이 돌았다. 그러나 우리는 항상 방어 시설을 강화하고

C중대 9소대 짐 리차드Jim Richards, 앞줄 맨 왼쪽

야간 경계를 나가며 바쁘게 지내야 했다. 그때는 한창 더위와 싸워야 하는 계절이었다.

7월 27일, 마침내 휴전이 체결되었다. 그와 동시에 우리가 있는 참호에도 휴전을 알리는 무전이 날아왔고, D와 C중대원 모두는 참호 밖으로 기어 나왔다. 중공군들도 마찬가지였다. 우리와 중공군은 서로에게 소리치며 손을 흔들었다. 정말 감격적인 순간이었다. 그때 나는 '이 세월을 견디며 살아냈어. 앞으로도 나는 살아갈 것이고, 죽지 않을 거야'라고 생각했다.

우리는 마침내 지브롤터로 이동하기 위해 글로스터 계곡의 한 기지로 돌아갔다. 부산 유엔묘지에서 열린 추모식에 참석했는데 굉장히 감동적이었다.

11월 13일 금요일, 우리는 HMT 아스투리아스 호에 올라 지브롤터를 향해 출발했다. 배에 올라서는 이질로 한바탕 병치레를 했다. 감염된 사람들은 알렉산드라 여왕의(Alexandra's Royal Army Nursing Corps, 알렉산더 왕립육군간호부대) 간호사들 앞에서 엉덩이를 내놓고 양쪽 궁둥이에 주사를 맞아야 했다. 엄청나게 고통스럽고 창피한 일이었다.

그때 나와 다른 웰시 출신 동료들은 지브롤터에 내리지 않고 고향까지 쭉 가기를 바랐다. 이미 크리스마스가 다가오고 있었고 병역은 1월 말이 되어서야 끝날 것이기 때문이었다. 그러나 그런 행운 같은 일은 일어나지 않았고, 우리는 나머지 대대원들과 함께 배에서 내렸다.

대대의 본부중대는 대부분의 대대 병력과 함께 케이스 메이츠 병영에 배치되었고, 나는 바위산 중간쯤에 배치되었는데 그곳의 이름은 기억이 나지 않는다.(무어리쉬 성이 있는 바위산 −편집자 주)

지브롤터에서 보낸 시간은 행복했다. 우리는 국경 너머의 스페인으로 갈 수 있는 비자를 받을 수 있었다. 그때 일 중 가장 뚜렷하게 기억나는 사건은, 해군 함대가 지브롤터에 정박해서 선원들이 상륙 허가를 받았을 때의 일이다. 어느 날 저녁, 트로카데로라는 이름의 바에서 듀크 사람들이 술을 마시고 있을 때 양키 몇 명이 그 바에 들어왔다. 곧이어 점점 언성이 높아졌고 싸움판이 벌어졌는데, 마치 거친 서부 영화에 나올 법한 장면이 펼쳐졌다. 의자와 테이블들이 마구 날아다녔다. 체구가 작았던 나는 자리를 피하려고 했으나 갑자기 내 몸이 창문 밖으로 던져져 막 도착한 헌병 앞에 떨어지게 되었다. 나는 그 폭력 사건과 무관함에도 영창에 7일 동안 구금되어야 했다.

마침내 제대하여 집으로 돌아갈 때가 되었다. 대부분의 시간을 전장에서 보내야 했던 나의 군 복무 시간은 이후 나의 인생 항로에 오랫동안 큰 도움을 주었다.

참전 당시 계급	소위	이름	톰 로더리
		소속	듀크 오브 웰링턴 연대 B중대 5소대

내 기억 속의 후크고지

나는 처음 용동 지역에 있는 전선으로 나갔을 당시 B중대 5소대의 소대장이었다. 스무 번째 생일을 맞기까지 6주를 남겨두고 있었다. 나는 소대에서 네 번째로 나이가 많았다. 우리는 새파란 풋내기였지만 아주 자신만만했다. 그러나 소대에서 현역으로 복무한 경험이 있는 사람이 두 명뿐이었다.

플래쳐 병장은 2차대전 당시 팔레스타인에 가 있었고, 라이더 상병은 낙하산 부대원들과 함께 서북부 유럽에, 중대장인 인스 소령과 중대 선임하사관 또한 공수부대원으로 참전했었다.

용동은 조용한 지역이었다. 우리는 저녁부터 새벽까지 전투 대기를 하고, 경계를 서는 일상에 곧 익숙해졌다. 첫 번째 경계 임무가 부여된 지역은 무인지대였다. 12월에 우리는 내천 지역으로 이동하여 대대 우측 전방을 맡았다. 그곳에서 우리는 박격포와 포탄이 떨어지는 것을 실제 경험했다. 6소대의 한 병사가 내 구역에서 박격포를 맞고 심각한 부상을 입었다. 우리는 최선을 다했지만 슬프게도 그는 다음날 죽고 말았다. 우리 모두에게 경각심을 심어 준 경험이었다.

우리에게는 취사병이 없었기 때문에 육군 급양본부에서 취사병을 우리에게 배정해 주었다. 그는 유쾌하고 재미있는 사람이었다. 그런데 문제는 그가 요리를 할 수도 없었고 하고 싶어 하지도 않는다는 점이었다. 그러나 걱정할 필요는 없었다. 우리 중에는 요리를 진심으로 즐기는 병사들이 네다섯 명 있어서 특별한 일만 없으면 늘 제대로 된 밥을 먹을 수 있었기 때문이다.

날씨가 너무 추워서 경계를 설 때는 한 번에 두 시간밖에 서 있을 수 없었다. 그래서 대부분의 소대가 이틀 밤에 한 번씩 경계를 섰다. 가끔 매복을 나갈 병사들과 정찰을 나갈 병사들을 찾아야 할 때도 있었다. 매복은 여덟 명에서 열 명 정도로 구성되었고, 수색 정찰조는 두세 명으로 구성되었다.

불(화재)은 언제나 위험 요소였다. 우리 벙커를 데우는 난로는 포탄이 날아 다니는 전장터에서 쓰기에는 너무나 시대를 앞서가는, 우주 탐사선만큼이나 복잡한 발명품이었다. 결국 벙커 하나에 불이 났는데, 수류탄과 탄약들이 폭발하면서 아주 장관을 이뤘다. 다행히도 벙커 안에 있던 두 사람은 안전하게 나올 수 있었다.

1월 초에 우리 B중대는 D중대에게 고지를 인계해 주고 예비중대가 되어 최전선 바로 뒤쪽으로 이동했다. 이것은 곧 정찰 임무가 늘어났다는 것을 의미했다. 소대와 나는 적을 생포하기 위한 정찰도 자주 나갔다. 비록 성공한 적은 없었지만, 우리는 진지에 15분에서 20분 정도를 있어야 했는데, 늘상 45분까지 길어지고는 했다. 그날 밤의 기온은 무려 섭씨 영하 22도였고 눈까지 내렸다.

2월과 3월 동안 사단의 예비대가 됐던 우리는 다시 전선으로 돌아갔다. 인스 소령은 참모직으로 옮겨 가고 중대는 퍼스 소령이 지휘하게 되었다. 그는 버마에 주둔했던 2대대에 있던 사람이었다. 2대대의 1개 중대가 후크고지의 블랙와치에 배속되었고, 대대는 여단의 예비가 되었다. 2대대도 후크고지의 블랙와치에 합류했다. 2대대의 다른 한 중대는 후크고지로 즉시 올라가기 위해 늘 대기하고 있어야 했다. 그 말은 트럭에 10분 내에 올라탈 준비가 되어 있어야 한다는 의미였다.

5월 12일, 분대장 세 명과 정찰조 세 명을 대동하고 후크고지로 올라갔다. 고지를 완전히 점령하기 바로 전날이었다. 우리가 들은 후크고지 이야기는 사실이었고, 소문대로 끊임없이 포탄과 박격포탄이 떨어졌다. 전날에는 소대 본부에 있던 블랙와치 지휘관, 병장 그리고 병사 한 명이 전사했다고 했다.

우리는 굴 안에서 머물며 밤새 아홉 개의 벙커에서 작전을 벌였다. 당시 아마 하루에 두 시간 이상 잘 수 있었던 사람은 없었을 것이다. 포탄과 박격포 세례는 날이 갈수록 더욱 격렬해졌고 사상자들은 계속해서 발생했다. 소대원들 중 둘이 전사하고 둘이 부상을 입었다. 얼마나 많은 포탄이 후크고지 일대에 떨어졌는지 들을 때마다 놀라지 않을 수 없었다. 항상 우리가 예상한 것보다 훨씬 많은 수가 떨어졌기 때문이었다.

5월 26일, 우리는 D중대와 진지를 바꾸어 왼쪽에 있던 121고지로 진지를 옮겼다. 그 다음날 밤 엄청난 공격이 벌어졌다. 반격을 하기 위해 6소대가 첫 번째로 후크고지에 보내졌다. 그 후 나는 내 소대를 맡게 되었으나 6소대가 그들의 임무를 다 해낸 덕분에 고지 아래에 머물게 되었다.

우리는 그 일이 있고 난 다음 2주 정도 동안 후크로 돌아가서 진지를 다시 구축해야 했다. 누구도 그 일을 좋아하지 않았다. 여왕 폐하의 대관식날, 우리 소대의 병사들이 나에게 줄 선물이 있다고 했다. 땅을 파다가 포격을 받아 사망한 중공군의 시체를 발견했는데, 거의 일주일이 지난 그 시체는 보기 흉측했다. 우리는 휴전과 함께 내천 진지로 이동했다. 복무한 지 2년이 거의 다 되어 가고 있었기 때문에 나는 8월 중순에 대대를 떠나 고향으로 돌아갔다.

나는 내가 이 경험을 할 수 있었다는 사실이 기쁠 뿐이다. 무서웠던 일들도 있었고 아주 겁에 질렸던 때도 몇 번 있었지만 즐거운 시간도 있었다. 내 생각에는 후크고지에 있었을 때 우리 중 누구도 우리가 얼마나 심각한 상황 속에 있었는지 잘 몰랐던 것 같다. 많은 시간이 흐른 뒤에 돌아보니, 햇병아리 어린 징집병들에게는 이미 실전 경험이 있는 고참 장교들 그리고 하사관들과 함께했다는 것이 얼마나 큰 축복이었는지 깨닫게 되었다.

노병 수기 11

참전 당시 계급	대위	이름	샘 로버슨
보직	기관총 부대장	소속	듀크 오브 웰링턴 연대

소련제 T-34 탱크인가,
T34번 미군 탱크인가

　한국전쟁은 대단히 제한적인 재래식 전쟁으로 알려졌다. 이 전쟁은 최종적으로 대한민국을 공산 침략 세력으로부터 지켜낸 방어전 성격을 띠고 있었다. 영연방 사단은 절반이 영국군으로 구성된 특이한 사단이었다. 우리는 방어전에 경험이 아주 많았다. 우리 중대 진지들은 감제 고지에 집중되어 있었고, 아주 깊게 참호를 파고 들어앉았다. 그 진지들을 모두 확실하게 무너뜨리려면 엄청난 화력 지원을 동반한 여단 규모의 공격이 필요할 것이다. 설사 그런 규모의 공격을 가한다 해도 짧은 시간 내에 진지를 점령할 가능성은 별로 없을 정도였다. 우리의 활발한 정찰과 관측, 청음 활동은 적절한 순간에 우리에게 경보를 울려 주었다. 만약 적이 중대 진지를 돌아 지나가려면 그 아래에 있는 계곡으로 들어가야 했는데, 그곳에는 죽음의 위험이 도사린 지뢰밭이 있었고, 또 각종 화기가 쏟아내는 방어 사격을 견뎌야 했다. 고지를 장악하려면 결국에는 이 위험들을 감수하고 언덕을 오르는 수밖에는 없었다.

나는 한국으로 가는 선발대 서열 세 번째 장교로서 7주간의 시간을 웰시 연대와 보냈다. 이 기간에 나는 기관총 사수들이 직면한 복잡한 문제들을 알아냈다. 소대에는 비커스 303 중형 기관총이 여섯 정 있었다. 그 기관총은 250발 탄띠로, 최대 4,500야드까지 쏠 수 있었다. 기관총 삼각대만 무려 50파운드나 나갔고 수냉식인 기관총은 40파운드가 나갔다. 무거운 만큼 반동이 적어 정확하게 사격할 수 있었다.

우리는 총 80만 발 분량의 총탄을 쏜 셈인데, 낮 시간 동안 쏜 양은 5,000발 정도밖에 안 되었다. 그것도 우리가 후크고지에 있을 때 쏜 것이었다. 우리의 좌측방을 맡고 있던 터키군을 공격한 중공군을 격퇴하고, 후퇴하는 중공군을 섬멸할 수 있었던 것은 우리가 보유하고 있던 탱크의 활약과 확실한 제공권의 우위가 있어서 가능했던 것이다. 그래서 결국 중공군은 야간 공격에 집중했다. 우리는 간접 조준 사격을 해야 했고, 그나마 거의 도상으로 미리 설정된 사계射界를 따라 사격을 할 수밖에 없었다. 이런 사격은 우리가 두 달이나 땀 흘리면서 배운 사격 이론을 깡그리 무시하는 것이었다. 교육 받은 대로 한다면 조준용 램프는 기관총으로부터 25미터 전방을 비추도록 고정해야 했지만, 그 조준용 램프는 멜빵과 전구 그리고 배터리까지 딸린 그야말로 약하고 복잡한 장치였다. 이런 장치를 가파른 경사면이 있는 전장에서 사용한다는 것은 그야말로 멍청한 짓이었다.

그래서 램프를 기관총좌에 설치했는데 사격시 큰 조준각 오차가 발생했다. 하지만 한 고참 기관총 사수의 간단한 아이디어로 이 문제를 해결했다. 바로 조그만 거울을 부착한 것이었다. 그러면 거울이 총구를 움직일 때마다 같이 움직이며 오차각을 없애 주었다.

나는 적들이 기관총을 '속삭이는 죽음'이라고 부르며 우리 기관총들을 무너뜨리기 위해 전력을 다하고 있다는 사실을 알아냈다.

또 다른 문제는 포탄이 떨어지는 밤에는 의사소통이 잘 되지 않는다는 것이었다. 사격 명령이나 수정된 좌표 등을 종이에 적어 운 나쁘게 걸린 한 연락병이 사수에게 달려가 전달해 주는 방식이었다. 그래서 우리는 88형 무전기 헤드세트를 마련하여 31형 배터리에 전원을 연결하여 사용하는 것으로 사수들끼리 바로 대화할 수 있도록 했다.

추위도 큰 문제였다. 기온은 영하 6~7도까지 내려갔고, 이는 곧 사정거리가 큰 폭으로 줄어드는 것을 의미했다. 이것은 훈련 교본에 명시된 것보다 훨씬 더 작은 값으로, 아주 위험한 상황을 초래했다. 그 추위는 곧 기관총의 냉각수가 얼어 총의 작동을 대단히 어렵게 만든다는 의미이기도 했다. 부동액은 독가스처럼 기관총 사수들을 중독시켰고, 병사들은 부동액 취급하기를 굉장히 꺼렸다. 해결책은 바로 냉각기 캔을 벙커의 석유등 옆에 두는 것이었다. 석유등은 직접 만든 것으로 위험한 기구였다. 냉각기 캔의 물을 석유등 사이의 관을 통해 물 재킷에 올려 주면 몇 번 폭발을 일으킨 뒤에 총신을 따뜻하게 해주었다.

적은 아무도 없는 앞쪽의 경사면에 계속해서 포격을 해댔다. 왜 그러는지 이해할 수 없었다. 포탄이 터져도 몸을 숨기지 않을 정도까지 곧 익숙해졌다. 어느 날 부대장이 그날 밤의 작전에 대해 이야기하려고 왔을 때 포격이 시작되었고, 실제 상황에 익숙하지 않았던 그는 계속 내 발치에 엎드렸다.

부대장은 그럴 때마다 흙구덩이 땅바닥에 엎드려야 했고, 벌써 세 번째로 옷에 들러붙은 먼지를 털어내면서 짜증을 냈다.

"도대체 저 자식들 무슨 장난을 치는 거냐?"

나도 그 이유를 몰랐기에 그저 저들이 몇 주 동안 저랬다고 말했다. 그때 더함의 경보병대 중대장이 우리에게 베레모를 벗고 천천히 손을 들라고 했다. 일 분 정도가 지났을까, 우리는 익숙한 호각 소리를 들었고 서로 몸을 부딪치며 땅에 납작 엎드렸다. 그때 우리 바로 앞에 포탄이 떨어졌다. 우리는 예비대에서의 생활이 이렇게 험난하다는 걸 믿을 수 없었다. 그러면 도대체 전방에서는 어떤 일들이 벌어지고 있다는 말인가?

그 일이 있고 얼마 뒤에 부대장이 나에게 우리가 정말 운이 좋았다고 연락해 왔다. 우리 소대의 3/4 정도가 있던 '비커스 마을'은 적군의 눈에는 위장 진지로 보였고, 그 덕분에 우리에게 포격을 하고 있다고 생각했지만 100야드 이상 빗나갔고, 우리 진지의 지형적 이점 덕분에 우리 중 사상자가 한 명도 나오지 않은 것이다. 이는 분명히 행운이었다. 이것이 관측 초소에서 겪은 믿기지 않는 일을 설명해 주었다. 우리만이 그곳에 있었고, 대대의 다른 소대나 심지어는 대대 본부도 없었다는 건 우연이 만들어 준 행운이었다.

우리는 예광탄을 거의 쓰지 않았다. 어느 날, 여단 보고보다 더나은 정보 공급원이었던 뉴질랜드 병사와 연락하던 중 그가 갑자기 '목표 발견, 목표 발견'이라며 덤불을 태워 없애려고 했다. 전날에는 그 덤불이 그 자리에 없었다며 말이다. 저격수들이 덤불을 맞추지 못하자 우리는 그 위장용 덤불을 태워 버리려고 예광탄을 쏘았다. 덤불은 적의 고장난 자주포로 드러났다. 이는 공습을 해도 될 정도의 목표물이었고 곧 이를 완전히 부수어 버리라는 명령이 떨어졌다. 우리는 상관에게서 암호가 떨어질 때마다 예광탄을 두 롤씩 쏘았다. 목표와 암호 단어는 사전에 비밀스럽게 정해졌는데, 나 말고는 다른 중대장들도 몰랐다.

용동 진지에는 넓은 무인지대가 있었다. 위에 언급된 것 외의 유일한 목표물은 정교하게 지어진 거점들이었다. 우리는 그 목표들을 근접한 센츄리온 탱크의 20파운드 포로 파괴했다.

하루는 후크고지에서 바지를 내린 채로 있는 중공군 병사 한 명을 발견했다. '목표물 포착, 목표물 포착'이란 말이 떨어지기 무섭게 포탄이 날아올랐고, 바지춤을 내리고 있던 중공군 밑으로 초탄이 떨어졌다. 화들짝 놀란 중공군은 바지춤을 제대로 추스르지도 못하고 곧장 언덕 위를 향해 달렸다. 제2탄은 더 위쪽에 떨어졌는데 중공군 병사와 근접해서 폭발했다. 이에 그는 뒤로 돌아서서 방금 생긴 포연과 포탄 구덩이 속에 몸을 숨겼다가 언덕을 다시 달려 내려가기 시작했다. 그가 그대로 언덕을 향해 달려 올라갔을 경우의 위치쯤에 제3탄이 떨어지며 작렬했다. 누군가 쓴웃음을 섞어 투덜거렸다.

"더럽게 똑똑한 짱깨놈!"

가장 어려웠던 일 중 하나는 야간 교대를 하는 일이었다. '반 두스(캐나다 제22연대)'가 우리가 있던 자리로 들어가면서 교대하게 되었고, 우리는 그들이 나타날 때까지 하릴없이 시간을 보내며 기다려야 했다. 대대가 먼저 가버리는 바람에 결국 결국 나는 반 두스를 찾아 나서기로 했다. 그들을 찾아 내려가다가 불이 환하게 켜진 떠들썩한 텐트를 발견했다. 반 두스의 소대장은 그곳에서 병장들과 카드게임을 하고 있었다. 그는 나를 보고 "아뿔싸!" 하고 소리치며 시계를 보았다.

하루는 재미있는 사건이 일어났다. 밥 스프링과 내가 후크고지 왼쪽의 터키군과 연락을 해야 했을 때였다. 우리는 지프를 타고 계속 이동했지만 어디에서도 그들을 찾을 수 없었다. "이만큼 왔으면 여기는 분명 무인지대일 거야"라고 내 동행자가 불안해 하며 말했다. 그때 T34라는 숫자가 선명한 탱크 한 대가 시야에 들어왔다. "거봐, 저건 빌어먹을 T34 소련제 탱크야. 우리는 너무 멀리

왔다고 했잖아"라고 스프링이 말했다. 그러나 너무나도 다행히 그건 전차 번호가 T34인 미군 탱크였고, 잠시 후 우리는 터키군 참호를 찾을 수 있었다.

내가 정말 자랑스럽게 생각하는 것은 바로 우리 소대 대부분의 병사들이 징집병이라는 사실이었다. 대부분은 어린 병사들이었으나 그들은 선임병들과 함께 일하며 조금도 방해가 되는 일 없이 믿음직하고 성숙한 모습을 보여 주었다. 내가 스코틀랜드 출신이기 때문에 할 수 있는 말인데, 요크셔 내기들보다 더 나은 방어군은 없다고 생각한다. 한국에서 그들을 밀어낼 것들은 아무것도 없었다. 그들은 그들이 선 자리에서 결코 움직이지 않았다.

노병 수기 12

		이름	존 스택풀
참전 당시 계급	중위, 소대장	소속	듀크 오브 웰링턴 연대

전투와 부상

내가 지휘한 척후 공격 소대에는 요크셔의 광산 지역에서 온 병력이 많았다. 그 점에서 나는 운이 좋았다. 그들이 갱목 세우는 일을 해봤기 때문이다. 지루한 전쟁에 참여한 우리가 일상적으로 해야 했던 일은 방어 진지를 개선하는 일이었다. 응급 처치, 배수 시설과 배관 공사, 벙커를 만들고 굴 뚫기 같은 일들이었다. 포격이 심할 때는 작업을 잠깐씩 쉬었다. 포격 후에는 철판 슬레이트나 모래주머니들로 진지를 보강하는 일에 힘써야 했기 때문이다.

연대장은 후크의 중대로 직접 통하는 통로 주변에 겹겹의 철조망이 쳐져 있어야 한다고 판단했다. 우리 쪽 공병들과 협의한 결과, 우리 벙커들로부터 30야드 전방부터 전체적으로 가시철조망으로 뒤덮어 버리기로 했다. 철조망 울타리는 후크고지 둘레의 세 배정도 길이로 쳐졌다. 정찰로와 겹치는 부분 외에는 뚫린 부분 없이 이어졌다. 울타리는 철항과 철조망으로, 밤마다 어둠이 깔리고 나면 안쪽의 전투 참호들로부터 조금씩 그 두께를 더해 갈 수 있었다. 나중에는 정말 가시철조망의 숲이 진지까지 이어졌다. 가시철조망 더미를 위쪽으로도 쌓아 눈높이의 장애물을 만들었다. 우리는 후크고지 대부분이 강철 덤불이 무성한 숲처럼 보일 때까지 안쪽에 철조망을 설치하기로 했다.

낮이나 밤이나 달빛만 있으면 중공군 감시 초소의 병사들이나 저격수들이 우리를 저격하려 했기 때문에 철조망을 치는 것은 쉽지 않았다. 조용한 밤에 참호 바깥쪽에서 일하는 것도 어려웠다. 중공군과의 거리가 너무 가까워서 우리가 철항을 박는 소리가 그들에게 들릴 정도였다. 그들은 소리 나는 쪽으로 대략적인 방향을 맞추어 작업 중인 병사들에게 포격을 했다. 주로 박격포를 사용했고 가끔은 기관총을 쏘기도 했다. 위치가 노출될 위험이 있었기 때문에 지상에서 불빛을 사용하는 것은 꿈도 꿀 수 없는 일이었다. 우리는 어둡고 바람이 세게 부는 밤에도 그저 감각에 의지하여 길을 찾아야 했고, 고요한 밤에는 목숨을 걸고 길을 나서야 했다. 철항 박는 문제는 기술자들이 만들어 준 기계를 사용해서 거의 해결되었다. 그 장치는 철항의 머리를 땅으로 쉽게 밀어 넣을 램으로 쓰이는 무거운 금속 슬리브였다. 철항이 완전히 땅에 박힐 때까지는 소음이 많이 발생했기 때문에 소음을 없애려면 슬리브를 모래 주머니로 싸야 했다.

매일 밤 하던 철조망 설치 작업은 신중하게 진행되었다. 작업을 하는 병력은 임무를 정확하게 지시받았고, 아직 어두워지지 않은 저녁 때 작업할 땅을 살펴볼 시간도 주어졌다. 보급대대에서는 낮동안 안전한 통로로 정확한 양의 야전 장비를 가져다주었다. 우리는, 지원 공병들이 착수한 건설 작업들과 보수와 정찰 임무를 병행했다. 우리는 주로 낮 시간에 잠을 잤다. 그 덕분에 밤에 항상 쌩쌩하게 일할 수 있도록 했다. 우리에게 밤은 활동이 가장 활발한 시간이었다.

철조망 설치 작업은 순조롭게 진행되었다. 하지만 이는 말로 형용할 수 없을 만큼 힘든 일이었다. 가시철조망은 정말 무거웠다. 그런데 그 가시철조망을 끝이 어디일까 싶은 만큼 많은 양을 다뤄야 했다. 당시까지 몇 년간 포탄이 떨어졌던 산등성이 위로 가시철조망을 설치하는 일은, 지형을 잘 모르고 몹시 지친 병사들에게는 온통 함정이 깔린 땅을 헤쳐 나가는 것이나 다름없었다. 우리는 발을 헛디뎌 휘청거리기도 하고 가시철조망이 우리를 덮쳐 몇 피트 아래 있는 참호에 빠질 뻔하기도 했다.

또 이 작업은 온갖 빛 때문에 방해를 받았다. 적군이 갑자기 조명탄과 탐조등을 켜 어둠을 밝힐 때마다 땅 위에서 움직이는 우리 모습이 완전히 노출되었다. 마치 죽음의 놀이를 하는 것 같았다. 빛에 모습이 드러난 우리는 가시철조망 덤불 한가운데서 아무것도 하지 못하고 말뚝인 척 가만히 있는 수밖에 없었다.

보급 부대가 있는 창고에서부터 밤에 철조망 설치 작업을 하는 곳까지 그 통행로에 흰 테이프를 놓고 6인치 못을 박아 넣었다. 철조망을 치는 일과 더불어 물자를 나르는 일도 우리의 임무였기 때문이다. 이 두 가지 일은 끊임없이 계속되었다. 어떨 때는 간헐적인 교란 사격을 받으면서도 진행되었다. 철조망이 깔린 땅은 아침마다 점점 넓어졌다. 적들도 알아볼 수 있을 정도로 점점 빽빽해지고 규모가 커지기 시작했다. 교란 사격도 점점 그 빈도가 잦아지고 방향이 정확해지기 시작했다. 15분마다 네 번에서 여덟 번씩 박격포탄이 떨어져도 그러려니 할 정도가 되었다. 교란 사격이 시작될 시간 1분 정도 전에 우리는 참호 안이나 포탄 웅덩이 같은 엄폐 장소를 찾았다. 그리고 예정된 사격이 끝날 때쯤 우리는 녹초가 되어 다시 철조망 설치 작업을 진행했다.

울타리 치는 일을 시작하고 나서 겪었던 최악의 공포 중 하나는 적을 속이는 위장 정찰이었다. 작업 후 휴식을 취하고 있는 한두 명 외에는 엄호부대가 없었기 때문이다. 그래서 중공군이 가까이 와서 우리의 작업하는 모습을 보는 것이 어렵지 않았을 것이다. 그럴수록 우리의 울타리는 점점 두터워졌다. 우리가 둘러친 철조망은 점점 난공불락이 되어 모든 것을 가려주었다.

우리 참호 주변에 철조망을 다 칠 때까지 지평선 너머에선 포격이 이어졌다. 다행히 그때까지 정찰대는 안전했다. 내가 진짜 두려워하던 일은 1953년 5월 28일 밤에 일어났다. 거의 보름에 가까워지던 날, 아직 어둠이 완전히 깔리지 않은 저녁이었다. 그날도 우리는 철조망 작업을 계속하려고 나갔다. 그런데 우리 가까이에 박격포탄이 떨어졌고 결국 일찍 돌아와야 했다. 그러나 그날 작업량의 반이 여전히 남아 있었기 때문에 신중하게 결정해야 했다. 그다음날 나는 대령에게 전화를 걸어 이런 정황에 대해 설명하고 날씨나 상황이 이런 식으로 이어지면 야간 작업을 취소할 권한을 달라고 했다. 대령은 이를 거절했다. 그는 철조망을 치는 작업은 진지 방어에 너무나도 중요한 일이기 때문에 사상자가 몇 명 나오더라도 감수하고 일을 진행할 생각이라고 했다.

두 개의 박격포탄이 우리 위쪽에서 떨어지는 소리가 났다. 내 몸뚱이는 바닥으로 내동댕이쳐지고, 입에서는 피가 났다. 내 척추에는 커다란 파편이 날아와 꽂혔다. 그런데도 연락장교는 부상이 '경미하다'라고 보고했다. 나는 이때의 사상자 후송 과정을 똑똑히 기억한다.

우리가 쳤던 철조망 울타리는 전투에서 중요한 역할을 했다. 총공격 전에 날아온 대포 세례가 뾰족하게 꼬인 철조망을 부수었다고 했다. 여러 개가 부분적으로 파괴된 참호들 안으로 날아들면서 말이다. 이 때문에 전투 벙커들과 터널들이 봉쇄되었고 연락망이 막혔다. 우리는 그 참호들을 사용할 필요도 없이 그냥 그 자리에서 가만히 있기도 했다. 중공군은 우리의 참호를 사용하고 싶어했지만 돌무더기와 철조망으로 막혀 있어 그러지 못했다.

노병 수기 13

		이름	토미 노웰
참전 당시 계급	병장	소속	듀크 오브 웰링턴 연대

수색 정찰

토미 노웰Tommy Nowell

1952년 12월 초순 우리 대대는 용동 지역 동북쪽의 내천 지역에서 2마일 정도 떨어진 전선 구역으로 이동했다. 이때는 겨울로 접어드는 시기였다.

대대 정면 전선에는 세 개의 중대가 나가 있었다. 그 중 하나는 예비대였다. 그 중대들은 언덕과 계곡들이 있는 반경 3마일 정도의 구역을 담당했다. 우리는 우리와 중공군 사이의 구역에 정찰 나갈 정찰대를 꾸려야 했다. 우리는 우리 진지 바로 앞쪽에 눈과 귀 역할을 해줄 서너 명의 병력으로 청음 초소와 관측 초소를 만들었다. 정찰대원들은 더 전방으로 나아가 정보를 모아 왔고, 전투정찰조는 나아가 사격을 하며 공격을 하거나 포로를 잡아오는 역할을 맡았다. 우리는 무인지대가 잘 지켜지고 있다고 생각했다.

그때 중공군은 우리가 새 진지에 왔다는 것을 알고 있었던 것 같다. 그들은 자신들이 알고 있다는 사실을 우리에게 알리고 싶어했다. 우리 대대의 책상물림 분석가 몇 명은 중공군이 숙련된 정찰과 관찰을 할 지능이 부족한 소작농들이라고 일축해 버렸다. 그러나 곧 줄행랑을 쳐야 했던 사건들이 일어나면서 책상물림들의 말이 틀렸음이 증명되었다.

예를 들면, 중공군은 우리가 있는 전선까지 여러 가지 경로로 팸플릿들, 심지어는 현수막까지 가져온 것이다. 그렇게 가져온 현수막 중 하나는 거의 가로 8피트, 세로 10피트 정도였고 언 땅에 박힌 막대기에 걸린 채로 우리를 감탄과 함께 경악으로 몰아넣었다. 그 현수막에는 미국 정부가 영국 병사들의 목숨을 희생시켜 번 돈을 그의 가방에 채워 넣는 그림이 아주 선명하게 그려져 있었다.

사람들은 우리가 정찰을 돌고 불침번을 서는 와중에 중공군이 어떻게 그 현수막을 가져다 둘 수 있었는지 궁금해 했다. 많은 저격수 무리를 이끌었던 병장 저격수였고 활발하게 감시와 대응 사격에 참여했던 나의 개인적 의견으로는 우리가 중공군을 과소평가했던 것 같다. 우리는 그들이 다음에는 어떤 일을 벌일지에 대해 좀 더 신중하게 예상해야 했다.

늦은 오후에 도착한 나는 중대 참호로 내려가 이안 오르 소위와 만났다. 배리 캐바나 중대장과 최종 회의와 마지막 브리핑을 하고 나서 우리는 철조망과 지뢰 지대 사이로 안내받았다. 그곳에서 우리는 정찰 임무를 받았고 행운을 빈다는 말을 들었다. 우리는 지뢰밭과 첫 번째 방어막으로 설치해 둔 철조망, 방어를 위해 세워둔 구조물들을 이리저리 피해 가며 언덕을 내려왔다.

언덕 아래에는 몇몇 정찰병이 청음을 하기 위해 사용하던 개울이 있었다. 개울은 얼어 있었고 금방이라도 무너질 것 같은 다리가 걸려 있었다. 밤은 깜깜했고 달은 아직 구름 사이로 나오지 않았을 때였다. 우리는 적이 점령한 구역 안쪽으로 이동해야 했기 때문에 완전히 어두워지기를 기다렸다. 눈은 여전히 펄펄 내리고 있었고, 구름 사이로 간간히 비치는 으스스한 달빛은 얼음에 반사되었다. 그 빛이 완전한 어둠을 가르고 주위를 밝혔다.

그때 우리는 아주 시끄러운 소리를 내고 있었다. 발 아래의 얼음이 '쩡쩡' 하며 날카로운 소리를 냈고, 우리가 발걸음을 뗄 때마다 바닥의 나뭇잎들이 소리를 냈다. 우리는 조심스럽게 표지물과 경계선이 있는 길을 따라 앞으로 나아갔다. 종종 멈추어서서 주위 소리에 귀를 기울이기도 했다. 그리고 아주 천천히, 신경을 곤두세우며 전진했다. 모든 감각이 항상 날카롭게 곤두세워져 주위에서 조금이라도 이상한 소리가 나면 그걸 잡아내야 했다. 주위에 우리 외의 다른 사람들이 있거나, 적이 근처에 있다는 의미일 수도 있었기 때문이다. 우리는 총 쏘는 소리를 들을 때마다 그 소리가 사라질 때까지 그 위치에 숨을 죽이고 가만히 있었다. 밤은 더 어두워졌고 그 계곡을 건너는 시간은 영원처럼 느껴졌다. 그 긴 시간 동안 우리는 숨소리마저 죽이고 손으로 사인을 보내며 적의 눈에 띄지 않기 위해 동료의 팔을 잡아야 했다.

우리가 설치해 놓은 구조물 몇 개에 도달하고 나서 우리는 잠시 휴식을 취했다. 우리는 마치 발가벗겨진 것 같은 기분이 들었다. 다시 돌아갈 수도 없는 지점에 이른 상황, 우리는 지나온 발자국을 따라 돌아가는 것보다 앞으로 나아가는 것이 더 안전하다는 결론을 내렸다.

그때 갑자기 '찰칵' 하는 소리가 여러 번 나더니 '쾅' 하며 폭발이 일어났다. 하늘을 밝히는 조명탄과 예광탄에 줄지어 가는 우리의 모습이 드러났다.

"대체 무슨 일이 일어나는 거야!"

우리가 최적의 상황에서 일을 진행하기 위해서는 그 밤이 최대한 조용하게 지나가야만 했다. 상황은 곧 조용해졌고 우리는 반대쪽 언덕 아래의 참호 포좌로 가는 길을 지나갈 수 있었다. 그때 무슨 일이 일어났는지 나중에야 들을 수 있었는데, 야간 정찰대 중 하나가 작전을 수행하는 동시에 우리가 적들의 지역으로 들어갈 수 있도록 적의 시선을 돌리려고 소란을 피웠던 것이라고 했다.

우리는 잠깐 뒤를 살피고 우리의 위치와 표지물들을 확인하기 위해 멈춰 있었다. 반대쪽의 언덕은 우리 눈에 친숙한 지역이 되어 있었고 기온은 영하로 떨어졌다. 겉옷은 얼어 점점 딱딱해지기 시작했고, 물건을 찾으려고 주머니에 손을 넣는 일은 거의 묘기 수준으로 어렵게 되었다.

우리는 둘 다 주머니와 다른 부분들까지 이어지는 방한복을 입고 있었다. 그래서 못 견디게 고통스럽지는 않았다. 또 음식 지원이 없어도 버틸 수 있도록 먹을 것도 가지고 있었다. 우리는 가벼운 몸으로 이동하고 있었다. 수류탄 몇 개와 스텐 기관단총이 우리 화기의 전부였다. 무전기 커버도 없었고, 그곳에 있는 동안은 무전을 주고받을 수도 없어 그저 기록을 하거나 머릿속으로 그곳의 배치나 방어 시설의 모습을 찬찬히 기억해야 했다.

우리는 우리가 세운 구조물 아래 도착했다. 언덕 뒤쪽으로 올라가기 위해 적군 지역의 조금 더 안쪽으로 돌아 들어가기로 했다. 작업장으로 보이는 터널을 뒤쪽에서부터 접근한다면 들키지 않을 터였다. 우리는 산등성이를 따라 걸었고, 커다란 통나무와 터널 공사를 위해 잘라 둔 나무들을 볼 수 있었다. 그 나무들을 보고 우리가 터널로 가는 길을 맞게 찾아가고 있다는 것을 알았다. 터널 출구가 있을 거라고 예상하는 곳에 가까워지고 있다고 말이다.

우리는 흩어져서 남은 날 동안 몸을 숨기며 보낼 곳을 따로 만들었다. 그게 얼마나 걸릴지는 아무도 모르는 일이었다. 이안 오르는 그 지점에 머물기로 했고, 나는 터널 입구가 있다고 생각되는 앞쪽으로 조금 더 나아가 보기로 했다. 잭나이프를 꺼내 근처에 자라고 있는 작은 전나무들을 잘라 적의 시야로부터 나를 가릴 수 있는 위장용 덮개 같은 것을 만들었다. 이는 말만큼 쉬운 일은 아니었다. 중공군 병사들이 어디에 있을지, 그리고 얼마나 강력할지 몰랐기 때문에 특히 더 어려웠다. 힘든 시간이 조금 지나고 나자 우리가 만든 엄폐물이 아주 훌륭하다는 생각이 들었다. 나는 이안 오르가 20야드 뒤에서 내는 소리를 들을 수 있었다. '세상에, 너무 크게 소리를 내잖아!' 라는 생각이 들었다.

그런데 나중에 알고 보니 이안 오르가 낸 소리 중 일부는 중공군 일꾼 두 명이 저녁을 준비하면서 낸 소리였다. 그들은 밤에 올 정찰대원들이 먹을 저녁을 준비하고 있었다.

할 수 있는 한 모든 준비를 끝내고 그곳에 자리 잡고 가능한 한 편하게 지낼 수 있도록 하는 게 관건이었다. 몸을 따뜻하게 하는 수프 한 컵이 있다면 정말 좋겠다는 생각이 들었다. 그래서 캔을 땄는데 너무나 큰 소리가 났다. 마치 탄환이 날아가는 것 같은 소리였다. 캔이 따뜻해지기 시작하면서 지글지글하는 소리가 났다. 점점 뜨거워지면서는 휘파람 소리를 내기 직전의 주전자 같은 소리가 났다. 그러나 나는 점점 커지는 소리를 멈출 수 없었다. 오로지 뜨겁고 김이 나는 스튜를 배부르게 먹겠다는 일념뿐이었다. 밤의 고요함 때문에 그 소리가 낮보다 더욱 크게 들렸다.

새벽 어스름이 언덕 위로 보이며 아침이 밝아 오고 있을 때, 내 아래쪽에 어떤 움직임이 포착되었다. 나는 그게 '큰 놈'과 '작은 먼지투성이(이전에 발견되었던 중공군 두 명에게 붙여준 별명)'가 땅을 파는 하루 일과를 시작하기 위한 움직임이라고 추정했다. 그런데 실제로는 야간 정찰대가 좁은 퇴각로를 가로질러서 그들의 숙소로 돌아가는 것이었다. 식사를 하고 휴식을 취한 후 다음 정찰을 나가기 위해 준비를 하러 왔던 것 같다. 우리가 계곡 반대편에서 한 일을 중공군들이 똑같이 하고 있다고 생각하니 기분이 이상했다.

마침내 아침이 밝아 왔을 때 나는 터널 입구 가장자리에 와 있었다. 그곳에서 나는 관람석에 앉은 것처럼 그들이 무엇을 하고 있는지를 볼 수 있었다. 사실 나는 내가 너무 불안하고 초조해 한다고 생각했다. 그러나 그때 내가 할 수 있는 일은 아무것도 없었다. 그저 소리를 내지 않고 아주 조용히 지내는 게 관건이었을 뿐이다. 내가 시리도록 추운 날씨에 그런 빌어먹을 상황에 놓여 있었던 것이다. 당시 내 입장은 불안정하고 위태로웠다.

내가 원래 있던 위치에서 일어나 자리를 옮길 때마다 나는 그 움직임으로 내 정체가 발각되었을 것만 같은 느낌을 받았다. 그러나 사실 중공군은 내가 낸 작은 소리들에 관심을 둘 여유가 없었다. 오로지 자신들이 하는 일에 몰두해 있었을 뿐이다. 아마 내 생각이 맞다면 '작은 먼지투성이'가 부르는 노랫소리가 내가 냈을 소리를 모두 덮어 버렸기 때문일 것이다. 그는 정말 노래를 못 했다. 다른 한 명인 '큰 놈'은 계속 끙끙거리는 소리를 내거나 침을 뱉는 것으로 그 노래에 화답했다. 그게 공감이었는지 혐오감의 표현이었는지는 잘 모르겠다. 어쨌든 작은 먼지투성이가 일할 준비를 하는 동안은 그의 노래는 누구에게도 해가 되지 않았다. 그를 꾸짖고 닦달하는 상관이 주위에 없었다는 게 그나마 다행이었다.

　나는 그 장면들을 불안한 마음으로 지켜보았다. 나는 그곳에 있었고 내 동료 이안 오르는 조금 더 뒤쪽에 있었다. 기온은 계속 영하의 상태였고, 내 다리가 말을 안 듣기 시작했다. 나는 마사지를 해서라도 다리를 움직여 보려고 했지만 위험할 만큼 시끄러운 소리가 났기 때문에 혈액 순환을 위한 다른 방법을 고안해야 했다.

　그때 작은 먼지투성이가 터널 입구에서부터 내 쪽으로 걸어왔다. 통나무나 무언가 다른 것이 필요한가 생각했는데 알고 보니 그는 그저 오줌을 싸고 싶었던 거였다. 나는 내가 만든 은신처 위에다가 중공군 노무자가 오줌을 누는 수모를 겪어야 했다. 그는 내게 오줌을 튀기고는 이게 다 뭔가 하고 궁금해 했지만, 그 은신처 안에 숨은 나를 발견하지는 못했다. 지금 생각해 보면 그때 발각되지 않고 중공군이 은신처에 오줌만 누고 지나간 것이 큰 다행이었다. 그런데 그 중공군과 다른 여러 명이 내가 만든 은신처를 변소로 사용하기 시작했다. 낮 시간이나 늦은 저녁 시간에 정보요원의 정찰 후 보고를 받기 위해 온 부대장이나 준장에게 그동안 있었던 일을 이야기했는데 이 일 때문에 너무 창피했다. 아니나 다를까, 이 이야기는 장병들 사이에 퍼져 나갔다. 누가 이 이야기를 유출했을

까? 전혀 알 길이 없다.

적의 언덕에 있던 이 모든 시간 동안 우리는 적의 터널과 통나무 크기 등 많은 것을 계속해서 기록했다. 그때는 적이 할 일을 거의 다 끝내서 머지않아 그 터널의 포좌를 본격적으로 사용할 것처럼 보였다.

이안 오르 소위와 내가 그곳에 있으니 그 위치에는 특별한 비상 상황이 아니면 발포를 하지 말라는 명령이 사격수들과 포수들에게 내려졌다. 그럼에도 발포를 했던 때가 몇 번 있었다. 그 중 한 번은 포탄이 우리가 있는 곳과 가까이 떨어져 파편이 내가 있던 곳을 움푹하게 파 버렸다. 그 파편은 길이가 거의 8인치 정도 되었는데 내 겉옷의 어깨 부분을 자른 후 바닥으로 떨어졌다. 나는 그걸 주워 왔는데 처음 집어 올렸을 때는 만질 수 없을 만큼 뜨거웠다.

그곳에 간 지 얼마 되지 않았을 때 수프 캔을 땄다가 지글지글 소리를 내서 놀랐던 일이 있었기 때문에 나는 남은 수프 캔을 따기가 꺼려졌다. 마실 것이나 먹을 것이 간절해졌다. 내 안쪽 주머니에 사탕이 몇 개 있었지만 그것도 조용히 먹어야 했다. 저녁이 점점 다가오고 있었고 이는 우리 구역까지 돌아갈 수 있다는 걸 뜻했다. 바로 그 지역에서 정찰을 하고 있을 중공군에게서 벗어나기만 한다면 말이다.

해는 졌고 기온은 떨어졌는데 상황은 나아지지 않았다. 이렇게 그곳을 탈출해 무인지대까지 갈 것인지가 문제였다. 설상가상으로 적군의 야간 근무자들이 다시 자리로 돌아왔다. 그들은 이전에 그랬던 것처럼 수다를 떨고 있었다. 그들은 무리를 지어서 터널 입구, 내가 있는 쪽에 자리를 잡았다. 어떻게 나갈 것인가가 문제였다. 나가는 도중에 중공군 몇 명과 거기에서 일하는 일꾼들과 싸워야 할지도 모른다. 그때쯤 기지에 주둔하고 있을 다른 정찰대들이 경보를 듣고 모여들 수도 있다. 우리는 앞으로를 위해 필요한 모든 정보를 알아서 전투를 벌이지 말고 돌아오라고 지시를 받았다. 우리가 터널 가까이에 있는 그 보초들을 뚫고 간다면 우리가 낸 소리를 듣고 적은 다른 병사들에게 위험을 알릴 것이다. 그런 일이 일어나서는 안 된다. 어떻게든 우리가 온 것을 중공군들에게 알리지 않고 돌아가야 했다. 그래야만 다음에 더 성공적이고 수월하게 정찰을 나올 수 있을 것이었다.

터널 안의 내가 있던 쪽에 있던 중공군 정찰대원들은 자기들끼리 떠드느라 정신이 없었다. 그들은 가끔씩 꽥꽥거리며 시끄럽게 웃어댔는데 그 잠깐 동안이 내가 뒤쪽으로 비집고 나갈 수 있는 때였다. 가끔은 조용해지기도 했는데, 그럴 때 나는 자리에 멈춰 있다가 도망을 갈 수 있을 만큼 그들이 좀 더 활발하게 움직일 때까지 기다려야 했다. 종일 같은 자리에만 박혀 있었던 탓에 다리를 스트레칭하거나 이완을 시켜 줘야 했다. 하지만 그럴 수 없는 상황이었고 그 때문에 다시 움직이려면 큰 곤혹을 치렀다. 영원 같은 시간이 또 흐르고, 나는 겨우겨우 내 딱딱한 팔다리를 움직일 수 있을 만큼 먼 곳까지 빠져나올 수 있었다. 정찰대장을 만나는 자리에 가서야 나는 등과 다리를 쭉 펼 수 있었다.

나는 정찰대장에게 무슨 일이 벌어지고 있었는지, 적들이 어디에 위치해 있었는지에 대해 설명했다. 그 후 우리는 전선으로 돌아가는 최적의 경로에 대해 논의했다. 우리가 돌아올 때 이용할 경로는 적의 정찰대원들과 부딪힐 위험이 큰 곳이었다. 그들이 우리의 길을 막고 있다는 것을 알았기 때문에 우리는 중공군 정찰대를 피해 적의 점령지에서 더 멀리 돌아서 오기로 했다.

이때 내 겉옷은 완전히 얼어 있었고, 발에 다시 피가 통할 때까지는 꽤나 시간이 걸렸다. 다리에 감각이 돌아올 때까지 조금 기다렸다가 우리는 논의했던 대체 경로로 돌아가기 위해 출발했다. 나는 인생에서 그런 추위를 느껴 본 적이 없었다. 추위를 잊기 위해 다른 무언가를 하는 상상을 해야 했다. 『아라비아의 로렌스』의 대사인 '그것이 아프게 한다는 것을 알되, 아프게 한다는 사실을 개의치 말아라' 라는 구절이 문득 떠올랐다. 그 작업을 할 때 가장 중요한 일은 출발 전에 여벌의 신발과 겉옷을 준비하는 일이었던 것 같다. 미리 따뜻하게 해놓은 방한복으로 몸을 감싸는 것은 심장의 피가 계속해서 온몸으로 흐르게 하는 데에 큰 역할을 했다.

우리는 복귀하기 위해 길을 떠났고 적의 구역 가장자리로 돌아 뒤쪽으로 이동하기 시작했다. 어디에 발을 디딜지, 어떻게 움직일지 신중하게 결정한 덕분에 우리는 적의 정찰대를 지나쳐 언덕 아래 무인지대로 이동할 수 있었다. 그러나 건너야 할 계곡이 하나 더 남아 있었고, 양쪽 정찰대가 어디에 있는지 전혀 알 수 없었다. 다시 주위에 귀를 기울이면서 상황을 파악할 수밖에 없었다. 게다가 암호가 거의 매일 바뀌었기 때문에 암호도 바뀌어 있을 터였다. 외곽에서 이동할 때는 간단해 보였던 복귀 계획이 돌아올 때는 아주 복잡했다. 우리는 계곡 하단부 안쪽으로, 밤의 어둠 속으로 발걸음을 옮기지 못하고 비틀거렸다. 복귀하는 길의 밤하늘은 더욱 어두웠다.

우리가 외곽에서 복귀할 준비를 하면서 대략 짜 놓았던 윤곽선의 기준점들은 불분명하고 애매해졌다. 우리는 적들 때문에 그 계곡을 건너는 동안 몇 번이나 주변 지형물에 몸을 숨겨야 했다. 가끔은 계곡에 나와 있는 우리 쪽 정찰대를 의심하고 숨기도 했다. 그쪽 지역에서 작업 중인 정찰대원들 때문에 우리는 이리저리 그들을 피해 가며 어정쩡하게 움직여야만 했다. 그래서 우리의 복귀 경로가 더 구불구불하고 길고 복잡해졌다. 나는 어둠 속 제방에서 미끄러져 심하게 다치는 바람에 비틀거리며 걸어야 했다. 우리가 가진 자원이라고는 힘과 인내심밖에 없었다. 하지만 몸의 상태가 나빠지자 정신을 차리기가 힘들었다. 내 동행자는 나와 비슷한 구간에 있었으나 나만큼 지쳐 있지는 않았다.

그때 하늘에서 조명탄이 터졌고 우리는 그 빛에 의존하여 복귀 경로를 다시 짤 수 있었다. 우리는 시내와 곧 부서질 것 같은 나무

다리를 건너 최대한 조심해서 나아갔다. 그러다가 우리 쪽 정찰대원 하나와 맞닥뜨리게 되었다. 그런데 바뀐 암호를 몰랐기 때문에 누군가가 나타나서 우리가 이른 아침쯤에 복귀하기로 되어 있던 정찰대원일 거라고 말하기 전까지 당혹스러운 상태로 있어야 했다. 그러나 우리 쪽 대원과 마주치게 되어 그나마 운이 좋았고 모든 일이 잘 끝났다.

우리는 지뢰밭과 철조망을 지나서 중대 본부까지 안내를 받았다. 본부에는 우리를 위한 식사가 준비되어 있었다. 나는 그 식사를 맛있게 먹었다. 그러나 입이 얼어 버려 입을 여닫는 것조차 쉽지 않았다. 겉옷은 춥고 습한 날씨 때문에 여전히 딱딱하게 얼어 있었지만, 소고기 스튜를 먹는 동안 겉옷이 녹으면서 나는 주머니에서 사탕들을 꺼내 중대장에게 주었다.

우리는 중대장에게 우리가 알아낸 정보를 전부 전달했다. 이것은 전선에서 도움이 될 만한 정보였다. 이를 바탕으로 만들어진 실제적인 그림이 첫 지휘관 작전회의 동안에 나오게 될 것이었다.

환영의 식사를 하고 나서 나는 차량에 올라 대대 본부로 돌아갈 수 있었다. 그곳은 정보 요원 토니 G 병장과 함께 쓰는 곳이었다. 토니 G는 내가 얼어서 딱딱해진 옷을 벗는 것을 도와주고 따뜻한 담요로 내 몸을 감싸며 침대로 데려다 주었다.

그 이후에 무슨 일들이 있었는지는 기억이 잘 나지 않는다. 눕자마자 바로 곯아떨어졌을 것이다. 부대장과 준장이 보고를 듣기 위해 기다리고 있다며 토니 G가 나를 흔들어 깨운 뒤에야 겨우 잠을 깰 수 있었다. 나는 열심히 보고했다. 중공군 일꾼들이 가까이에 있었고 극심한 추위 때문에 내 메모에는 요점들만 적혀 있었다. 다른 모든 것은 머릿속으로 기억하고 있었기 때문에 빨리 브리핑하는 게 정말 중요했다. 대체적으로 성공적인 정찰이었고, 첫 시도이면서도 두 명의 숙련된 관찰자들만을 보내기로 한 결정도 최고의 결정이었다는 평가를 받았다.

노병 수기 14

	이름	고든 슬래이터
	소속	킹스 리버풀 연대 3.2인치 박격포소대

전투와 훈장

고든 슬래이터Gordon Slater

나는 1952년 9월 19일 HMT 데본셔 호를 타고 부산항에 내렸다. 이날은 내 열아홉 번째 생일이었고 이보다 더 좋은 선물을 아직 받아 본 적이 없다. 부산항에서 북쪽으로 긴 이동을 마치고 나서 우리는 노포크 연대의 제1대대와 교대

했다.

나는 3.2인치 박격포 소대의 일원이었고 우리는 전선으로 들어가 캐나다군이 있던 진지에 자리 잡았다. 3.2인치 박격포 소대는

예비대와 함께 있었는데, 가끔씩 전방의 중대 구역으로 나갔다. 이동은 주로 늦은 밤에 이루어졌는데, 우리는 지프와 트레일러 뒤에 박격포와 탄약들을 싣고 나갔다.

목적지에 도착하면 우리는 자리를 잡고 중공군 기지 배후에서 포격을 시작했다. 포격이 끝나고 나면 재빨리 자리를 떴다. 종종 밤이 늦도록 박격포를 쏘았고, 아군이 쏜 야포탄들이 머리 위로 날아가는 것도 볼 수 있었다.

한국인 노무자들이 우리를 위해 일해 준 것도 큰 도움이 되었다. 매우 힘이 세고 열심히 일하는 그들은 지게로 우리의 탄약을 모두 옮겨 주었다. 종종 중공군이 포격하는 몹시 어려운 상황 속에서도 일을 해주었다. 한 번은 내가 그들과 함께 진지에서 앞쪽 중대까지 나 있는 길을 건너면서 몸을 숨겨야 할 때가 있었다. 이 길은 내천 지역에서 고트 트랙(후진 골프 트랙)이라고 알려진 곳이었고 그 주변에는 적군이 내려다볼 수 있는 '염소의 길'이라고 부르던 위장 도로가 있었다. 그곳에서는 아주 미미하게라도 움직이면 즉시 소나기처럼 포탄이 날아왔다.

그때 전우 한 명과 함께 소총 중대에 소속되어 있던 전방 관찰자들에게 식량을 배달해 주고 진지로 돌아왔던 기억이 있다. 엄청난 포격을 뚫고 와야 했는데 땅이 얼어 있어서 우리는 급히 미끄러지면서 안전한 곳으로 이동했다.

한국은 언덕이 많은 나라였기 때문에 탱크가 이동하기에 좋은 환경은 아니었다. 그러나 대부분의 중대 진지 꼭대기는 한 개씩 무덤 모양의 둔덕이 있어서 전방의 아군 중대 너머 중공군에게 포격할 때 화력을 더해 주었다. 중공군 전선에서 저공비행 중이던 미군 정찰기는 무인지대에서 발생하는 움직임을 빈틈없이 감시했다. 미군 전폭기들에서 투하하는 소이탄과 고성능 폭약이 중공군 진지를 공습하는 장면들이 수시로 목격되고는 했다. 공습이 시작되면 적들은 언덕 뒤쪽에 파놓은 땅굴들로 도망가 버렸다.

전쟁의 후반쯤에 가서는 겨울의 혹독한 추위에 대비해 피복이 엄청나게 많이 보충되었다. 대피호들 안에 난방 기구들도 임시로 마련되었다. 이 난방 기구들은 잘 관리해야 했다. 제대로 관리하지 않으면 매우 위험한 장치로 변할 수도 있었기 때문이다.

1953년 초, 영연방 부대는 전선에서 후크고지 근처의 임진강 남

주둔지와 주변 도로는 위장막으로 가렸다.

쪽 지역으로 이동했다. 그쪽에는 용동이라는 곳에 킹스 연대가 주둔하고 있었다. 이곳에 있는 동안 나는 도쿄로 휴가를 가게 되었다. 휴가를 갔다가 진지로 복귀하던 중 나는 지난밤의 전투에 사용되었던 3.2인치 박격포 포탄 케이스들이 버려져 있는 박격포 진지를 발견했다. 동료들이 대피호에서 휴식을 취하는 동안 나는 그 잔해들을 청소하라는 임무를 받았다.

영국에서 엘리자베스2세 여왕 폐하의 대관식이 이루어지는 동안, 전선에서 영연방 부대는 중공군에 박격포 세례를 퍼붓는 것으로 이를 축하했다. 몇 달 뒤인 1953년 7월 27일 휴전이 선언되었고, 우리 모두는 철수하면서 탄약들을 모두 제거하였다. 우리는 킹스 오운 연대와 교대하고 임진강 건너 남쪽으로 이동해서 한국을 떠날 때까지 머물렀다.

＊　　＊　　＊

오늘날 텔레비전에서 볼 수 있는 한국의 모습은 우리가 오래 전 알고 있던 그 한국과는 전혀 다르다. 내가 알던 한국에는 오늘날처럼 현대식 건물들과 잘 정비된 도로가 아닌 논밭과 먼지 날리는 좁은 신작로들이 있었다.

킹스 연대는 '후크고지'라는 전투 훈장을 받았다. 연대의 구성원 대부분이 징집병들로 잉글랜드 동남부나 맨체스터, 리버풀 출신들이었다. 우리가 한국에 도착했을 때 웰시 연대에는 한국에서의 복무 기간을 채우지 못한 병사들이 많아서 그 병력이 우리 쪽에 전입해 왔다.

부산 유엔묘지에서 추모식과 함께 한국 땅에서의 마지막 열병식을 했다. 우리는 한국 땅에 묻힌 전우들에게 너희를 남겨두고 떠나지만 잊지 않겠노라고 마지막 작별인사를 했다.

		이름	데이비드 길버트(MC)
참전 당시 계급	소위	소속	듀크 오브 웰링턴 연대

1998년 런던의 하운슬로 병영에서 듀크 오브 웰링턴 연대의 장교들에게 한 강연

데이비드 길버트 스미스 David Gilbert Smith

나는 오늘 밤 이 자리에서 연설을 하게 되어서 매우 기쁘고 영광스럽습니다. 우리 함께 이 순간을 굉장히 즐겁고 기억할 만한 순간으로 만들 수 있기를 바랍니다. 나에게는 그런 순간이 되리라고 믿어 의심치 않습니다. 오늘 밤 나는 거의 50년 가까운 시간을 돌려 스무 살 소위가 보고 겪었던 한국전쟁의 현장으로 여러분을 데려가려고 합니다.

우리는 1952년 가을, 부산항에 내렸습니다. 젊은 사자 같았던 우리 모두에게 전쟁이란 엄청난 모험이나 영광을 누릴 기회처럼 느껴졌습니다. 실질적으로 우리가 그곳에 왜 갔는지 아는 사람은 없었습니다. 그런 만큼 대대는 우리의 집이자 가족이자 자부심이자 천국이었습니다.

우리는 임진강 근처에 있는 기지에서 선발대에 합류했습니다. 영광스러운 우리 글로스터 연대는 불행하게도 중공군에게 돌파 당했습니다.[3] 우리가 전선에 들어가야 하는 날짜가 될 때까지 지휘관은 우리를 제대로 교육시킬 수 없었습니다. 시간이 없었기 때문입니다. 나는 막 입대한 신병들을 몰아넣은 그야말로 '병아리떼'나 마찬가지인 B중대 6소대를 지휘하게 되었습니다.

당시 우리는 모두 허세로 가득했습니다. 그때 갑자기 비명이라도 지르는 것처럼 열차가 '끼익' 하고 서는 소리가 났습니다. 다음순간, 우리가 있는 곳에서 오른쪽으로 50야드 정도 떨어진 논에서 엄청난 폭발이 일어났습니다. 커다란 흙덩어리와 포탄 파편들이 힘을 잃은 채 우리 주변으로 날아와 땅에 박혔습니다. 그때 나는 땅에 엎드려야 했습니다. 2분 정도 지나자 포격이 멈추었습니다. 주변이 쥐 죽은 듯 조용해진 후 우리는 옷을 털며 일어났습니다.

"이제 포탄 파편이 우리 등짝으로 날아올 때가 됐는데?"

---

3) 임진강전투. 1951년 4월 22일 시작된 연천, 적성 지구의 임진강전투는 이틀에 걸친 격전 끝에 글로스터 연대가 감악산 초입의 설마리계곡으로 후퇴, 235고지에서 중공군에게 포위된 채 최후까지 싸워 유엔군의 철수 시간을 확보함으로서 반격의 결정적 역할을 했다. 당시 235고지에서 중공군 2개 연대를 막아선 글로스터 1개 대대는 최후의 1발까지 실탄을 소진하며 혈투를 벌인 끝에 많은 전사상자가 생겼고, 530여 명의 병력이 포로가 됐다.

우리는 이런 농담을 하며 겉보기에는 아무 일 없었던 것처럼 다시 모였습니다. 그러나 속으로는 다들 엄청나게 떨고 있었습니다.

우리는 풍부한 전투 경험을 통해 강력한 전투력을 가진 오시 대대 자리에 배치되었습니다. 오시 대대원들은 스물서너 살이 대부분이었는데 우리는 열아홉, 스무 살짜리 '애송이'들이었습니다. 대령은 24시간을 꽉 채워서 알차게 보낼 수 있도록 짜였다는 일과 계획을 귀에 못이 박히도록 말했습니다. 전선에 있는 공동운명체의 한 사람으로서 전우애를 느끼게 해주고 공포와 부상, 갑작스런 죽음이 일어나는 환경 속에서 초연함을 유지할 수 있게 해줄 일과라고 말했습니다.

우리는 처음으로 나간 청음 초소 근무, 수색, 위력 정찰, 매복 등의 임무에서 각자 '첫 경험'들을 했습니다. 우리는 중공군이 가하는 포격들, 하늘 높이 날아오는 시뻘건 예광탄 세례를 견뎌야 했습니다. 사미천 계곡 건너 2천 야드 정도 떨어진 곳에서 벌어지는, 두 번째 후크고지전투도 볼 수 있었습니다. 블랙와치 제1대대가 압도적인 수의 중공군을 물리쳤습니다. 우리는 비커스 기관총으로 머리 위로 예광탄들을 길게 발사하여 블랙와치를 도왔습니다. 곧 짐을 싸서 이동해야 할 때가 되었습니다. 우리는 진지를 캐나다 대대에게 맡기고 이웃집의 사과를 훔쳐 달아나는 남학생들처럼 길을 나섰습니다. 우리는 재빠르게 방향을 바꾸어 더 치열한 전투가 벌어질 것 같은 지역으로 이동했습니다.

내천 지구 오후 5시 30분 무렵, 우리 중대의 연락병 조디 커크 패트릭이 암호와 함께 따뜻한 수프를 가져왔습니다. 그 수프는 청음 초소 근무자들을 위해 중대 본부가 보낸 것입니다. 수프를 받아 든 순간, 나는 무언가 '쿵' 하는 소리를 분명히 들었습니다. 적이 있는 반대편 언덕 뒤에서 날아오는 중공군의 포탄이 떨어지는 소리였습니다. 내가 "중공군이 일을 끝낼 때까지 가지 말고 기다려!"라고 말했지만 조디는 "아닙니다, 이까짓것!"이라고 단호하게 소리치며 말릴 새도 없이 입구를 가리고 있던 장막 밖으로 빠져나가 사라져 버렸습니다. 곧 길게 쉬익 하는 소리가 들리더니 소대 본부 주변으로 집중 포화가 쏟아지는 소리가 났습니다. 그리고 "들것 좀 가져와!" 하고 고통스럽게 외치는 소리가 났습니다. 나는 철모와 스텐 기관단총을 들고 조디 커크 패트릭을 찾으러 서둘러 나갔습니다. 그는 치명적인 부상을 입고 참호 바닥에 누워 있었습니다. 나는 "괜찮아, 조디, 사람들이 들것을 가지고 오고 있어. 오늘 밤 안에 너를 헬리콥터에 태워 야전병원으로 데리고 갈 거야. 나도 최대한 빨리 너를 보러 갈게"라고 말했습니다. 그러나 그는 "아닙니다. 저는 틀렸습니다"라고 말하고는 그날 밤 자신의 말대로 세상을 떠났습니다.

그 바로 다음날, 우리 부대의 중사는 돈다발을 가지고 막사에 들어왔습니다.

"병사들이 모두 조디의 아내를 위해 각자의 주급을 냈습니다. 이

것을 보내 주실 수 있겠습니까?"

나는 소대원들에게 고맙다고 말하고 나의 주급을 보태어 조디의 아내가 꼭 우리의 성금을 받을 수 있게 하겠다고 말했습니다.

나는 중대장 딕 인스에게 전화를 걸어 소대가 어떤 일들을 당했는지 이야기했습니다. 그리고 전날 밤 헬리콥터가 뜨지 않아 조디가 죽은 일로 소대원들이 얼마나 화가 나 있는지도 말했습니다. 그는 너무 걱정하지 말라며 내 말을 가로막았습니다.

"전쟁에서 일어나는 이런 일들에 곧 익숙해지게 될 거야."

이렇게 말하며 그는 전화를 끊었고, 나는 '개 같은 늙은이' 하고 소리쳤습니다. 그러나 그의 말이 맞고 내가 틀렸다는 것을 곧 알게 됐습니다. 전선은 감성이라는 단어와 어울리지 않는 곳이었습니다. 죽느냐, 죽이느냐만 있는 곳이 전장戰場입니다.

며칠이 지나고 중대장이 진지로 찾아와 관측 초소를 둘러보겠다며 안내하라고 했습니다. 그는 반대편 언덕에 있는 적의 참호를 가리키며 "저기서 크리스마스날 포로를 잡아오려고 한다. 오늘 밤 정찰대를 보내 저 자리에 사람이 있는지 알아보기 바란다"라고 말했습니다. 내가 고개를 끄덕이자 그는 "행운을 빈다. 내일 아침에 다시 브리핑할 때 보자"라는 말을 남기고는 가 버렸습니다.

나에게 주어진 임무가 무엇인지를 실감하고 나자 공포감이 엄습했습니다. 다시 정신을 차리고 제대로 생각할 수 있을 만큼 진정하기까지 거의 30분이 걸렸을 것입니다. 그날 저녁, 땅거미가 지고 나서 나는 '우디'를 데리고 방어용 가시철조망과 지뢰밭을 통과하여 길을 나섰습니다. 그는 제2차 세계대전에 참여했던 병사로서 우디는 그의 진짜 이름이 아니었습니다.

우리가 무인지대에 도착하자마자 반대편 적군의 고지에 있는 스피커에서 시끄러운 소리가 들려왔습니다. '좋은 저녁입니다. 듀크 오브 웰링턴 연대의 장병 여러분, 새 집에 오신 걸 환영합니다. 우리는 여러분의 정찰대가 무인지대를 건너기 시작하는 것을 보고 있습니다. 지금 돌아가지 않는다면 다시는 돌아가지 못할 것입니다. 우리 쪽에서 여러분을 잘 보살펴 드리다가 전쟁이 끝나면 안전하게 돌려보내 드리겠습니다'라는 내용의 방송이었습니다.

우디는 "저들이 우리를 봤습니다. 이제 돌아가야겠습니다"라고 말했습니다. 나는 우디에게 "그들이 우리를 본 것보다 우리가 그들을 봐온 것이 더 오래 되었다. 지금 당장 포병에 델타 폭스트롯 구역을 때리라고 요청해"라고 말했습니다.

약한 소리를 하지 않은 것은 우디보다 나 자신을 안심시키고자 한 것이었습니다. 그때 우리 쪽 25파운드 포들의 포격 소리가 들리고 적의 고지에서 쿵쿵거리는 소리가 났습니다. 이를 듣고 안심한 우리는 앞쪽으로 조심스럽게 이동했습니다.

우리가 적의 진지로부터 약 30야드 정도 남겨둔 지점까지 다가갔을 때 갈대 흔들리는 소리가 나는 가운데 적의 초소가 나타났습니다. 우리는 방아쇠에 검지를 건 채 팽팽한 긴장 상태로 있었습니다.

나는 "날 엄호해!"라고 우디에게 속삭이고 조심스럽게 앞쪽으로 이동하여 적 기지의 사각지대로 숨어들었습니다. 우디는 내 바로 뒤로 붙었고, 나는 "엄호 고맙다, 우디"라고 짧게 말했습니다. 그 순간 다시 한 번 긴장감이 몰려왔습니다. 우리는 적 초소가 없는 쪽으로 우회하여 언덕 위의 기지가 있는 곳까지 강둑을 기어 올라갔습니다. 그러고 나자 200에서 300야드 정도의 아주 가파른 길만이 남아 있었습니다. 우리는 완전히 노출되어 위쪽에서 중공군이 우리를 내려다보고 있을지 모르는 상황이었습니다. 그래서 우리는 배를 땅에 밀착한 채 포복으로 가야 했습니다. 혹시나 주변에 적이 보일까 눈을 부릅뜨고 약 두 시간 동안 이동했습니다. 참호 입구에 다다라 안쪽을 살짝 들여다보았는데, 아무도 없었습니다. 참호는 설비가 잘 갖추어져 있었고 내 위치에서 오른쪽으로 12야드 정도 떨어진 대피호 입구에는 장막이 쳐져 있었습니다.

1952년 크리스마스 날, 병장 앤드류 맥켄지는 우수한 인원들로 포로 생포 정찰조를 구성하여 나섰습니다. 그는 무방비 상태였던 중공군 통신병 한 명을 생포했는데, 그 통신병은 겁에 질린 나머지 그를 잡고 있던 팔들을 뿌리치고 빠져나가 참호 아래로 사라져 버렸습니다.

우리 대령이 적의 정찰대에 맞서서 무인지대를 점령하라는 명령을 내렸기 때문에 우리는 밤마다 열두 번의 정찰을 나서야 했습니다. 듀크는 이 전투 정찰 임무를 잘 해냈습니다. 특히 보르웰과 홀랜드 중위의 활약이 대단했습니다. 해가 뜬 시간에는 로드니 함스 중위가 적을 급습했고 이안 오르 중위가 적이 만들고 있던 새 참호들을 파괴했습니다. 이러한 과정에서 대령은 활약이 적었던 장병들을 추려내어 준비가 잘 되어 있는, 단단한, 그리고 정직한 대대로 만들었고 우리는 무시무시한 전투 기계가 되어 갔습니다. 그래서 우리는 사단에서도 최고의 전사로 꼽혔습니다.

해가 바뀜과 함께 유엔군 총사령관 리지웨이는 영연방 사단을 미군과 교대시키고 우리를 예비대에 넣기로 결정했습니다. 예비전력으로 있으면서 우리는 일주일 동안의 일본 휴가를 명받았습니다. 비행기를 타고 가는 동안은 다른 행성에 가 있는 것만 같았습니다. 포격이나 중공군 저격수들의 총알을 피할 필요가 없었습니다. 전쟁터로 복귀하던 때, 우리는 우리가 영연방 전선에서 가장 위험한 구역인 후크고지에 다시 배치되었다는 것을 알게 되었습니다. 내가 한 번 더 B중대 6소대를 이끌고 전선에 나가게 된 것입니다. 이번에는 후크고지에서 블랙와치가 주둔하던 자리를 맡아야 했습니다. 이전과 다른 게 있다면 스멀스멀 올라오는 공포의 냄새를 몸으로 맡을 수 있다는 점이었습니다. 지독하게 진한 죽음의 악취와 화약이 풍기는 시고 톡 쏘는 냄새가 어우러졌습니다. 시체를 담아놓은 자루들 사이에서 쥐들이 노는 광경이 보였습니다. 우리는 14일 정도를 그 오싹한 곳에 머물러야 했습니다.

그 무렵 한 중공군 병사가 아군 진영에 불만을 품고 전선을 건너왔습니다. 그는 중공군이 공격을 하는 날짜와 시간을 제외하고 모든 기밀을 우리 쪽에 제공했습니다. 중공군은 낮에는 끈질기게 우리 진지를 강타했고, 밤에는 전투 정찰대를 보내 우리의 방어력과 대응 능력이 어느 정도인지 시험했습니다. 우리는 후크고지의 세 번째 전투가 어떻게 끝날지 궁금했습니다. 3차 후크고지전투는 네 번의 전투 중 가장 치열했습니다. 세계의 주요 전투 중 최소 50위권 안에는 들어가야 한다고 봅니다.

우리는 정신없이 방어 시설들을 보수하고 필요한 곳에 새로운 전투 참호들을 만들었습니다. 우리는 다급했습니다. 이 과정에서 전투 공병이었던 존 스텍풀이 훌륭한 역할을 했습니다. 밤에는 여섯 시간 동안 신경을 곤두세우는 청음 초소 근무를 섰습니다. 언제 적들의 방망이 수류탄 세례가 날아들지 모르는 일이었습니다. 후크고지 꼭대기에서 포 진지를 깊숙이 파고 자리를 잡고 있던 센츄리온 탱크의 조지 포티 중위가 우리를 멋지게 지원해 주었습니다. 내가 그들을 '헬로33, 튤립 베사2 아웃'이라는 암호로 부르면 바로 다음 순간에 탱크의 탐조등이 켜지고 베사의 기관총이 잘 보이지 않던 목표물에 맹공을 퍼붓기 시작했습니다.

아마 사이몬 베리 소위를 포함한 몇 명에게 가장 끔찍했던 순간은 후크고지로 통하는 터널들이 있는지, 위쪽으로 올라오는 길이 어디인지 확인하기 위해 계곡의 깊은 바닥까지 정찰하러 내려갔을 때일 것입니다. 개인적으로 가장 끔찍했던 순간은, 해가 뜬 후 중공군이 우리를 급습하려고 풀숲에 매복했는지 여부를 확인하기 위해 날이 밝기 전 수색 정찰을 나섰을 때였습니다. 한 번은 내가 참호 안으로 뛰어 들어가고 있는데 90야드 떨어진 곳에서 중공군 저격수가 나를 쏘아 철모를 벗겨 버렸습니다. 당시 우리가 죽지 않고 그 모든 일을 해낼 수 있었던 것은 우리 중대장 토니 퍼스의 뛰어난 리더십 덕분이었습니다.

그로부터 약 이틀 후 3차 후크고지전투가 일어나기 전, 부대 지휘관이 B중대를 교대시켜 전방의 덜 노출된 진지인 121고지로 옮기게 했습니다. 그곳은 후크고지에서 왼쪽으로 약 400야드 정도 떨어진 곳이었습니다. 이제 막 들어온 D중대원들이 우리가 있던 진지를 맡게 되었는데, 우리는 우리가 받아야 하는 상을 도둑맞은 기분이었습니다.

1953년 5월 28일, D중대가 전열을 정비하기 딱 7분 전에 일이 벌어졌습니다. 중공군이 마치 열대의 폭풍우처럼 포격을 퍼부으며 공격을 시작했습니다. 포탄 세례는 럭비장 반 크기의 후크고지 위에 집중적으로 떨어졌습니다. 이 쏟아지는 포격 다음으로는 등에 폭약 가방을 메고 나팔을 불며 기관단총을 쏘아대는 중공군들이 밀려들었습니다. 그들은 몸을 날려 우리의 참호로 들어와서는 자신의 몸뚱이와 우리의 대피호들을 신산조각으로 폭파시켜 버렸습니다. 이에 D중대는 완전히 무방비로 습격을 당하고 말았습니다.

참혹한 육박전이 일어났고, 많은 듀크 병사가 죽거나 다치거나 포로로 잡혀 갔지만, 적은 수의 용감한 생존자들이 루이스 커셔 소령이 이끄는 가운데 지하 터널 안쪽에서 강력하게 응전하며 중공군을 몰아냈습니다. 이 전투는 터널의 입구가 폭파되어 중공군들이 터널 속에 갇힌 채 무너져 내린 흙더미에 파묻힐 때까지 계속되었습니다.

나는 이 일이 벌어지는 것을 약 400야드 떨어진 참호 입구에서 지켜보고 있었습니다. 그때 나는 전투사령부로 들어가 무전기를 들고 전투에 참여하기로 결정했습니다. 듀크는 영연방 부대가 집중적으로 퍼붓는 기관총 사격과 그 좁은 언덕 후크고지로 포격을 날리는 미군의 장거리 포 화력 지원에 힘입어 적에 대항하고 있었습니다. 그 덕분에 급습해 온 적이 더 이상 기세를 올리지 못하게 막을 수 있었고, 중공군이 병력을 보충하거나 철수하지 못하도록 했습니다.

중공군은 두 번째 공격을 시작했습니다. 그들은 후크고지 둘레로 돌아 들어와 소시지라고 불리던 곳에 위치한 C중대를 공격하기 시작했습니다. 그들은 언덕을 오르려 했지만 실제로 철조망까지 도달한 중공군은 별로 없었습니다. 철조망에 접근조차 하지 못한 채 수많은 중공군이 피격되어 죽어 나자빠졌습니다.

그리고 마침내 우리가 나설 차례가 되었습니다. 조심하라고 주의를 주는 토니 퍼스의 목소리가 들렸습니다. 그는 "뒤쫓아오는 중공군은 브라우닝 기관총으로 제압하라”고 지시했습니다. 바로 다음 순간, 고막이 터질 것 같은 소리와 함께 각종 포탄이 우리가 있는 곳을 집중적으로 강타했습니다. 적과 아군, 양쪽의 집결된 포대로부터 날아오는 포탄들이었습니다. 그 사이 오이스턴 이등병이 앞쪽의 벙커에서 포탄에 맞았고, 나는 그를 참호 밖으로 꺼내려고 그의 개인호 바닥을 기어 가고 있었습니다. 그는 목에 파편을 맞고 심한 부상을 입은 상태라서, 나는 서둘러 그의 목에 붕대를 감고 모르핀 주사를 놓았습니다. 다행히 오이스턴은 그 전투에서 살아남았고 안전하게 집으로 돌아갈 수 있었습니다. 중공군은 다시 한 번 무인지대를 건너오다가 박살이 났습니다. 우리 진지까지 도달하는 병사는 거의 없었고, 다가온 병사마저도 우리의 브라우닝 자동기관총에 모두 제압되었습니다. 그날 아침, 철조망 주변에서는 약 30구의 시체가 발견되었습니다.

전투는 두세 시간 동안 대단히 격렬하게 전개되었습니다. 그때 우리는 전세가 바뀌고 있음을 알게 되었습니다. 적은 세 번이나 크게 당하고 대부분의 힘을 소진한 상태였습니다. 하지만 우리는 곳곳에 심각한 타격을 입었음에도 아직 일어설 힘이 남아 있었습니다. 우리가 나설 차례였고, 어김없이 토니 퍼스가 와서 나에게 6소대가 후크고지에서 있을 반격을 이끌어야 한다는 말을 전했습니다. 10분 안에 킹스 연대의 소대가 장갑차를 몰고 우리 진지를 맡기 위해 올 것이라면서 말입니다. 우리는 장갑차를 넘겨받아 소대원들과 함께 후크로 이동하면 되는 것이었습니다.

우리는 후크고지 아래 시신 안치소 옆에서 하차하여 교통호를 통해서 D중대 본부까지 올라갔습니다. 나는 모두 차에 탄 것을 확인하고 운전병에게 "가자!" 하고 소리쳤습니다. 우리는 출발 신호를 기다리는 말들처럼 소리쳤습니다. 중공군이 쏜 포탄이 후크고지로 향하는 모든 진입로에 떨어지고 있었고, 우리는 이를 피하고자 산기슭 쪽으로 바짝 붙어 이동했습니다. 그러다가 결국 우리를 태운 트럭이 시신 안치소에 처박혔고, 우리는 그곳에서 뛰쳐나와 죽기 살기로 달려 모래주머니로 만든 참호로 들어갔습니다. 그 과정에서 우리 소대원 한 병사가 배에 총탄을 맞아 즉사하고 말았습니다.

나는 소대원들을 둘러보았습니다. 모든 눈이 나에게 '당신을 따르겠습니다'라고 말하고 있었습니다. 나는 '알겠다'는 의미로 고개를 끄덕이고 소대의 다음 행동 사항들을 지시했습니다.

"다음 목적지는 D중대가 있는 진지이며, 행군 순서는 본부소대가 1진으로 맨 앞에 서고 1, 2, 3분대 순으로 뒤따르도록 하라. 선임하사는 맨 뒤에서 후방을 책임지도록 하라."

D중대 진지가 있는 고지를 향해 행군하면서 선두에서 걷는 병사들은 "고지의 애송이들, 우리 듀크가 간다"고 소리쳤습니다. 우리가 중공군이 아님을 아군에게 알리기 위해서였습니다. 나를 따라오라는 말과 함께 나는 억수같이 퍼붓는 포탄을 뚫고 그들을 이

끌었습니다. 우리는 고지 위의 참호까지 달리고, 기고, 미끄러지며 나아갔습니다. 그러다가 우연히 11소대 중사 고든 심슨과 마주쳤는데, 그는 꼭대기에 중공군 몇 명이 있다며 조심할 것을 당부했습니다. 나는 고맙다고 인사하고 계속해서 나아갔습니다.

우리가 고지 정상에 도착하고 나서 막 바론 에멧의 지휘 벙커 쪽으로 향할 때였습니다. 내 옆으로 브렌 경기관총의 총탄이 날아가는 파열음이 들렸습니다. 뒤를 돌아보자 총을 쏜 사람은 바로 엔라이트 상병이었습니다. 그는 "젠장, 꼭대기에 있는 듀크 병사가 맞은 것 같습니다"라고 말했습니다. 나는 정상에는 듀크 병사가 없다며 분명 중공군이었을 거라며 따라오라고 했습니다.

나는 그들을 이끌고 바론의 벙커로 갔습니다. 몇 분 안에 중공군의 공격이 예상되었습니다. 나는 벙커 안으로 들어가 입구를 막고 있는 두 겹의 가림막을 걷었습니다. 그곳에는 두고두고 기억에 남을 장면이 나를 기다리고 있었습니다. 바론 소령이 한 손에는 위스키 병을 들고 얼굴이 벌겋게 상기된 채 나를 맞은 것입니다. 그의 주변에는 그가 중대 진지의 위치들을 깔끔하게 표시해 놓은 지도판이 보였고, 뒤에는 중대 본부 병사들이 각자의 임무에 몰두하고 있는 것이 보였습니다.

나는 경례를 하며 "제6소대 배속 신고합니다. 대단히 죄송하지만, 혹시 이곳 입구에 보초병 두지 않으시겠습니까? 고지에 돌아다니는 중공군이 몇 명 있고, 저희는 그들 중 한 명 만 안으로 잡아들이면 됩니다"라고 말했습니다. 소령은 '알았다'고 말하고 보초병을 세웠습니다. 그리고 "위스키 한 잔 하겠나"라고 내게 물었습니다. 나는 "괜찮습니다. 저는 맑은 정신으로 있는 게 나을 것 같습니다"라며 거절했습니다.

그 순간 내 친구 마이크 캠벨 래머톤이 우리 소대를 따라 고지로 올라왔다며 벙커로 불쑥 들어왔습니다. 그 다음 순간 나는 헤드세트로 부대장과 교신을 했습니다. 그는 여러 가지 질문을 하고는 한동안 말을 멈췄다가 다시 굉장히 명료한 톤으로 지시들을 내렸습니다.

"반격할 시간을 10분 주겠다. 그러고 나서 공중 폭발탄으로 후크고지를 쓸어 버릴 거다. 그때 너희는 퇴각하는 중공군들에게 사격을 하라. 마이클 램벨 래머톤이 이끄는 소대원들은 왼쪽의 10소대 진지에서, 길버트 스미스가 이끄는 소대원들이 오른쪽 진지에서 공격을 시작하라."

이때 소령이 "잠시만요 부대장님" 하고 말을 끊고 말했습니다.

"글렌 대령과 테일러 상병의 정찰대원들은 어떻게 합니까? 그들은 그 포화에 죽고 말 것입니다."

그러자 부대장은 망설임 없이 말했습니다.

"그들에게 알려. 5분 내에 들려오는 소리가 없으면 내가 지시한 대로 실행한다."

나는 지원 포격이 있고 나서 우리가 공격에 들어갈 수 있다는 생각에 다소 안심이 되었습니다. 그리고 그런 중대한 결정을 그토록 침착하게 내린 부대장에 대한 존경심도 차올랐습니다. 마이크와 나는 각자의 소대원들에게 이 작전을 알리고 눈에 보이는 가장 괜찮은 엄폐물 안으로 몸을 굽혀 들어갔습니다. 바로 다음 순간, 위쪽에서 벼락같은 폭발음이 들렸습니다. 그와 동시에 파편들이 후크고지의 살아 있는 모든 것들을 갈기갈기 찢어 놓을 것처럼 쏟아져 내렸습니다. 파편 세례는 거의 10분 동안 이어지다가 갑자기 멈추었고, 정적이 흘렀습니다.

그때 소령이 벙커에서 나와 중공군의 퇴각을 알리는 신호탄을 쏘았습니다. 그는 나와 마이크에게 큰소리로 "진격" 명령을 내렸고, 우리는 경례를 하고는 각자 다른 방향으로 출발했습니다. 그러나 나는 얼마 가지 않아 방금 전의 포격으로 인해 대피호에 몸을 숨기고 있던 다수의 아군 병사들이 죽거나 다친 것을 목격했습니다. 나는 이 사실을 중대 본부에 알리고 계속해서 전진했습니다. 나는 몇몇 참호를 지나쳤는데 나에게 행운을 빌어주는 병사들의 목소리가 단호하면서도 쾌활했습니다. 그들 모두 우리가 승기를 잡았다는 것을 알고 있었기 때문입니다. 내가 듀크의 마지막 대피호에 도달했을 때, 대피호에는 두 명의 듀크 병사가 있었습니다. 그들은 약 30야드 전방에 중공군이 몇 명 있는데, 멍청한 놈들이 우리가 그곳으로 기어 올라오길 기다리는 중일 거라고 알려주었습니다. 그것만 아니면 자신들도 마지막 공격을 위해서 대피호에서 나왔을 거라는 말도 덧붙였습니다.

　나는 중공군 때문에 발목이 잡힌, 10소대의 어두운 참호 입구를 쳐다보았습니다. 모래주머니가 입구를 막고 있을 뿐, 아무런 움직임도 보이지 않았습니다. 나는 참호를 주욱 둘러보았습니다. 엄청난 포격에 참호가 부서져 형태가 완전히 바뀌어 있었습니다. 바닥에는 온통 가시철조망, 부러진 말뚝, 부서진 포좌의 잔해들이 널려 있었습니다. 나는 나의 배트맨, 통신병 히친스에게 D중대 본부에 남아 있는 2개 분대를 대기 상태로 두고 나와 히친스는 10소대 청음 초소로 이동할 것이라고 말했습니다. 참호 바닥에 널린 잔해들을 조심조심 피해서 나아가기까지 두 시간 정도가 걸렸을 것입니다. 막대수류탄 세례와 기관단총 총탄이 언제 10소대로 가는 어두운 입구에서 날아올지 몰랐습니다. 그런 사실을 매순간 상기하며 걸었습니다.

　우리가 약 20야드 정도 전진했을 때, 마이크 캠벨 레머톤이 완전히 덫에 걸려 빠져나갈 수 없는 상태가 되었다는 신호를 보냈습니다. 모든 것은 히친스와 나에게 달려 있었습니다. 우리 앞의 땅은 좀 더 깔끔한 편이었습니다. 나는 히친스에게 엄호를 부탁하고 재빨리 앞쪽으로 달려 나갔습니다. 미친 듯이 달려 모래주머니로 막힌 참호 입구로 몸을 던졌습니다. 나의 몸뚱이가 아무렇게나 널브러진 시체들 위로 떨어졌습니다. 순간 악취가 콧속으로 파고들었고 나는 호흡을 멈추었습니다. 아무런 움직임도 없었습니다. 나는 히친스에게 따라 들어오라고 소리쳤습니다. 나는 히친스와 밀착한 채 숨소리를 죽이며 포복으로 살금살금 나아갔습니다. 그리고 마침내 10소대 진지의 맨 끝까지 도달했습니다. 마침내 듀크가 후크 고지를 완전히 장악한 것이었습니다.

나는 난간에 기대 누워 내가 여전히 무사하다는 사실에, 그리고 그보다 더 중요하게 B중대 6소대가 듀크에 대한 기대를 지켜냈다는 사실에 큰 안도의 한숨을 내쉬었습니다.

히친스Hitchins

노병 수기 16

이름	찰리 데인스
소속	듀크 오브 웰링턴 연대

전투와 중공군 포로수용소

나는 1952년 11월부터 듀크 오브 웰링턴 연대 소속으로 한국에 있었다. 하지만 내가 전하고 싶은 이야기는 내가 D중대 10소대에 소속되어 후크 예비대에 있을 때의 이야기이다. 블랙와치와 교대하기 며칠 전에 나는 도쿄로 닷새 동안의 휴가를 떠났다. 복귀와 함께 후크고지 왼쪽에 위치해 있는 121고지라는 곳에서 소대에 합류했고, 그로부터 2주 후 후크고지에서 B중대와 교대를 했다. 그 뒤부터 나흘 동안은 계속해서 각종 야포와 박격포 포탄이 우리 진지로 떨어졌다.

1953년 5월 28일 밤, 나는 후크에서 뻗어 나온 산봉우리 중 하나인 그린 핑거라는 곳의 무인지대로 갈 정찰대로 뽑혔다. 정찰 나갈 준비를 하던 중 후크고지의 세 번째 전투라는 대혼란이 시작되었다. 이때 우리 정찰대의 지휘관은 안타깝게도 목숨을 잃었고, 우리는 가장 가까운 벙커로 대피했다.

벙커의 작은 구멍으로 밖을 내다보니 온통 카키색 옷과 천으로 된 모자를 쓰고 기관단총을 쏘아대는 중공군의 모습밖에는 보이지 않았다. 그 순간 아군 상병 한 명이 수류탄 파편을 얼굴에 맞고 전사했다. 그는 아직도 시신이 발견되지 않아 사망으로 추정하는 상태이다.

포로 생활

몇 시간 후 우리는 중공군에게 생포되어 포로가 되었다. 그들은 우리에게 시체들로 가득한 참호로 내려가라고 했다. 시체 중 상당수는 중공군이었다. 그들은 우리를 후크고지 옆쪽으로 통하는 터널로 데려갔는데, 또 시체들을 밟고 지나가야 했다. 우리는 심문을 받는 동안 개인 물품을 모두 압수당했다. 심문이 끝나자 우리는 수백 명이 들어갈 수 있는 안쪽 더 깊은 굴 속에 갇혔다. 그렇게 깊고 넓은 굴을 어떻게 팠는지 그저 놀라울 따름이었다. 벽의 옆면에는 침상으로 쓸 수 있도록 홈이 파여 있었다. 중공군은 공격이 있기 전에 이 터널을 이용했음에 분명했다. 그 후 우리는 작은 마을로 옮겨 가 다시 이동을 하기 전까지 그곳에서 며칠을 머물렀다.

그 후 더 많은 포로와 합류하여 트럭에 실려 포로수용소로 옮겨졌다. 수용소에는 장교들이 지낼 오두막 아홉 개, 병사들이 지낼 오두막이 여섯 개 있었다. 오두막의 바닥에는 나무가 깔려 있었고, 우리는 이불을 하나씩 받았다. 식사로는 당연히 밥이 나왔고, 콩으로 만든 우유도 나왔다. 하하(두유를 처음 맛본 것에 대한 쓴웃음인 듯.

−편집자 주). 얼마 지나지 않아 우리의 장은 요동치기 시작했다. 그러나 변소에 가는 것은 결코 좋은 경험이 되지 못했다. 변소라고 해봤자 굵은 나뭇가지를 발 받침대 삼아 가로로 걸쳐 놓은 깊은 구덩이였다. 그 나무 받침대에 조심스럽게 발을 딛고 쭈그려 앉아 일을 봐야 했다.

사람들은 포로로서 우리가 그곳에 얼마나 오래 머물렀는지를 궁금해 했다. 나는 다행히도 포로수용소에 석 달 머물렀을 뿐이다. 우리가 있던 수용소는 하프웨이 하우스라고 알려진 곳이었는데, 다른 수용소에 있는 포로들보다 형편이 좀 나았다. 우리는 판문점에서 휴전 이야기가 오가고 있다는 사실을 알고 있었다. 하지만 그게 얼마나 지속될지, 그리고 언제 협의가 끝날지가 문제였다. 수용소에 설치된 사이렌은 미군 정찰기가 나타나거나 공습이 있을 때 울렸다. 사이렌이 울리면 우리는 산비탈의 동굴로 피신해야 했다.

한 번은 미군이 언덕 중턱 수용소 뒤에 위치한 병원에 폭탄을 투하했다. 병원을 의미하는 빨간 십자가 표시가 걸려 있었지만 공습은 계속되었다. 공습 해제 사이렌이 울리자 우리는 서둘러 오두막으로 들어갔다. 경계병들이 사방으로 뛰어다니며 소리를 질렀다. 하지만 그들이 얼마나 큰 타격을 받았는지는 알 수 없었다.

다음날 아침, 우리는 그들이 시키는 대로 열을 맞추어 수용소 앞에 흐르는 강가로 갔다. 그들은 우리들 중 일부를 호명하여 세워두고는 미군의 총알받이라고 했다. 우리를 긴장시키기 위해 기관총 총구를 우리 쪽으로 향한 채 감시병들은 안전지대로 이동했다. 나는 미군 정찰기의 병원 폭격 때문에 우리가 처벌받는 것이라고 생각했다.

조금 후 그들은 화가 좀 누그러졌는지 우리에게 강가에 복싱 링을 만들라고 했다. 모서리 기둥을 만들기 위해 나무를 자르고, 은빛 강모래를 방수포에 깔아 바닥을 평평하게 했다. 방수포를 말뚝으로 고정시키고 기둥에 묶어 임시 링을 완성했다. 중공군 장교들은 주위에 둘러앉아 우리가 주먹질하는 것을 지켜보았다. 그들은 우리가 서로를 무자비하게 때리고 맞는 것을 보면서 박수를 치고 환호성을 지르기도 했다.

결국 휴전이 되었고, 1953년 8월 포로 교환이 시작되었다. 우리가 집으로 가게 된 날, 우리는 '자유인이 된 것을 환영합니다' 라는 문구가 적힌 현수막 아래로 인도되었다.

한국에서의 모험, 1952~1953

나는 1952년 3월 6일 징병 영장을 받고 영국 할리팍스에 있는 듀크 오브 웰링턴 연대에 입소 신고했다. 그곳에서 6주간의 기본 훈련을 마친 후 요크의 풀포드 병영으로 배치되어 10주간의 훈련을 더 했다. 그 훈련이 끝나고 2주간의 휴가를 받았다. 휴가에서 복귀한 후에 사우스햄튼에서 엠파이어 오웰 호를 타고 홍콩으로 가게 되었다.

카오룽에 도착한 우리는 배에서 내려 판링으로 이동했다. 그곳에서 나흘 머문 후 카이탁 공항에서 비행기를 타고 일본으로 갔고, 다시 배를 타고 일본의 훈련 기지로 이동했다. 나는 쿠레에서 몇 마일 떨어진 하라무라라는 마을의 전투 훈련단으로 옮겨졌다. 그곳에서 통신병이 되기 위한 교육을 받았고, 교육이 끝난 후 비행기를 타고 한국의 서울로 이동했다. 한국에서는 용동이라는 지역으로 이동하여 듀크의 한 대대에 합류했다. 나는 지원중대에 배치되어 방어 소대 통신병이 되었다. 방어 소대원들은 정찰 일을 맡아했고 나와 항상 통신 상태를 유지했다.

용동에 있는 동안 후크고지에 있던 블랙와치가 공격을 당했다. 전투가 매우 치열해서 기관총이 지원 사격을 해주어야 했다. 방어 소대인 우리는 기관총 탄약을 챙겨 언덕에 약 50보 정도 길이로 구멍이 파인 곳에 가져다 놓아야 했기 때문에 밤새 매우 바빴다. 한 번은 기관총 하나가 너무 뜨거워져 냉각 재킷 안의 물이 폭발했다. 그 일로 기관총 사수 한 명이 화상을 입어 후송되었고, 그 후 나는 그를 다시 볼 수 없었다.

몇 주가 지나고 우리는 내천 지역에 위치한 영연방 사단의 동쪽 구역으로 이동했다. 그곳에 도착하자마자 나는 A중대 연락병을 맡게 되었다. 내가 모든 중대와 소대로 명령을 전달해야 한다는 의미였다. 내가 임무를 수행하려면 '폭탄 골목'이라는 별칭이 붙은 계곡을 내려가야 했다. 그러려면 중공군에게 훤히 보이는 논 두 배미를 건너야 했는데, 이동할 때 실제로 주변에 포탄이 몇 발 떨어진 적도 있다. 포탄을 피하기 위해 논바닥으로 뛰어들어 몸을 숨겨야 할 때도 있었다.

한 번은 이동하다가 고향에서 온 친구와 우연히 마주친 적이 있었다. 그와 몇 마디 대화를 나누고 다시 중대장에게 메시지를 전하러 발걸음을 옮긴 바로 그때, 우리에게 포탄과 박격포탄 몇 발이 떨어졌다. 포격이 멈추고 계속 길을 가던 중 방금 나와 대화를 나누었던 친구가 식도에 포탄 파편이 박힌 채 구급차에 실려 가는 장면을 보게 되었다. 다행히 그는 목숨을 건졌고, 제대 후 고향으로 돌아와 다시 만날 수 있었다.

우리는 그 해 크리스마스를 내천 지역에서 보냈다. 2월초에는 영연방 사단이 전선에서 미군과 교대하게 되어 약 두 달 동안 임진강 남쪽의 사단 예비대로 이동하게 되었다. 이동 후 나는 D중대 10소대에 배치되었다. 언제가 될지 모르는 전선 복귀에 대비하여 대대와 중대 훈련을 해야 했다. 휴식을 취할 시간이 없었다는 얘기다.

그러던 중 나에게 도쿄로 닷새 휴가를 갈 수 있는 휴가증이 주어졌다. 무작위 선발에 운 좋게도 뽑힌 것이다. 이 휴가는 '휴식과 휴양(R&R)' 으로 불렸는데, 실제로는 그 이름이 의미하는 바와 거리가 멀었다. 일단 에비수휴양센터에 도착하고 나면 그 다음 닷새는 대다수가 예상했던 것과는 좀 달랐기 때문이다. 실질적으로 그 닷새는 복귀하는 날까지 내내 바에서 술을 마시는 시간이었다.

후크고지로 이동한 우리 10소대는 전방 진지를 맡았다. 이 진지에는 심한 포격이 이어지는 탓에 굴 안에서 잠을 자야 했다. 1953년 5월 28일 밤, 우리는 정찰을 나갈 준비를 하고 있었다. 그때 엄청난 포탄 세례가 15분 동안 이어졌다. 그런데 포격이 갑자기 멈추더니 중공군이 우리 바로 위쪽에 와 있었다. 우리가 있던 벙커는 직격타를 세 번이나 맞아서 지붕이 무너지기 시작했고, 재빨리 밖으로 나가든지 깔려 죽든지 하는 것 말고는 방법이 없었다.

그때 우리 소대의 트레버 던 일병이 소대원들을 점검하고 있었는데, 갑자기 이상한 목소리와 소화기를 발사하는 소리가 들렸다. 우리 중에는 북한 출신 병사도 있었는데, 그는 한국인 말소리가 아니라고 했다. 몇 분이 지나고 횃불이 보이기 시작했고 이에 우리는 사격을 시작했다. 그러나 수류탄이 날아와 우리는 정신을 차릴 수 없었고, 그때 중공군들이 와서 우리가 들고 있던 총기를 빼앗고 장비들도 챙기기 시작했다. 그들 중 한 명은 빼앗은 우리 물건 중에 있던 담배 한 개비를 나에게 건넸다. 그들은 우리를 참호 아래로 데리고 갔는데, 나와 빌 클라케라고 생각되는 친구와 함께 부상을 입은 사람들을 돕도록 했다. 부상자 중 한 명은 돈 브랜드라는 친구였는데 그의 종아리 일부가 날아간 상태였다. 그들은 무인지대를 건너 중공군 구역 안의 터널로 우리를 몰았다. 나는 부상자 중 한 명의 복부 상처와 백린탄에 의해 손에 화상을 입은 다른 한 명의 부상자를 씻기고자 물을 얻으려 했지만 허사였다. 안타깝게도 중공군이 내 말을 알아듣지 못했기 때문이다.

그때 불빛이 다가오더니 걸을 수 있는 자들을 모두 데려갔다. 그들은 우리를 모두 무장해제시키고 북한 쪽으로 행군하게 했다. 그들의 참호에서 벗어나자마자 나는 걸음걸이에 방해가 되는 방탄조끼를 벗어 가까운 논밭에 던져 버렸다. 몇 마일 가지 않아서 철모도 던져 버렸다. 또 몇 마일 가서는 잠시 이동을 멈추고 온수를 받아 마셨다. 그와 동시에 처음부터 줄곧 같이 이동해 온 한 명을 제외하고 우리를 호송하는 병력이 모두 바뀌었다. 우리를 호송하는 중공군은 그 뒤로도 몇 번 더 바뀌었다. 작은 마을에 도착한 후 식사와 중국식 차를 제공받았고, 그 후에는 밤새 갇혀 있었다.

다음날 아침, 우리는 중공군으로부터 배식을 받았고 대형 트럭에 실려 온 부상 포로들이 우리가 있는 곳으로 왔다. 우리는 그 트럭을 타고 몇 시간을 달려 수송 캠프에 도착했다. 그곳에서 그들은 우리가 입고 있던 옷을 모두 벗게 하고 하얀 면 티셔츠, 남색 재킷과 바지, 밑창이 얇은 검은 운동화를 주었다. 옷을 다 입은 뒤 일곱 명이 함께 지낼 오두막을 배정받았다. 오두막에는 바닥에 누워 취침하는 방과 식사와 휴식 등의 생활 공간으로 분리되어 있었다. 우리 오두막에는 스코틀랜드 인 하나, 영국인 둘, 호주인 하나, 흑인 미군 하나, 그리고 푸에르토리코 인 하나가 있었다.

식사 후 몇 명은 심문을 받으러 갔고 나머지 사람들은 쉴 틈 없이 강둑 평탄 작업을 해야 했다. 우리가 한 작업은 수용소의 맨 끝쪽에 있는 커다란 바위를 치우는 일이었는데, 바위를 치우고 나서는 오두막 뒤편에서 모래를 가져다가 바위가 있던 자리를 채워 땅을 평평하게 만들어야 했다. 우리는 이 일을 하기 위해 강을 가로질러 사다리같이 생긴 다리를 놓은 후 모래를 옮길 수 있는 장치를 만들었다. 이 장치는 가로 6피트, 세로 5피트 정도 되게 대나무를 깔고, 각 모서리에 백 파운드 정도 나가는 기둥을 세우고 기둥들을 밧줄로 묶어서 완성했다. 다리가 무너지지 않도록 항상 조심해서 건너야 했다. 한 주가 지나고 우리는 꽤 큰 연병장을 만들 수 있었다. 나중에 영어를 못 하는 여덟 명의 터키군 포로들이 합류했다.

문제는 세이버 전투기가 수용소 위로 지나가면서 발생했다. 그 전투기가 시야에서 거의 사라질 때쯤 우리는 그쪽을 향하여 손을 흔들었다. 그러자 비행기가 갑자기 빠르게 방향을 틀더니 우리 쪽으로 가까이 왔고, 화학 물질과 함께 총탄 세례가 우리에게 날아들었다. 실제로 한 발은 우리 오두막의 지붕을 뚫고 들어왔다.

비가 내리는 상황 속에서 교관 중 성격이 고약했던 루가 집합하라고 화를 내며 소리 질렀다. 국제협약상 포로수용소와 병원은 폭격이 금지되어 있는 지역이었기 때문에 문제가 생긴 것이다. 우리 모두는 이게 오폭이라고 생각했다. 사흘 뒤 똑같은 일이 또 일어났다. 이번에는 총알이 아니라 폭탄이 날아와 병원을 파괴해 버렸다. 다행히 부상자들은 큰 병원으로 옮겨졌고, 이전에 종아리가 날아갔던 내 친구는 그 병원에서 무릎 아래 다리를 절단했다.

우리는 다시 연병장에 집합해야 했다. 루는 이 일이 우리의 잘못인 양 고함을 쳐댔다. 그는 권총을 장전한 채로 누가 이따위 일을 저지른 거냐고 소리를 질렀다. 그러나 대답하는 사람은 아무도 없었다.

얼마 지나지 않아 후퇴하는 한국군을 지원하다가 중공군에게 큰 타격을 입은 미군 전차군단 소속 장병 50명이 수용소에 들어왔다. 우리 앞쪽 오두막에는 부상을 입은 부위에 괴저壞疽가 생긴 터키군 장교가 있었는데 정말 역겨운 냄새가 났다. 그가 우리 움막에 있지 않았다는 게 다행이었다. 엉덩이에 부상을 입는 바람에 엎드려 있을 수밖에 없게 된 미국인도 한 명 있었다. 나는 그가 바깥에 나가 앉아 상쾌한 공기를 마실 수 있도록 간이침대를 만들어 주었다. 그곳에 있는 동안 위스콘신에서 온 칼이라는 미국인과 친해졌는데, 그와는 귀국한 뒤에도 15년여 세월을 연락하며 지냈다.

1953년 7월 17일, 휴전협정이 체결되었다는 이야기가 전해지자 수용소 환경이 더 나아졌다. 연병장은 운동을 할 수 있는 공간으로 바뀌어 농구 골대와 배구 코트가 만들어졌다. 농구나 배구 경기는 루 교관이 지켜보는 가운데 할 수 있었는데, 그는 운동을 정말 잘했다. 야구 경기도 열리고는 했는데 경기가 내 기호에는 맞지 않아 그다지 좋아하지는 않았다. 농구는 미군 팀의 유일한 영국인으로 경기에 참여했던 기억이 난다. 나는 모든 종목에 참가했기 때문에 신세 한탄할 새도 없이 바쁜 나날을 보냈다.

포로수용소에 있는 동안 수용소의 요리사였던 펑이라는 사람과 친해졌다. 모든 요리는 야외에서 만들어졌는데, 그는 내가 이제까지 본 것 중 가장 큰 웍을 써서 요리했다. 그 웍은 지름이 거의 3피트 정도 되었고 아래에 불을 지펴 달구는 식이었다. 그가 요리하는 것을 내가 흥미롭게 보며 관심을 보이자 그는 다른 사람들보다 내게 음식을 더 많이 주었다. 그래서 포로로 있는 동안 내 체중은 오히려 늘어갔다.

수용소에서 1.5마일 정도를 나가면 직접 채소를 길러 먹을 수 있는 텃밭이 있었다. 이와 더불어 우리는 숙소 뒤편에서 돼지를 세 마리 길렀다. 돼지들은 수용소 주방에서 버린 잔반을 먹으며 자랐다. 그 중 한 마리는 마오쩌둥의 생일을 축하하기 위해 제일 먼저 잡았고, 또 한 마리는 휴전협정 체결을 축하하며, 마지막 한 마리는 우리가 포로 교환으로 풀려나 개성으로 가기 전 마지막 식사 때 잡혔다.

가끔은 밥에 콩이 들어가 쓴 맛이 날 때도 있었고, 가끔은 매우 묽은 야채죽이 나오기도 했다. 돼지 외의 육류는 딱 한 번 나왔다. 우리는 그게 양고기라고 생각했지만 양이나 염소를 본 적은 없었다. 그래서 나는 주방장에게 몸으로 표현할 수 있는 한 최선을 다해 그게 무슨 고기인지 물어보았다. 그런데 그는 짖는 몸짓을 해 보였다. 그걸 보고 나는 '우리가 개고기를 먹었구나' 하고 생각했다. 우리는 하루에 세 번 일곱 명이 나누어 마실 녹차 한 양동이를 받았다. 우유를 달라고 요청했더니 하얀색 액체가 제공되었는데, 그건 두유였다. 그 두유 맛은 아주 끔찍했기 때문에 그 이후로 우리는 절대 우유를 달라고 하지 않았다.

마침내 포로수용소에서 풀려나는 날이 다가왔다. 우리는 연대 사람들을 만났고 그 중 한 명은 나와 동향 사람이었는데 이름은 기억나지 않는다. 석방 이후 첫 식사로 소고기 통조림으로 만든 요리와 우유, 설탕을 넣은 차 한 잔이 나왔는데 정말 꿀맛이었다. 식사를 마치고 나서는 따뜻한 물로 샤워를 하고 군복을 갖춰 입고 군화를 신었다. 그 후 장교 한 명이 모든 절차를 안내했는데, 그 중에는 종합검진과 집으로 전보를 보내는 일도 포함되었다.

사나흘 후 우리는 일본의 쿠레로 이동하여 일주일 정도를 머물고, MV 두네라 호에 올라 집으로 돌아가는 여정을 시작했다.

노병 수기 18

이름	키스 리스
소속	킹스 슈롭셔 경보병 연대

흥미로운 이야기들

1951년 7월쯤 킹스 슈롭셔 경보병 연대는 영연방 사단이 임진강 전투 당시 차지하고 있던 지역의 서쪽으로 진지를 이동했다. 키스와 세 명의 전우는 적진 수색 정찰을 나가 중공군이 사용하는 것

전쟁이 끝나고 50년 이상의 세월이 흘러 한국 정부의 초청으로 한국을 다시 찾은 노년의 키스 리스Keith Lees와 후퍼Hooper

으로 생각되는 무인지대의 오두막 몇 개를 둘러봤다. 그러나 그들은 일곱 살쯤 되어 보이는 어린 여자아이 말고는 아무것도 찾지 못했다. 그 아이는 피를 멈추게 하려고 얼굴에 진흙을 뒤집어쓰고 있었다. 정찰대는 진지로 복귀할 때 그 아이를 데려와 의료팀에 맡겼다.

몇 년이 지나고 키스는 가끔씩 그 여자아이가 어떻게 됐는지 궁금해 했다. 한국에 다시 방문했을 때, 그는 그 여자아이를 담당했던 군의관 후퍼 대위와 만나게 되었다. 그는 그녀가 코에 총알을 맞은 것 같았다고 했다. 그녀는 지금 아마 77세 또는 78세쯤 되었을 것이다. 내가 그 소녀를 처음 만난 곳은 아마 용동의 어디쯤이었을 것이다.

		이름	존 코프시
참전 당시 계급	이병	소속	에섹스 연대

한국에서의 평화유지군 활동;
1953~1954

　에섹스 연대는 1953년 7월, 병력 수송선 HMT 아스투리아스 호를 타고 한국으로 떠났다. 한국으로의 여정에 대해서는 우려도 있었지만, 대부분의 사람에게는 그저 하나의 모험으로 여겨졌다. 우리는 고작 열여덟 살 아니면 열아홉 살 먹은 소년들이었고 태어난 이래로 집에서 그렇게 멀리 떨어진 곳에 가본 적도 없었다.

　우리가 탄 병력 수송선이 부산에 도착하기까지 며칠 남지 않았을 때, 한국에서 휴전이 선언되었다는 안내가 나왔다. 그 소식에 대부분의 직업 군인들은 오히려 실망한 듯 보였다. 하지만 배 안의 징집병들은 대부분 기뻐했다.

　그 뒤에 우리가 유엔평화유지군에 합류하게 될 것이라는 말을 들었다. 우리는 군악대의 환영을 받으며 부산에 내렸다. 배에서 내리자 곧바로 북쪽으로 가는 기차에 올라 영연방 사단이 맡고 있는 지역으로 이동했다. 우리는 런던 로얄 푸실리에 연대 교대 병력으로서 캐이시 캠프라는 곳에 있게 되었는데, 그 곳에서는 하루 이틀만 머물고 캔사스라인의 한 영구 진지로 이동하여 남은 시간을 보냈다.

모든 보병 연대는 매우 높은 지대에 벙커를 만들고 새로운 방어 전선을 구축하는 임무를 받았다. 그 벙커들은 실제로 글로스터 언덕에 지어졌다. 구덩이를 파고 폭파시킨 후 무거운 나무로 뼈대를 세워 참호를 만들었다. 무겁고 커다란 목재들은 헬리콥터로 진지까지 옮겨졌다.

매일 밤 우리는 임진강 강안 쪽으로 정찰을 나가 북에서 온 침입자들이 있는지 살폈다. 이 일은 코리아를 동쪽에서 서쪽으로 가로지르며 남과 북을 가르는 그 유명한 휴전선에 철책이 세워지기 전에 했던 일이다. 여름의 정찰 업무는 쉬운 일은 아니었다. 이는 북한군이나 중공군의 위협을 받기 때문이 아니라 바로 모기 때문이었다. 모기는 우리를 몹시 고통스럽게 만들었다. 나는 거의 날마다 모기한테 온몸을 물렸는데, 특히 얼굴과 목을 많이 물렸다. 모기들 때문에 저녁부터 날이 밝기까지 꼬박 소매를 내리고 있어야 했다. 또 말라리아를 예방하기 위해 매일 팔루드린 한 알씩을 받았다. 한 병사는 약을 매일 먹지 않다가 한 2년 고생했다. 겨울에 정찰을 나갈 때는 아주 두터운 파카나 내복 등을 껴입어도 엄청나게 춥고 불편했다. 동상에 걸리지 않으려면 반드시 옷을 두텁게 입어야 했다.

나는 근무 기간 중 처음 절반은 B중대 무전병 겸 신호병으로, 나머지 절반은 전화 교환수로 근무했다. 이 일은 교대를 하면서 할 수 있었고 이 일을 하면 땅 파는 일이나 정찰에서 빠질 수 있다는 이점이 있었다.

그리고 1954년 8월, 나는 한국을 떠나 홍콩으로 이동했다.

		이름	크리스 가사이드
참전 당시 계급	이병	소속	더함 경보병 연대

병사들 사기를 크게 진작시킨 위문품

나는 1952년 7월 소집되어 요크의 스트렌설에 있는 퀸 엘리자베스 병영의 경보병 연대에 신고하라는 통보를 받았다. 그곳에 주둔하고 있던 더함 경보병 연대에서 나는 기본 훈련과 추가 훈련을 모두 마쳤다.

그해 11월 19일, 나는 스트렌설을 떠나 사우스햄튼에서 HMT 아스투리아스 호를 타고 한국으로 가는 여정을 시작했다. 우리는 12월 15일 홍콩에 도착했는데, 29일간 바다 위에만 있었던 에너지 넘치는 18, 19세 청소년들에게 홍콩은 매우 매력적이었다. 허벅지까지 트인 짧은 치마를 입은 동양의 미녀들은 "헬로, 나한텐 네가 최고야" 하는 말로 우리를 맞아 주었다. 그곳에 있는 동안 우리 눈은 오르간 건반마냥 튀어나와 있었다.

한 시간 정도를 달리니 우리의 새로운 기지가 될 판링이 보였다. 이번에는 우리를 맞아주는 '홍콩 아가씨들'은 없었다. 처음 며칠 동안은 브리핑과 회의를 하고 날씨에 적응하면서 보냈다. 판링에서 우리는 추가적인 훈련을 해야 했는데, 교관들은 임진강전투에 참전했던 로얄 얼스터 소총 연대의 소총수들이었다. 가장 심각한 문제는 모기였는데, 모기 때문에 우리는 매일 아침 소금과 팔루드린 알약을 먹어야 했다. 훈련 중 매주 금요일에는 크로스 컨트리 경주를 했다. 이는 보통 5마일에서 7마일 정도로 다양하게 이루어졌다. 중간 중간에 감시병들이 배치되어 있었기 때문에 꾀를 부리거나 지름길을 이용할 수는 없었다. 감시병들은 여러 지점에 서서 우리가 그 지점까지 완주했음을 확인하는 도장을 손목에 찍어 주었다. 그 도장

크리스 가사이드Chris Garside

을 받지 못하면 다시 달려야 했다.

하루는 취사장에서 작업을 하는데 상병 하나가 중대 사무실에서 나오더니 나에게 응급처치를 할 줄 아느냐고 물었다. 난데없는 질문이었다. 질문을 들은 나는 이곳에서의 신세가 좀 나아지지 않을까 하는 심정으로 의무병 제안을 선뜻 받아들였다. 그러나 알고 보니 그저 매점에서 오후를 보내고 싶은 자신을 대신할 사람이 필요

했던 거였다. 내가 의무대에서 한 일 중에는 징계를 받고 병원을 청소하게 된 규율 위반자 세 명을 감시하는 일도 있었다.

병원에는 침대 여섯 개가 놓인 작은 병동이 있었는데, 발과 다리 부상부터 심한 감기까지 다양한 이유로 온 환자들로 빈 침대가 하나도 없을 지경이었다. 그 환자들에게 음식을 가져다주고 가벼운 부상을 입은 사람이 있으면 치료를 해주는 것도 내가 해야 할 일 중 하나였다. 병원 근처에는 빈 방이 하나 있었는데, 방에는 침대가 하나 놓여 있었다. 나는 일과를 마치고 그곳에서 잠을 청했다.

그런데 밤 열한 시경, 울스터 출신 병사 몇이 와서 동료 하나가 아프다며 나를 깨웠다. 나는 곧바로 일어나 치료실로 이동해서 환자를 살펴보았다. 생각했던 것보다 상태가 훨씬 좋지 않아 보였다. 고열에 시달리는 병사가 옆구리를 움켜쥔 채 고통스러워하는 것으로 봐서 그가 맹장염에 걸린 것이라고 나는 추정했다. 군의관이 달려와 상황을 보더니 맹장염으로 보인다는 내 말에 동의했다. 나는 즉시 환자를 앰뷸런스에 태워 본부 건물까지 데려다주고 다시 캠프로 돌아왔다. 나는 병원에서 이틀을 더 일했고, 이 일을 계속할 생각이 없느냐는 제안을 받았다. 나는 제안에 받고 대단히 기뻤지만 안타깝게도 문제가 하나 있어서 그만두었다. 병원에서 1년을 복무하기로 계약해야 한다는 점이었는데 그럴 수는 없는 일이었기 때문이다.

나는 다시 일본의 쿠레 외곽 JBRD로 이동하여 보충대에서 장비를 지급받고 한국으로 갈 준비를 마쳤다.

JRBD에서 나온 우리는 쿠레 항구로 이동하여 작은 수송선인 W.Sang호에 올라 부산으로 향했다. 부산에 도착하고 나서는 북쪽으로 가는 열차를 타고 종착역인 독촌역까지 이동했다. 열차 좌석에 앉고 나서야 창문 밖을 내다보니 한 한국인 여자아이가 치마를 올리면 그때마다 군인들이 그녀에게 담배를 던져 주는 장면이 보였다.

종착역까지 가는 여정은 아주 길고 힘들었다. 잠도 몇 시간 자지 못했고, 화장실은 바닥에 뚫린 구멍 그 자체였다. 보통 DIL이라고 줄여 부르는 더함 경보병 연대에 도착해서 나는 A중대에 배치되었다. DIL에 도착한 둘째 날, 나는 PRI이라는 연대 대표 자리를 맡게 되었다. 매우 중요한 자리인 것처럼 들리지만, 사실 전선에 있는 동안 이는 그저 하나의 타이틀일 뿐 다른 의미는 없었다. 나처럼 지위도 없고 권한도 없는 하찮은 이등병이 차지하기에는 좀 특이한 자리이기는 했다. 아마 누군가 내가 논리적인 판단을 잘한다는 말을 들었던 모양이다. 내가 해야 했던 일은 맥주 배급량을 관리하는 일이었다. 중대원들 모두가 아사히 맥주를 하루에 한 병씩 받도록 되어 있었다. 그 맥주는 미군측에서 배달해 오는 것이었는데, 몇몇 연대는 매일 럼주 한 모금씩을 받는다는 소문이 돌기도 했다.

함께 훈련을 하게 된 몇몇 동료의 외모를 처음 봤을 때 무척 놀랐다. 그들의 얼굴은 굉장히 창백했고 귀신같은 몰골을 하고 있었다. 정찰과 수면 부족으로 인한 스트레스로 그렇게 된 것이 분명했다. 그러다가 산비탈의 벙커에서 살아야 하는 사람이니까 그렇게 되는 것이 당연하다는 생각이 들었다. 벙커에서 사는 삶에서 최악은 쥐들과 함께 살아야 한다는 것이었다. 날씨가 추워지면 쥐들은 사방에서 나와 들끓었다. 특히 음식이 있는 곳은 더했다. 쥐들은 우리의 건강을 심각하게 위협하는 존재였다.

연대원들은 더함 시장의 주도로 모금된 성금으로 자체 교회를 지어 예배를 보았다. 영국에서 보내 오는 위문품은 병사들 사기를 크게 진작시켰다.

한 번은 점심을 막 다 먹었을 때 중공군이 포격을 퍼붓기 시작했다. 아마 전선에 있는 대대에 합류한 병사들을 환영하는 의미의 포격이었는지도 모르겠다. 우리의 강력한 방어 무기인 센츄리온 탱크가 친절하게 응답해 주었다. 포탄 몇 발은 내가 그 전날 밤에 잠을 잤던 곳에 떨어지기도 했다. 다행히 다친 사람은 없었다. 다음날은 포격이 더 심해졌다. 이때 포탄 하나가

슈롭셔 출신 내 친구와 굉장히 가까운 곳에 떨어졌다. 우리는 기초 훈련을 하다가 아주 친해진 사이였다. 그는 이 일로 포격 쇼크에 걸렸고 다시는 그를 볼 수 없었다.

영국에서 훈련할 때나 홍콩에서 훈련할 때나 정찰 나가는 일에 대한 얘기가 많았다. 이론은 충분히 이해했지만 막상 그날이 오면 나 스스로가 어떻게 그걸 수행하느냐가 문제였다. 중공군이 매복하러 들어가는 내 모습을 지켜보고 있는지 알 수 없는 상태에서 무인지대에 들어가는 일보다 더 꺼려지는 일이 있을까? 내가 첫 번째 정찰을 나가는 날, 함께 정찰을 나가게 된 사람은 모두 세 명이었는데 전부 모르는 사람들이었다. 우리는 정찰을 나가기 앞서 상병의 브리핑을 듣기 위해 모였을 때 만났다. 그러나 나는 그들을 믿었다.

더함 경보병 연대 예하 대대들은 영연방의 다른 대대와 마찬가지로 대대원 대부분이 징집병들이었다. 콘월, 서머셋, 슈롭셔, 요크셔, 옥스퍼드와 버킹엄셔 등 다양한 지역에서 온 사람들을 한데 합쳐 놓은 게 바로 이 경보병대였다.

연대원들은 더함 시장의 주도로 조성된 기금을 지원 받아 만든 위문품 소포를 받게 되었다. 굉장히 운이 좋았던 것이다. 고국에서 보내오는 위문품은 우리의 사기를 올리는 데 큰 도움이 되었다. 또 예배를 드리고 싶어 하는 사람들을 위해 자체 교회를 지어 주기까지 한 것이다.

대대가 호주 연대와 교대하던 때 몇몇 동료가 숙소로 쓰는 벙커의 높이에 대해 의견을 내놓았다. 지붕과 머리 사이의 공간이 너무 좁다는 것이었다. 그러나 호주인들이 그 임시 막사를 떠난 후 막사의 바닥에 맥주 상자가 깔려 있다는 것을 알게 되었다. 그 상자들을 치우자 머리와 천장 사이의 공간이 2피트나 늘어나면서 문제가 해결됐다.

우리가 있는 이곳이 전장임에도 상대적으로 작은 규정 위반조차도 그것이 입증되기만 하면, 병영에서라면 단순 사역에 처했을 일도 엄한 처벌이 가해졌다.

날이 어두워지고 가벼운 비가 내리기 시작하던 어느 날 저녁, 나는 대피호에서 휴식을 취하고 있었다. 그때 무언가 움직이는 소리가 들렸고, 나는 간이침대에서 뛰쳐나와 상황을 살폈다. 그런데 어둠 속에 서서 안을 들여다보던 사람은 바로 중대장 로버릿지였다. 중대장과 눈이 마주친 순간 나는 크게 놀랐다. 그와 일대 일로 대면하기는 그때가 처음이었다. 그가 처음 꺼낸 말은 "자네는 왜 군화를 신지 않았나?"였다. 군화는 항상 신고 있도록 되어 있었기 때문에 따지고 보면 이는 규정 위반 행위였다.

나는 홍콩에서부터 앓기 시작한 피부염에 대해 이야기했다. 피부염은 샤워를 할 수 없는 상황에서는 잘 낫지 않았다. 내 말을 들은 중대장은 양말을 주기적으로 갈아 신고 발에 분을 바르라고 말했다. 말이 쉽지 양말 세 켤레만 가지고 그렇게 하는 것은 쉬운 일이 아니었다. 군화까지 계속 신고 있으면 발이 몹시 가려웠다.

그가 내 말을 듣고 있기는 했으나 마음이 다른 곳에 가 있다는 것을 알 수 있었다. 결국 그는 자신이 나를 대면하러 온 진짜 이유를 말해 주었다. 바로 중대원 두 명이 만취해서는 발가벗고 중공군에 대한 욕설을 시끄럽게 외쳐 댔기 때문이었다. 내가 중대의 맥주 배급을 맡고 있었기 때문에 중대장이 나를 찾아온 것이었다. 내가 병영에 있을 때 그들이 그렇게 될 때까지 맥주를 마시게 두었다면 이 일은 내 잘못이기 때문이었다. 그리고 그 사실이 입증되면 나는 심각한 상황에 처하게 될 터였다. 비록 이등병에 불과하지만, 나는 그들에게 맥주를 팔았다는 점에서 책임이 있었다. 나는 그 두 동료가 자축을 하기 위해 일일 할당량을 마시지 않고 모아두고 있었다고 설명했고 중대장은 이를 받아들였다. 우리는 잠시 대화를 나누었고, 그는 나가기 전에 주머니에서 작은 브랜디 병을 꺼내더니 날씨도 안 좋은데 마시겠느냐고 물었다. 나는 감사한 마음으로 브랜디를 받아들었고, 그는 이내 사라졌다.

내가 그 다음으로 했던 잘못된 행동은 수영 여행에 참여하지 않았던 것이었다. 당시 나는 중대 행정계원으로 일하며 제대가 가까워 오는 병사들을 위한 서류를 준비하고 있었다. 일은 예상보다 더 오래 걸렸고 그래서 수영하러 가지 않기로 결정했다. 그때 고참병에게 그 여행에 참여하고 싶다고 양해를 구하고 일을 빠졌어야 했다. 수영 여행은 모든 게 순조롭게 이루어졌다. 여행을 끝내고 돌아오기 전까지는 말이다. 먼지가 쌓인 도로로 그들이 돌아오면서 날린 먼지가 중공군의 관심을 끌었고, 중공군은 트럭의 위치를 정확히 알아내 도로에 포탄을 퍼부었던 것이다. 결국 트럭에 있던 사람들은 부상을 입었고 한 명은 중태에 빠지기도 했다.

그 일이 있은 다음날, 수영 여행에 참여하지 않은 것 때문에 나에게 징계가 내려졌다. 그래서 원래보다 더 피곤하게 일해야 했다. 그저 군화를 반짝반짝하게 닦아 신고, 위병소에 보고하면 됐을 때와 달랐다. 당직사관이나 연대 헌병이 하는 점검에 통과하지 못하면 일을 추가로 더하면 됐었다. 그러나 한국에 있을 때는 무슨 일

순찰중인 도나휴Donoghue 소령과 벙커를 지키고 있는 A중대원들

을 하든 같은 복장을 해야 했다. 정찰이나 작업을 나갈 때는 당직 사관에게 점검을 받아야 했는데, 그는 사소한 것까지 가능한 한 많은 것을 지적했다. 나는 아주 잠깐의 점검에도 많은 문제점을 지적받았다.

7월 24일, 평화는 한 주도 가지 못했다. 중공군이 제인 러셀이라 부르는 지역에 공격을 시작했다. 전황이 곧 변해 불확실해지더니 미군을 지원해 달라는 요청까지 받게 되었다. 우리 소대의 몇 명은 결국 지뢰밭을 돌아다니게 되었다. 나는 나의 오른쪽 지뢰밭에서 들려오는 목소리를 들었는데, 두 명의 동료 틈에 쭈그리고 앉아 자기가 지뢰를 밟았다고 말하는 소리였다. 그 정신이 나가 버린 이등병은 중대 운전병이었다. 그는 극심한 고통을 겪으며 도움을 요청하고 있었다. 어둠 속 지뢰밭보다 더 최악인 장소가 있을까?

얼마 지나지 않아 그 상황을 보고받은 공병부대 대위가 착검한 총을 들고 다른 지뢰들이 설치되어 있는 양상을 알아보기 위해 지뢰밭을 살펴보기 시작했다. 또 하얀 테이프 한 롤을 다 써가며 돌아가는 길이 안전하도록 표시를 했다. 지뢰를 밟은 이등병의 이름은 조크였는데, 그는 들것에 실려 후송된 후 비행기로 쿠레에 있는 영국군 야전병원으로 이송되었다. 그는 정말 끔찍한 부상을 입었다. 다리 한쪽을 잃었고 한쪽 손과 한쪽 눈에도 심각한 상해를 입었다. 조크는 우리 연대의 마지막 부상자였다. 조크와 나는 내가 대대에 합류하고부터 꽤 많은 시간을 함께한 사이였다. 당시 고작 열아홉 살이었던 나는 조크와 나의 또 다른 친구 피터 밀리언이 당한 일에 슬퍼하지도 못하고 그저 멍하니 있었다.

휴전이 선언되고 얼마 지나지 않아 우리는 전선에서 모든 것을 해체하고 치워야 했다. 남은 것은 모두 모아 쓰레기 폐기장으로 옮겼다. 탄약도 모두 그런 식으로 버려졌다. 후크고지의 벙커들처럼 옮길 수 없는 것들은 공병부대가 폭파시켜 없앴다.

휴전 후 우리는 다시 임진강 남쪽 지역으로 이동했다. 이 진지에 있는 동안 A중대는 영국군 캠프로 이동하여 돌아오는 전쟁 포로들을 받는 안내실에서 도우미 역할을 하라는 지시를 받았다.

9월, 엠파이어 오웰 호를 타고 이동하기 바로 전, 대대에는 중요한 임무가 딱 하나 남아 있었다. 마지막으로 우리는 부산의 유엔묘지로 이동하여 열병식을 했다. 우리는 우리 감정과 마음을 담아 최고의 희생을 하고 고향으로 돌아가지 못하게 된 우리 전우들에게 존경과 영원한 작별을 고했다.

		이름	로드니 함스
참전 당시 계급	중위(MC)	소속	듀크 오브 웰링턴 연대

함스 중위의 리더십

로드니 함스Rodney Harms

1953년 1월 24일의 아침, 함스 중위는 중공군의 방어선에 구축된 적의 거점을 박살내라는 특별 임무를 받은 기습조를 이끌고 있었다. 낮 시간 포병대가 만반의 준비를 한 상태에서 함스 중위는 두 명의 장교와 열다섯 명의 병사들로 이루어진 기습조를 이끌고 1000야드 정도 되는 무인지대를 지나 중공군이 견고하게 구축해 놓은 두 개의 방어 진지 사이에 있는 고지로 올라갈 수 있었다. 목표물로부터 25야드 만을 남겨 놓은 상황. 함스 중위는 공격조가 터널과 참호 쪽을 맡을 수 있도록 엄호부대를 배치했다.

공격이 이루어지는 동안 기관총으로 무장한 중공군 장교 하나가 갑자기 참호에 나타났고, 함스 중위는 수류탄을 던져 그를 처치했다. 그러는 동안 포탄과 박격포 포탄들은 진지 주위로 계속 떨어지고 있었다.

함스 중위는 자신의 안전은 돌보지 않은 채 병사들 사이로 다니며 격려를 하고 자신감을 불어넣었다. 터널과 군사 거점이 그 안에 있던 적군과 함께 모두 파괴된 것을 확인하고서야 그는 산개해 있던 병사들을 집결시켜 주둔지로 복귀했다. 그때 중공군 장교의 시체에서 군사적 가치가 있는 정보가 담긴 서류를 수거해 왔다.

그는 임무를 수행하는 내내 무전으로 정보를 전달하여 부대장이 실시간으로 전투 상황을 알고 때에 맞추어 지원 사격을 지시할 수 있도록 했다. 기습 작전은 완전히 성공했다. 약 열 명 정도의 중공군이 죽었고, 기습조는 단 한 명의 사상자도 없었다. 이 모든 작전이 이루어지는 동안 함스 중위는 진취적인 모습과 최고의 리더십을 보였으며, 그의 용기와 침착함 또한 훌륭했다.

노병 수기 22

		이름	패트릭 이안 오르
참전 당시 계급	소위(MC)	소속	듀크 오브 웰링턴 연대

용감한 이안 오르 소위

패트릭 이안 오르Patrick Ian Orr

1952년 12월, 이안 오르 소위는 적의 전선 뒤에서 매우 대담한 정찰 활동을 펼쳤다. 어둠 속에서 무인지대를 들락거리며 적군의 강력한 방어 거점 사이를 빠져 나가는 것은 대단히 중요한, 반드시 해내야 하는 임무였다. 그는 유리한 위치를 잡으면 그곳에서 낮 시간 동안 내내 꿈쩍도 하지 않고 그 자리를 지켰다. 그는 기온이 영하로 떨어지는 극심한 추위를 견뎌내며 그 임무를 수행했다.

아침이 밝아오자 중공군 보초병이 반경 20야드 안에 있는 상황에서도 오르 소위는 적의 전선 뒤쪽에 있는 목표물들을 상대하는 작전 몇 개를 성공시킬 수 있는 정보를 가지고 복귀했다.

그로부터 약 2주 후, 오르 소위는 적이 거점으로 삼으려 준비하고 있다는 굴에 야간 공격을 하기 위해 전투 정찰대를 이끌고 나섰다. 그러나 안타깝게도 중공군이 그 정찰대를 지켜보고 있었고, 그들이 굴에 도착할 때쯤 적들은 이미 도망쳐 버린 뒤였다. 그렇지만 굴 자체와 그 주변의 방어물들에 대한 아주 유용한 정보를 얻을 수 있었다. 그 두 번의 훌륭한 정찰 결과로 두 번째 공격에 대한 작전을 세울 수 있었다.

1953년 1월 24일 낮, 기습조가 투입되었다. 오르 소위는 굴을 없애는 임무를 받고 공격조를 이끌고 있었다. 그는 중공군의 격앙된 목소리와 포격 소리를 들었는데, 이는 곧 적군에 경보가 발령되었다는 것을 뜻했다. 그럼에도 오르 소위는 용감하게 앞으로 달려가며 수류탄을 던질 수 있는 위치인 출입구 앞쪽에 자리를 잡았다. 그가 수류탄을 던지는 순간, 일단의 중공군들이 오르 소위를 발견했다. 곧바로 기관단총 세례가 그에게 퍼부어졌다.

그러나 처음 던진 수류탄 떨어진 위치가 만족스럽지 않았던 오르 소위는 터널의 더 안쪽으로 수류탄을 던져 넣기 위해 입구 앞쪽으로 전광석화처럼 달려갔다. 그리고 수류탄을 하나 더 까 넣었다. 기관총 사격이 계속되자 그는 적들이 잠잠해질 때까지 계속해서 안으로 수류탄을 던졌다. 그런 뒤에 터널 안쪽에 폭약을 설치하고 인계선을 부착한 다음 터널 밖으로 빠져나와 공격조 대원들에게 신호를 보냈다. 오르 소위의 신호와 함께 거대한 폭발음이 들리며 터널이 형체도 없이 무너져 내렸다. 그의 용기와 자신의 안전을 전혀 돌보지 않은 활약으로 적의 기세를 잠재울 수 있었다. 터널을 완전히 폭파시킴으로써 성공적으로 임무를 완수할 수 있었던 것이다.

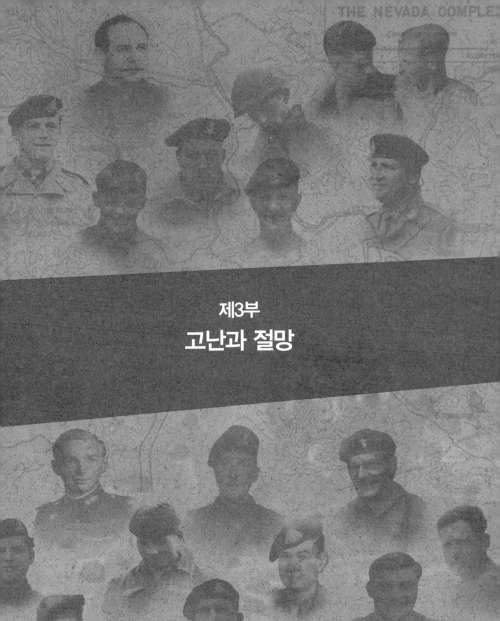

제3부
고난과 절망

이 책 안에 엮어 놓은, 한국에서 지내는 동안 사람들이 어떤 일들을 겪어 왔는지에 대한 모든 이야기를 읽고 재구성하면서 나는 고향에 남겨져 혼자서 가정을 이끌어야 했던 가족들에 대한 생각을 하게 되었다. 그래서 한국전쟁이 발발하면서 남편이나 아들들이 전선으로 불려가고 남겨진 가족들이 겪어야 했던 고난과 절망에 대한 이야기도 소개하기로 했다. 이제부터의 이야기는 남겨진 가족들의 이야기이다.

많은 가정이 제2차 세계대전 이후에 어린 자녀들을 데리고 귀국해서 정착한 반면 많은 장병들이 독일군과 일본군의 포로로 잡혀 갔었다. 그런데 한국에서도 또 다시 같은 운명을 겪고 말았다. 많은 장병들이 포로가 되어 길게는 약 3년 정도를 구금된 상태로 지내야 했다. 그때 가족들이 겪은 절망은, 남편으로부터의 수입이 끊긴 상태에서 남은 가족을 입히고 먹여야 했다는 데서 시작되었다. 지원금을 신청하려면 남은 가족들에게 다른 수입이 있는지 여부를 조사 받아야 했는데, 그것이 그들을 비참하게 만들었다. 그리고 또 하나의 절망은 사랑하는 이들에게 무슨 일이 일어났는지 오랜 기간 모르고 있어야 한다는 것이었다.

다음 이야기는 스물을 갓 넘긴 두 아이의 엄마가 쓴, 남편을 '코리아'의 전장으로 떠나 보내고 3년여에 걸친 고난과 역경, 그리움의 사부곡思夫曲이다.

남편을 이역만리 전쟁터로 보낸
한 젊은 아내의 이야기

오드리 러시워스Audrey Rushworth

이 극적인 이야기는 1950년 8월 5일 아침, 남편에게 온 편지를 집배원에게서 받아들면서 시작된다. 남편은 1943년 버마와 인도에서 복무한 바 있었고, 1946년이 되어서야 예비군이 되어 마침내 귀가했다. 우리는 지역의 가스 공장에서 일하면서 고용주가 빌려주는 집에서 살고 있었다. 편지를 받았을 때 남편은 가스 공장에서 야근을 하고 막 돌아왔을 때였다. 나는 편지를 가지고 위층으로 올라가 방금 자러 들어간 그를 깨웠다. 그 편지는, 8월 10일 화요일에 콜체스터에 있는 부대로 입영하라는 동원 영장이었다.

남편은 가스 공장 사장에게 오는 연휴 주말부터 일을 할 수 없게 되었다고 알려야 했다. 우리는 회사에서 내준 집에서 살고 있어서 남편이 입대한 후 집세를 낸다 해도 그곳에서 계속해서 살 수 있을지가 문제였다. 또 그의 마지막 봉급은 어떻게 되는가도 문제였다.

생각할 것이 너무 많았다. 나는 매일 울어야 했다. 우리는 1949년에 그 집으로 이사를 와서 이제 막 자리 잡고 살고 있던 때였다.

크리스마스 다음날 태어난 아이는 1년 8개월밖에 안 되었고, 그 다음 아이는 그날 딱 8개월이 되었다. 아이들은 이런 상황을 이해하기에는 너무 어렸지만 무언가 잘못되었다는 것을 알고는 있었고, 나와 남편에게 안긴 채로 하루를 보내고 있을 뿐이었다.

남편이 떠나던 날, 우리는 집에서 작별인사를 나누었다. 나는 2차대전 때 역 플랫폼에서 떠나가는 군인들의 아내들, 아이들과 부모님들이 우는 장면을 수도 없이 봤다. 그러나 나는 그러고 싶지 않았다. 그저 열차가 오고 떠나는 소리를 들으며 그곳이 어떤 곳인지 상상할 뿐이었다. 사실 그 다음 3년 동안은 밤마다 내가 들은 것들을 상상했다. 그러다 아이들을 침대에 뉘우고 나도 잠자리에 들었다.

남편이 떠난 후 친구들과 이웃들이 나를 만나러 왔다. 그때부터 나는 앞으로의 삶을 계획하기 시작했고 모든 것이 잘되기를 희망할 뿐이었다. 가장 첫 번째로 드는 걱정은 돈 문제였다. 매주 청구되는 각종 공과금, 집세, 가스비와 식비뿐만 아니라 옷값 등 잡다한 돈까지 감당해야 했다. 나는 주말쯤에 군에서 돈이 나오기를 바랐지만, 그런 행운은 일어나지 않았다. 결국 처음으로 돈을 받게 된 것은 9월 12일이었는데, 어떤 이유에서 그렇게 돈이 뒤늦게 나왔는지에 대한 설명은 전혀 없었다. 아마 이런 상황에 놓여 있던 사람이 나만은 아니었을 것이라고 생각한다.

나에게는 모아 둔 돈이 조금 있었고 친정 식구들이 보내오는 돈이 5실링 정도 되었다. 오늘날의 화폐로 따지면 25펜스 정도였다. 그때쯤 아버지 생신날이 돌아왔는데, 나는 생신 카드 살 돈이 없어서 못 샀다는 말을 아버지께 해야 했다. 아버지는 내 이야기를 들으시고는 쓰는 돈을 그만큼 줄이면 되지 않느냐며 걱정하지 말라고 타일렀다. 하지만 나와 나의 아기들은 저녁을 아예 먹지 못하는 날이 많았다. 어떤 날은 그냥 코코아 한 잔으로 끼니를 때우기도 했는데, 그게 그날 마신 따뜻한 음료의 전부였다.

내가 받았던 급료 지불 명세서에는 한 주당 오늘날 화폐 가치로 2.65펜스가 주어진다고 적혀 있었다. 아이들을 위한 돈은 따로 지급되지 않았고, 앞에서도 말했듯이 친정 가족들에게서 주당 5실링을 받을 수 있었다. 지역 기준으로 가스 기관원의 급여는 주당 4파운드 10실링 정도였으므로 한 주당 2펜스 정도 부족하게 돈이 들어오는 셈이었다.

남편은 9월 18일 휴가를 나와서는 한국으로 가게 되었다고 했다. 당시 전쟁이 11월이면 끝날 거라는 희망적인 소식이 있었기에 걱정할 필요가 없다고 생각했다. 그는 바주카포 사수로 훈련을 받고 있었고 그 또한 괜찮을 거라고 생각했다. 나보다 상황이 더 좋지 못한 아내들이나 부모들이 있었다. 그들은 많은 빚까지 지고 있었는데, 그걸 어떻게 갚아 나가야 할지도 막막해 했다. 남편은 용감한 얼굴로 집에 왔지만, 아이들을 보자 그 얼굴이 곧 무너졌다.

그는 9월 25일에 캠프로 돌아갔고, 내 생일인 10월 2일에 배에 올랐다. 북한군이 38선 위로 다시 밀려났다는 소식이 들려왔고, 11월에 그가 돌아온다는 기대가 이뤄질 것이라 생각했다.

그런 중에도 아이들은 점점 자라고 있었다. 나는 아이들에게 아빠에 대한 이야기를 해주며 언젠가는 항구로 가서 큰 배가 들어오는 것을 볼 날이 있을 거라고, 그날 아빠가 거기서 내려 함께 집으로 돌아오게 될 거라고 말해 주었다. 그런데 나는 이 말을 3년 동안이나 계속해야 했다. 아이들은 매일 "오늘이 그 날이에요?" 하고 물었다. 가끔 나는 아마 다음주일지도 모른다고 대답했다. 가끔은 짜증을 내기도 하고, 가끔은 아이들이 보지 못하게 뒷문에 걸려 있는 수건에 얼굴을 파묻고 울기도 했다.

전쟁은 11월에 끝나지 않았다. 중공의 인민해방군이 영국군과 미군의 진군을 막기 위해 전쟁에 참여했고, 그러면서 더 큰 전쟁으로 확대되었다. 나는 이 소식을 신문에서도 읽었고 라디오에서도 들었다. 걱정이 많이 되었지만, 크리스마스 즈음 되어서는 모두 제자리를 찾아가는 듯 보였다. 텔레비전이 있는 몇 안 되는 이웃 가운데 하나가 나에게 크리스마스 저녁을 먹는 군인들의 사진을 보았느냐고 물었다. 전쟁이 계속되고 있음에도 우리 쪽 군대에는 위험이 미치지 않은 듯 보였다. 그들은 그저 평화를 지켜내고자 그곳에 간 것이었으니까 말이다. 우리 고장에서 한국전쟁에 참전한 군인은 내 남편이 유일했고, 다른 사람들은 나에게 많은 도움을 주었다. 상인들은 내가 아이들의 두꺼운 옷들을 살 때 주별로 돈을 나누어 낼 수 있게 해 주었는데, 이는 정말 많은 도움이 되었다.

4월이 되어 날씨가 따뜻해지면서 음식이나 옷이 많이 필요하지 않게 되었다. 그 덕분에 돈이 조금 남기도 했다. 나는 아이들과 산책을 나가서 피곤해져 귀가했고, 다 같이 한 침대에서 잠드는 일상을 보냈다. 이렇게 시간을 보낸 덕분에 누군가 나에게 주었던 라디오를 듣지 않아도 되었다. 그래서 나는 가게에서 만난 누군가가 남편과 관련한 이야기를 들었느냐고 물어볼 때까지, 전쟁이 어떻게 흘러가는지 전혀 알지 못했다. 나는 그것을 물어보는 사람들을 그저 빤히 바라볼 뿐이었고, 그들은 내가 소식을 듣지 못했다는 사실에 화를 냈다. 나는 무슨 일이 있었느냐고 물었다. 그때 글로스터 군인 600명이 전투에 나갔고, 거의 전부가 실종 상태라는 말을 듣게 되었다. 어떻게 엄마와 아빠를 포함한 주위 사람들이 이 이야기가 내 귀에 들어오지 못하게 막은 건지 모르겠다. 그러나 나도, 다른 사람들과 마찬가지로 좋은 소식이 없을 거라는 생각은 하고 있었다.

그런 어느 날, 육군본부로부터 슬픈 소식이 전해졌다. 남편의 상관인 장교가 보낸 편지가 왔는데, 그 편지에는 내 남편을 마지막으로 본 것은 4월 25일이었고, 그날 남편은 기분이 좋았다고 씌어 있었다. 시간은 너무나도 느리게 흘렀고 다른 소식은 오지 않았다.

그러던 어느 날 아침, 한 장교가 집으로 찾아와서는 다행히도 남편은 죽지 않고 중공군에게 전쟁포로로 잡혀 있는 것 같다고 했다.

그러니 남편과 그의 연대를 자랑스럽게 생각하라고도 했다. 이어 생활비는 어떻게 하고 있는지 물으며 군인공제회 담당관을 보내줄 수 있다고 말했다. 그 말에 나는 매우 걱정이 되었다. 급여 지불 명세서가 나오기 전에는 돈을 줄 수 없다는 말로 들렸기 때문이다.

남편은 나에게 급여에서 차감해 둔 2.5실링이 더 있다며 걱정하지 말라고, 출발 전에 말했었다. 나는 이 사실을 이미 알고 있었다. 빚도 없고 모아둔 돈과 가족에게서 나오는 돈이 있는 상태이므로 추가로 지원금을 받을 필요가 없었다. 그러나 그로부터 4개월 후 군인공제회에서 누군가가 찾아왔다. 나는, 현재는 겨우 견딜 정도는 되지만 아이들이 빨리 자라고 있고 옷과 신발이 더 필요하게 될 거라서 힘들어질 것 같다고 말했다. 4주 후 그들은 6파운드를 가지고 왔다. 당시 6파운드는 꽤 큰 돈이었다. 우리 모두는 옳은 결정을 했다고 생각했다. 하지만 그는 주당 10실링을 다음 한 달 후부터 매주 갚으면 된다는 폭탄 같은 말을 남겼다.

10월로 접어들면서 연료를 사야 할 때가 되었다. 그가 돌아간 후에 아무리 생각해 봐도 내가 그 돈을 갚을 방법은 없었다. 그래서 나는 돈을 빌려 주신 것은 진심으로 감사하지만, 6파운드를 돌려 드리겠다고 편지를 썼다.

한 주 뒤, 지난번 나를 찾아와서 내가 상황을 극복하고 있는지 묻고 군인공제회 사람과 연락하게 해주겠다던 그 장교를 만나게 되었다. 내가 일이 어떻게 되었는지 전부 이야기하자 그는 경악하며 말도 안 된다고 소리쳤다. 정말 놀랐는지 욕까지 했다. 그는 그런 일은 들어 본 적이 없다며 이 문제에 대해서 자기가 이야기해 보겠다고 했는데, 정말 착한 요정 이야기처럼 결론이 났다. 받은 돈은 가지되, 담배나 술을 사거나 극장에 가는 일에만 쓰지 말라고 했다. 나는 그 6파운드를 가지고 생필품들, 다가오는 겨울을 나기 위한 코트와 신발들을 샀다. 적어도 아이들은 잘 먹었고 따뜻하게 키웠다.

이듬해 7월, 몇 백 명의 군인이 포로로 잡혀 갔다는 소식을 들었다. 나는 달려나가 신문을 사서 기사 제목들부터 훑어 내렸다. 신문에는 길가에 앉아 있는 군인들 사진이 실려 있었다. 그걸 몇 번이나 살펴보았지만 남편은 보이지 않았다. 그래도 희망을 잃지 않고 지내니 마침내 소식을 들을 수 있었다.

9월말의 어느 아침, 집배원이 우리 집으로 서둘러 올라오는 것이 보였다. 앞문에는 우편함이 없었기 때문에 그는 뒷문까지 돌아와야 했다. 나는 가만히 서서 눈을 감고 그가 좋은 소식을 가져왔기를 기도했다. 그는 문을 확 열고 남편한테서 편지가 왔다고 소리쳤다. 그 죄 없는 집배원이 문을 밀쳐서 미안하다고 사과를 하는 동안 나는 거의 정신을 놓고 있었다. 남편의 손글씨를 보는 순간 가슴이 벅차올랐다. 남편이 적어 놓은, 자신은 무사하다는 말이 보였다. 나는 이 소식을 엄마에게 알리려고 아이들을 데리고 달려 나갔다.

남편에게서는 더 이상 편지가 오지 않았다. 하지만 나는 그가 내 편지를 받으리라는 희망을 가지고 계속해서 편지를 써 보냈다. 중국 공산당원이 보낸 것 같은 편지들이 오기도 했다. 남편의 손글씨를 세심하게 흉내내 쓴 편지들이었다.

나는 아이들이 할아버지와 나와만 시간을 보낼 게 아니라 다른 아이들과 섞여 놀았으면 하는 바람에 종종 놀이터로 아이들을 데려갔다. 그러나 다른 엄마들이 남편에게 차(茶)를 내줘야 한다며 아이들을 데리고 집으로 들어가는 통에 놀이터에는 나와 두 아이만 남고는 했다. 그럴 때마다 정말 남편이 먼 나라 전쟁터에 있다는 서러움 때문에 가슴이 미어지고는 했다.

1953년에는 전쟁의 양 당사자들이 만나 회담을 하는 일이 잦아졌다. 어떤 날에는 의견 일치를 보지 못하고 2분 만에 회의가 끝났다는 말이 들려오기도 했다. 시간은 하루하루 흘러갔지만 양측은 합의에 도달하지 못했다. 그러다가 7월에 한국의 휴전 소식이 라디오에서 흘러나왔다. 7월 27일 휴전협정이 체결되었다는 것이다. 우리는 그 소식을 듣고 무척 기뻐했고, 14개월 동안 아무런 편지를 받지 못했기 때문에 자나 깨나 남편이 돌아오기만을 기다리고 있었다. 8월 16일, 일본에서 온 전보 한 통을 받았다. 남편이 중공 공산군들에게서 풀려나 일본으로 가고 있다는 소식을 전하게 되어 기쁘다는 내용이었다. 그 글 아래에는 남편에게 전보를 보낼 수 있는 양식이 첨부되어 있었다.

전보를 받은 후 나는 군인들이 고향까지 비행기로 올 것이라 생각했지만, 배가 더 낫다는 결정이 내려졌다. 나와 아이들이 그를 마중하러 사우스햄튼으로 갈 수 있는 표를 받았다. 아스투리아스 호가 도착하는 것을 보기 위해 사우스햄튼으로 가기 바로 전날은 내 일생에서 가장 긴 하루였다. 우리는 여성 자원 봉사단(WVS)과 육군이 운영하는 열차를 타고 사우스햄튼에 도착한 후 시청에서 하루를 묵었다.

다음날 아침, 일찍감치 항구로 가서 배가 오기를 기다렸다. 아스투리아스 호가 정박하면 알파벳이 순서대로 걸려 있는 더 넓은 곳으로 이동하게 될 것이며, 거기서 알파벳을 보고 남편을 찾으면 된다는 안내를 받았다. 배가 정박하는 시간은 정말 몇 백 년처럼 길었다. 내 인생에서 겪은 가장 오랜 기다림의 시간이었다. 나는 다른 사람들처럼 소리를 질러대지 않았다. 겁에 질린 두 아이를 품에 안고 있었기 때문이다.

마침내 배에서 부두로 다리가 걸쳐지고 남편은 알파벳 'R'이 적힌 곳에 나타났다. 우리는 집으로 향하는 열차에 오르기 전까지 서로를 끌어안고 입을 맞췄다. 고향이 가까워지자 남편은 "드디어 집에 왔군" 하며 큰 숨을 내쉬었다.

고향역에 사람들이 나와 있었고 온 사방에 깃발들이 걸려 있었다. 환영객 중에는 시장과 재향군인회 사람들도 있었다.

나의 이야기는 여기서 끝났다고 할 수 있다. 그러나 사실 놀라운 일이 몇 가지 더 일어났다. 12월의 어느 저녁, 남편이 일을 하러 나갔다가 갑자기 되돌아와서는 문을 두드려댔다. 아래층으로 내려가자 그가 지역 신문을 들고 있는 게 보였다. 신문에는 '지역 사람이 무공훈장을 받다' 라는 큼지막한 글씨가 헤드라인으로 박혀 있었다. 며칠 동안 공식적으로 온 우편물이 하나도 없었기에 나는 시내 중심가에 있는 지역 신문사로 직접 찾아갔다. 나를 맞아 준 남자는 훈장 이야기를 런던 관보를 보고 알았다고 했다. 어쨌든 1954년 3월 버킹엄 궁전에서 편지가 왔는데, 남편과 동반자 둘을 3월 23일에 궁전으로 초대한다는 내용이었다.

공훈인증서에는 적군이 계속해서 공격해 오는 와중에도 남편이 '그 자신의 안전은 전혀 고려하지 않은 채' 공격에 맞서 포격을 멈추지 않았다는 구절을 읽고 나는 그가 진심으로 자랑스러웠다. 우리는 버킹엄 궁전으로 가서 그가 여왕 폐하로부터 훈장을 받는 모습을 지켜보았다. 아주 멋진 일이었다. 훈장을 받는 동안 사람들이 갑자기 눈물을 터뜨렸기 때문에 누가 그 사람의 친인척인지 바로 알 수 있었다. 아이들을 둘 다 데리고 가지 못했다는 게 유일한 안타까움이자 아쉬움이었다.

남편은 그 행사에 참석하기 위해 글로스터에서 군복을 빌려야 했다. 기념식이 끝나고 우리는 궁전을 나와 상가를 따라 걸었다.

그런데 갑자기 헌병 두 명이 남편을 향해 크게 고함을 지르며 달려 왔다. 그들은 남편이 복장을 제대로 갖추어 입지 않았다며 그를 여러 가지 이름으로 불러댔다. 우리는 무슨 말을 해야 할지 몰라 그자리에 가만히 서 있었다. 남편은 다리에 각반을 차지 않았고 이는 분명히 군 규정을 위반하는 일이었기 때문이다. 그때 남편의 이모가 끼어들어 무슨 일이 있었는지를 확실하게 설명했다. 아마 헌병들은 한국에 대해서 들어 본 적도 없는 듯했다. 그렇지만 그날만큼은 무슨 나쁜 일이 있었더라도 매우 기쁘고 오래도록 기억에 남는 날이었다.

감사문

　나는 듀크 오브 웰링턴 연대 협회의 이사들과 연대 기록의 편집자인 사이먼 모건에게 진심 어린 감사 인사를 전하고 싶다. 이 이야기를 재구성하고 사진들을 사용할 수 있도록 그들이 허락해 주었기 때문이다. 또 아래 이름이 적힌 전우들과 참전용사들, 또한 그들의 가족들께도 감사드린다. 그들 각각의 이야기는 고요한 아침의 나라에서 희생을 감수했던 모든 사람의 기억들이 생생하게 살아 있도록 해주기 때문이다.

- 브라이언 패리트 MC 준장, 20th field RA
- 고스패트릭 홈 소위, 로얄 푸실리에
- 데니스 허즈번드 MM 이병, 듀크 오브 웰링턴 연대
- 해리 글래든, RNF
- 테리 핸즈, 듀크 오브 웰링턴 연대
- 존 코프시, 에섹스 연대
- 에드윈 워커, 14th Field RA
- 찰리 데인스, 듀크 오브 웰링턴 연대

– 잭 자르만, 듀크 오브 웰링턴 연대

– 로버트 다우슨, 듀크 오브 웰링턴 연대

– 키스 리스, KSLI

– 크리스 가사이드, 더함 경보병 연대

– 고든 슬래터, 킹스 연대

– 오드리 러시워스 ('남편을 이역만리 전쟁터로 보낸 한 젊은 아내의 이야기' 의 필자)

맺는말

전우들과 참전용사들이 한국에서 있었던 각자의 경험들과 이를 재구성한, 여기 실린 이야기들을 다 읽고 나서 나는 마음속으로 한국에서의 시간을 몇 번이고 다시 되새겼고, 그 세월로 몇 번이고 다시 돌아가며 눈물을 흘리기도 했다.

무인지대에서의 활동에 관한 이야기들을 읽으면서, 당시 틀림없이 계곡의 양쪽이 밤마다 수색 정찰을 나온 양측 병력들로 가득했을 거라는 생각이 들었다. 정찰 나가는 것은 절대로 그저 소풍이 아니었고, 그 중 많은 수색대 병력이 최대한 그 임무를 피해 보려고 애썼다. 가끔 무엇이 기다리고 있을지 모르는 채 적의 구역에 들어가야 했기 때문이다. 적과 아군 양쪽 다 같은 방법과 전술들을 써 가면서 말이다.

나와 함께 근무했던 전우들에 대한 기록들을 읽으면서 나는 그들이 얼마나 용감했는지 당시에는 깨닫지 못했다는 생각을 했다. 아마 몇몇 상황에서는 미쳐 있었는지도 모르겠다. 문제는 우리에게는 선택권이 주어지지 않았다는 것이었다. 상황이 어떻든 간에, 우리는 큰 톱니바퀴 속 각자 하나의 톱니였을 뿐이다.

최전선에 있었던 한 명의 군인으로서 나는 우리 보병들을 지원해 주었던 한 분 한 분 모두에게 감사를 표하고 싶다. 그들은 우리가 필요한 것들을 그때그때 공급해 주는 일을 했다. 그리고 위험천만한 상황들에서 항상 우리를 위해 일해 주었던 의무병들과 취사병들도 모두 참전 영웅이었음을 강조하고 싶다.

나는 당시 생사를 함께했던 모든 전우들께 이 헌사를 바치고 싶다. 이는 또한 평화유지군(휴전 협정 이후 도착해 근무했던 병력을 지칭함 –편집자 주)으로 복무했던 사람들에게도 바치는 헌사이다. 그들 중 많은 수는 영연방과 유엔으로부터 훈장을 받지 못하여 나로서는 실망을 금치 못했다. 나는 항상 그들이 매우 어려운 상황에 있었다는 점과 전투 상황에 참여했다는 점에서 그들의 노고에 보상이 있어야 한다고 생각한다.

옮긴이 후기 1

전쟁의 종류는 다양하다. 인간의 생각이 다양하기 때문이다. 전쟁의 목적도 인간의 생존 목적에 비례하여 다양하다. 그러나 전쟁이란 모두 같은 양상의 전쟁일 뿐이다. 우리는 모두 같은 양상의 인간이기 때문이다.

6.25전쟁은 국가 간, 더 정확하게는 국가들 간의 전쟁이었다. 그런데 그것은 공산 국가들과 자유 국가들 간의 전쟁일 수도 있지만, 동시에 그것은 개인들의 전쟁이었다.

우리에게 기억되는 전쟁은 유엔 참전국의 주축인 미국의 시각에 포착된 정치와 지리적 전쟁이다. 그러나 이런 시각에는 개인이 있을 수 없다. 군인과 민간인이라는 개인들은 사라지고 정치적, 지리적 승리와 패배의 연장 기록이 우리가 쉽게 떠올리는 6.25 전쟁사이다.

지금은 구순을 바라보는 고령의 노신사인 케네스 켈드라는 영국 젊은이의 6.25전쟁 참전 수기에는 개인이 있다. 켈드 옹의 수기에는 패배의 쓰라림과 승리의 기쁨도 있지만, 그 길로 기어가고 뛰어가는 젊은 병사가 더 자세히 증언되고 있다. 옮긴이는 그것은 참전 개인의 실존 수기라고 보았다.

최고위 장군들과 정치가들이 재단한 전쟁 기록은 이 책에 없다. 그럴수록 이 책의 기획자이자 저자인 켈드 옹과 노병 스물두 분의 6.25전쟁 실존 수기는 더욱 소중하다.

번역 도중 주변에서 말을 걸어온 여러 지인들의 유익한 참견으로 이 책은 번역되었다. 이 책의 공식 첫 출판이 영국이 아니라 한국이라는 점에서 더 뜻깊고, 책의 출간을 위해 함께 애써 주신 모든 분들께 옮긴이의 한 사람으로서 감사의 마음을 전한다.

2021년 4월

정광제(松山)

옮긴이 후기 2

　영국에 와 정착한 지 26년이 흘렀습니다. 하는 일 때문에 그동안 수많은 영국 사람들을 만났는데, 내가 한국에서 온 사실을 알고는 어떤 분은 반가워하셨고, 어떤 분은 가슴에 담아 둔 이야기를 꺼내셨고, 어떤 분은 한국에 남겨 두고 온 동료 이야기 끝에 눈물을 쏟으셨습니다.

　한 참전용사의 자제께서는 이미 작고한 부친 이야기를 하며 머리를 떨구었고, 어떤 참전용사께서는 전장에서 직접 찍은 빛바랜 흑백 사진들을 보여 주시며 자랑스러워하셨고, 금방 돌아오겠다며 떠난 남편의 마지막 모습을 떠올리며 속절없이 눈물을 떨구던 미망인도 계셨습니다.

　나는 그분들을 만나 뵐 때마다, 한국인으로서 '저희를 위해 싸워 주셔서 고맙습니다' 라고 말했습니다.

　우연한 기회에 한국전쟁 참전국의 해외 참전용사분들을 촬영하는 라미 작가의 '프로젝트 솔저Project Soldier' 에 작은 힘이 되어 드리고자 참여하게 됐고, 더 많은 영국의 참전용사분들과 그 가족들을 더 자주 만나 뵐 기회가 생겼습니다. 그러던 차에 이 책의 원

저자이자 기획자인 켄 켈드 옹을 만나 뵙게 되었고, 한국에서의 출판에 작은 힘을 보태게 되었습니다.

한국전쟁에 참전했던 대부분의 병사들이 만 17세에서 19세 사이였습니다. 그들은 훈련소에 입소해 처음으로 받은 월급으로 평소에 먹고 싶던 맛있는 음식들을 사 먹으며 좋아한, 아직은 철부지 청년, 아니 청소년에 가까운 병사들이었습니다.

그들은 자신들에게 주어진 삶과 죽음의 확률을 짊어지고, 조금은 들뜨고 흥분된 마음으로 지구 반대편으로 떠나는 수송선에 올랐었습니다. 아마 대부분이 죽음의 확률이 자신에게 떨어질 거라고는 상상도 하지 않았을지도 모릅니다.

케네스 켈드Keneth Keld라는 노병이 담담히 써 내려간 이 책이 우리에게 주는 의의가 무엇인지에 대해 생각해 봅니다. 이 책에는 한국전쟁을 바라보는 거대 담론이 없습니다. 공산주의와 자유민주주의 진영의 대리전이니, 냉전 시대의 첫 국제전이니 하는 이야기도 없습니다.

이 책에는 어떻게 북부 잉글랜드의 시골 마을 출신의 병사가 쏟아지는 포탄 속에서 살아남기 위해 참호를 파고, 벙커를 짓고, 썩어가는 시체들 틈에서 그 시체를 뜯어 먹고 살진 쥐들을 마주하며 몸부림친 이야기가 있습니다. 이 책에는 그 지옥 같은 세상에서 어떻게든 고향의 평온을 느끼기 위해 병사들이 모래 자루와 판자때기로 펍을 짓고 맥주 한 잔을 마시며 웃고 노래하였는지가 기록되어 있습니다. 이 책에는 어떻게 하면 그 지긋지긋한 진지 보강 작업에서 빠져, 임진강 강물에서 땡땡이를 칠 수 있을까를 궁리하던 평범한 청년 병사들의 이야기가 담겨 있습니다.

병사들의 전쟁터에서의 하루하루가, 살아남기 위한 그들의 사투가 적혀 있을 뿐입니다. 그들은 싸우면서도 왜 싸우는지 미처 생각할 여유가 없었을지도 모릅니다. 살아남기 위해서는 그런 생각을 할 틈이 없었을 겁니다. 하지만 내가 지금 만나 본 영국의 참전 노병들께서는 분명하게 말씀하십니다. 자신들이 얼마나 중요하고, 의미 있는 전쟁을 했는지 알고 있다고 말입니다.

이 책은 6.25전쟁의 처절했던 후크고지전투에 대한 사료로서의 가치도 있습니다. 후크고지전투는 1차에서 4차까지의 큰 전투가 있었습니다. 2차 후크고지전투는 한국에 비교적 소상하게 알려졌지만, 이 책에는 한국에는 거의 알려지지 않은 3차 후크고지전투에 관한 기록이 켈드 옹을 비롯한 각개 병사와 장교들의 증언으로 상세하게 기록되어 있습니다.

또한 이 책은 그동안 한국에는 잘못 알려져 있던 역사적 사실을 바로 잡는 귀중한 의미도 있습니다. 후크고지의 강력한 방어진지 구축 공사를 진두지휘한 데이비드 로즈(David McNeil Campbell

Rose) 중령이 한국에는 미 해병대 장교로 알려졌거나 소개되고 있지만, 이 책에서는 영국군 블랙와치 제1대대 대대장이었음을 분명하게 밝히고 있습니다.

데이비드 중령이 지휘하던 블랙와치 제1대대는 미 해병 제6대대로부터 후크고지를 넘겨받아 데이비드 중령의 지휘 아래 영국 왕립공병대대와 한국인 노무자 등 800여 명을 동원하여 진지 구축과 보강 작업을 벌였습니다. 아래의 웹사이트는 후크고지전투 직후 블랙와치 대대가 훈장 수여식을 거행하는 영국군의 기록영상과 데이비드 로즈 중령이 2010년 10월, 98세를 일기로 작고하셨을 때 영국의 한 신문에서 다룬 그의 약력에 관한 기사 내용입니다. 이 신문 기사에 후크고지에 관한 내용이 자세하게 나와 있기도 합니다.

https://www.britishpathe.com/video/black-watch-honoured-in-korea

https://www.thecourier.co.uk/news/obituaries/143381/lieutenant-colonel-david-rose-of-the-black-watch/

이 책의 3부에 실린 참전용사의 아내가 쓴 수기는 또 다른 의미로 다가옵니다. 우리가 선진국이라고 생각했던 나라의 국민들도 대단히 힘들었습니다. 그들도 제2차 세계대전의 참담했던 현실에서 아직 빠져나오지 못했었습니다. 그들도 힘들었습니다. 그런데도 한국전쟁에 참전했습니다. 식민지를 건설하기 위함도 아니었습니다. 다른 나라를 침략하기 위함도 아니었습니다.

그들은 자유를 누리는 국가의, 시민의 의무를 다하기 위해 참전했습니다. 자유를 유린당하고 있는 다른 나라 국민의 자유를 지켜내기 위해 참전했습니다. 가장 먼저 자유인의 가치를 발견했고, 오랜 세월 그것을 지키기 위해 분투해 온 세계시민으로서 그 의무를 다하기 위하여, 그들도 힘들었지만 참전했습니다. 그들이 피 흘려 함께 지켜 준 자유를 지금 우리가 누리고 있는 것입니다.

많은 분들이 이런저런 방법으로 작업을 도와주셨습니다. 감사합니다. 특히, 북부 잉글랜드 요크셔 지방 사람이 아니면 이해하기 힘든 특유의 영어 표현을 만나 헤맬 때마다 매번 그 묘한 뉘앙스를 설명해 주고, 많은 자료를 검색해 가며 도와준 둘째 현곤(Charles) 군에게 고마운 마음을 전합니다.

"저희를 위해 싸워 주셔서 감사합니다."

"Thank you for your service!"

2021년 4월

북부 잉글랜드 웨스트 요크셔 브라드포드Bradford에서

김용필(Phillip Kim)